季羡林先生在写作（摄影：陈平生）。

季羡林先生与林庚先生（右）。

季羡林學術著作選集

本书出版得到了季羡林基金会的部分资助

学海泛槎
——学术回忆录

薛克翘　编

新世界出版社
NEW WORLD PRESS

图书在版编目（C I P）数据

学海泛槎：学术回忆录 / 季羡林著；王树英编
. -- 北京：新世界出版社, 2017.9
（季羡林学术著作选集；3）
ISBN 978-7-5104-6260-3

Ⅰ. ①学… Ⅱ. ①季… ②王… Ⅲ. ①季羡林（1911-2009）—回忆录 Ⅳ. ①K825.4

中国版本图书馆CIP数据核字(2017)第083311号

学海泛槎——学术回忆录

编　　者：薛克翘
责任编辑：张世林
审　　读：杨汝模
封面设计：贺玉婷
版式设计：张世林
责任印制：王宝根
出版发行：新世界出版社
社　　址：北京市西城区百万庄大街24号（100037）
总编室电话：+86 10 6899 5424　　6832 6679（传真）
发行部电话：+86 10 6899 5968　　6899 8705（传真）
本社中文网址：http://www.nwp.cn
本社英文网址：http://www.newworld-press.com
本社电子信箱：nwpcn@public.bta.net.cn
版权部电子信箱：frank@nwp.com.cn
版权部电话：+86 10 6899 6306
印　　刷：北京亚通印刷有限责任公司
经　　销：新华书店
开　　本：710×1000　1/16
字　　数：200千字　　印　　张：19.75
版　　次：2017年9月第1版　2017年9月北京第1次印刷
印　　数：1－1400册
书　　号：ISBN 978-7-5104-6260-3
定　　价：1200.00 元（全十二册精装）

季羡林学术著作选集编辑委员会

《季羡林学术著作选集》编选说明

季羡林先生是北京大学资深教授、著名学者，长期以来，季先生的作品畅销于世，受到社会各界人士的热烈欢迎。但这些作品大多为季先生各时期创作的散文。季先生一生创作出版散文集二十余部，一百五十万字以上，其中有许多精品脍炙人口，他完全可以称得上是一位散文家。但是，季先生毕竟主要是一位学者，他终生笔耕不辍，孜孜以求的是他的学术研究，他对社会的主要贡献也是他的学术成就，散文只是他的一种“余兴”。

季羡林先生是一位百科全书式的学者，他毕生从事的学术研究的对象涉及语言、文学、美学、艺术、宗教、中外文化交流等众多领域。其学术著作大致包括以下内容：印度古代语言、印度历史与文化、中印文化关系、中国文化与东方文化、佛教、比较文学与民间文学、东西方文化比较、糖史、吐火罗文研究等。这些著作都具有很高的学术价值，得到国内外学术界的高度评价。而且，季先生的学术著作，深入浅出，联系实际，独辟蹊径，发人深省，为广大读者所喜爱。

为了便于读者阅读，我们编辑了这套选集。本选集从季羡林先生的学术著作中，精选出论著二百余篇，辑为十二卷，依次为《印度古代语言及吐火罗文研究》（葛维钧编）、《印度历史与文化》（王树英编）、《印度作家作品评论集》（刘建编）、《佛教》（李南编）、《糖史》（葛维钧编）、《中印文化交流》（王树英编）、《中国文化与东方文化》（刘建编）、《东西文化比较》（张光璘编）、《比较文学与民间文学》（薛克翘编）、《学海泛槎——学术回忆录》（薛克翘编）、《回忆中国学人及文化问题新思考》（张光璘编）、《序跋集》（王树英编）。选集所选内容基本涵盖了季先生学术研究的各个领域，所选论文皆为季先生在各学术领域中的代表作。

我们怀着敬仰和缅怀的心情编选这套选集，尽管我们殚精竭虑、费尽心力地收集、编选季羡林先生的文章，但仍难免有遗漏或不当之处，殷切希望得到读者的指教和帮助。

季羡林学术著作选集编辑委员会

2013年1月

目　录

1946年—1949年

我于1945年秋，在呆了整整十年之后，从哥廷根到了瑞士，等候机会回国；在瑞士Fribourg住了几个月，于1946年春夏之交，经法国马赛和越南西贡，又经香港，回到祖国。先在上海和南京住了一个夏天和半个秋天。当时解放战争正在激烈进行，津浦铁路中断，我有家难归。当时我已经由恩师陈寅恪先生介绍，北大校长胡适之先生、代理校长傅斯年先生和文学院院长汤锡予（用彤）先生接受，来北大任教。在上海和南京住的时候，我一点收入都没有。我在上海卖了一块从瑞士带回来的自动化的Omega金表。这在当时国内是十分珍贵、万分难得的宝物。但因为受了点骗，只卖了十两黄金。我将此钱的一部分换成了法币，寄回济南家中。家中经济早已破产，靠摆小摊，卖炒花生、香烟、最便宜的糖果之类的东西，勉强糊口。对于此事，我内疚于心久矣。只是阻于战火，被困异域。家中盼我归来，如大旱之望云霓。现在终于历尽千辛万苦回来了，我焉能不首先想到家庭！家中的双亲——叔父和婶母，妻、儿正在嗷嗷待哺哩。剩下的金子就供我在南京和上海吃饭之用。住宿，在上海是睡在克家家中的榻榻米上；在南京是睡在长之国立编译馆的办公桌上，白天在台城、玄武湖等处游荡。我出不起旅馆费，我还没有上任，根本拿不到工资。

在这样的情况下，我无书可读，无处可读。我是多么盼望能够有一张哪怕是极其简陋的书桌啊！除了写过几篇短文外，一个夏天，一事无成。一个人的生命是有限的。古人说“一寸光阴一寸金，寸金难买寸光阴”。我自己常常说，浪费时间，等于自杀。然而，我处在那种环境下，又有什么办法呢？我真成了“坐宫”中的杨四郎。

我于1946年深秋从上海乘船北上，先到秦皇岛，再转火车，到了一别十一年的故都北京。从山海关到北京的铁路由美军武装守护，尚能通车。到车站去迎接我们的有阴法鲁教授等老朋友。汽车经过长安街，于时黄昏已过，路灯惨黄，落叶满地，一片凄凉。我想到了唐诗“落叶满长安”，这里的“长安”，指的是“长安城”，今天的“西安”。我的“长安”是北京东西长安街。游子归来，古城依旧，而岁月流逝，青春难再。心中思绪万端，悲喜交集。一转瞬间，却又感到仿佛自己昨天才离开这里。叹人生之无常，嗟命运之渺茫。过去十一年的海外经历，在脑海中层层涌现。我们终于到了北大的红楼。我暂时被安排在这里住下。

按北大当时的规定，国外归来的留学生，不管拿到什么学位，最高只能定为副教授。清华大学没有副教授这个职称，与之相当的是专任讲师。至少要等上几年，看你的教书成绩和学术水平，如够格，即升为正教授。我能进入北大，已感莫大光荣，焉敢再巴蛇吞象有什么非分之想！第二天，我以副教授的身份晋谒汤用彤先生。汤先生是佛学大师。他的那一部巨著《汉魏两晋南北朝佛教史》，集义理、词章、考据于一体，蜚声宇内，至今仍是此道楷模，无能望其项背者。他的大名我仰之久矣。在我的想像中，他应该是一位面容清癯、身躯瘦长的老者；然而实际上却恰恰相反。他身着灰布长衫，圆口布鞋，面目祥和，严而不威，给我留下了十分深刻的印象。暗想在他领导下工作是一种幸福。过了至多一个星期，他告诉我，学校决定任我为正教授，兼文学院东方语言文学系的系主任。这实在是大大地出我意料。要说不高兴，那是过分矫情；要说自己感到真正够格，那也很难说。我感愧有加，觉得对我是一种鼓励。不管怎样，副教授任期之短，总可以算是一个记录吧。

思想斗争

我在这里讲的“思想斗争”，不是后来我们所理解的那一套废话，而是有关我的学术研究的。我曾多次提到，在印度学领域内，我的兴趣主要在印度古代及中世佛典梵文上，特别是在“混合梵文”上。上述我的博士论文以及我在哥廷根写的几篇论文可以为证。然而做这样的工作需要大量的专业的专著和杂志。哥廷根大学图书馆和梵文研究所图书室是具备这个条件的。在哥廷根十年，我写论文用了上千种专著和杂志，只有一次哥廷根缺书而不得不向普鲁士国家图书馆去借，可见其收藏之富。反观我国，虽然典籍之富甲天下，然而，谈到印度学的书刊，则几乎是一片沙漠。这个问题，我在离开欧洲时已经想到了。我的所谓“思想斗争”就是围绕着这个问题而开始萌动的。

我虽少无大志，但一旦由于天赐良机而决心走上学术研究的道路，就像是过河卒子，只能勇往向前，义无反顾。可是我要搞的工作，不是写诗，写小说，只要有灵感就行，我是需要资料的，而在当时来说，只有欧洲有。而我现在又必须回国，顾彼失此，顾此失彼，“我之进退，实为狼狈”。正像哈姆莱特一样，摆在我眼前的是：走呢，还是不走？That is a question。在激烈的思想斗争之余，想到祖国在灾难中，在空前的灾难中，我又是亲老、家贫、子幼。如果不回去，我就是一个毫无良心的、失掉了人性的人。如果回去，则我的学术前途将付诸东流。最后我想出了一个折中的方案：先接受由 G. Haloun 先生介绍的英国剑桥大学的聘约，等到回国后把家庭问题处理妥善了以后，再返回欧洲，从事我的学术研究。这实在是在万般无奈的情况下想出来的一个办法。

一回到祖国，特别是在 1947 年暑假乘飞机返回已经离开十二年的济南以后，看到了家庭中的真实情况，比我想像的还要严重得多，我立即忍痛决定，不再返回欧洲。我不是一个失掉天良的人，我为人子、为人夫、为人父的责任，必须承担起来。我写信给 Haloun 教授，告诉了他我的决定，他回信表示理解和惋惜。有关欧洲的“思想斗争”，就这样结束了。

然而新的“思想斗争”又随之而起。我既然下定决心，终生从事研究工作，我的处境已如京剧戏言中所说的“马行在夹道内，难以回马”。研究必有对象，可是我最心爱的对象印度古代混合梵文已经渺如海上三山，可望而不可及了。新的对象在哪里呢？我的兴趣一向驳杂，对好多学问，我都有兴趣。这更增加了选择的困难。只因有了困难，才产生了“思想斗争”。这个掂一掂，那个称一称，久久不能决定。我必须考虑两个条件：一个是不能离开印度，一个是国内现成的资料充足。离开了印度，则我十年所学都成了无用之物。资料不够充足，研究仍会遇到困难。我的考虑或者我的“思想斗争”，都必须围绕着这两个条件转。当时我初到一个新的环境中，对时间的珍惜远远比不上现在。“斗争”没有结果，就暂时先放一放吧。

终于找到了出路

当时北大文学院和法学院的办公室都在沙滩红楼后面的北楼。校长办公室则在孑民纪念堂前的东厢房内，西厢房是秘书长办公室。所谓“秘书长”，主要任务同今天的总务长差不多，处理全校的一切行政事务。秘书长以外，还有一位教务长，主管全校的教学工作。没有什么副校长。全校有六个学院：文、理、法、农、工、医。这样庞大的机构，管理人员并不多，不像现在大学范围内有些嘴损的人所说的：校长一走廊，处长一讲堂，科长一操场。我无意宣扬旧时代有多少优点，但是，上面这个事实确实值得我们深思。

北大图书馆就在北楼前面，专门给了我一间研究室。我能够从书库中把我所用的书的一部分提出来，放在我的研究室中。我了解到，这都是出于文学院院长汤锡予先生和图书馆馆长毛子水先生的厚爱。现在我在日本和韩国还能见到这情况，中国的大学，至少是在北大，则是不见了。这样做，对一个教授的研究工作，有极大的方便。汤先生还特别指派了一个研究生马理女士做我的助手，帮我整理书籍。马理是已故北大国文系主任马裕藻教授的女儿，赫赫有名的马珏的妹妹。

北大图书馆藏书甲大学的天下。但是有关我那专门研究范围的书，却如凤毛麟角。全国第一大图书馆北京图书馆，比较起来，稍有优越之处；但是，除了并不完整的巴利文藏经和寥寥几本梵文书外，其他重要的梵文典籍一概不见。燕京大学图书馆是注意收藏东方典籍的。可是这情况是1952年院系调整后才知道的，新中国成立前，我毫无所知。即使燕大收藏印度古代典籍稍多，但是同欧洲和日本的图书馆比较起来，真如小巫见大巫，根本不可能同日而语。

在这样的情况下，我真如虎落平川、龙困沙滩，纵有一身武艺，却无用武之地。我虽对古代印度语言的研究恋恋难舍，却是一筹莫展。我搞了一些翻译工作，翻译了马克思论印度的几篇论文，翻译了德国女作家安娜·西格斯的短篇小说。我还翻译了恩格斯的用英文写成的《英国工人阶级状况》，只完成了一本粗糙的译稿，后来由中共中央马列著作翻译局拿了去整理出版，收入《马克思恩格斯全集》中。这些工作都不是我真正兴趣之所在，不过略示一下我是一个闲不住的人而已。

这远远不能满足我那种闲不住的心情。当时的东方语言文学系，教员不过五人，学生人数更少。如果召开全系大会的话，在我那只有十几平方米的系主任办公室里就绰绰有余。我开了一班梵文，学生只有三人。其余的蒙文、藏文和阿拉伯文，一个学生也没有。我“政务”清闲，天天同一位系秘书在办公室里对面枯坐，既感到极不舒服，又感到百无聊赖。当时文学院中任何形式的会都没有，学校也差不多，有一个教授会，不过给大家提供见面闲聊的机会，一点作用也不起的。

汤用彤先生正开一门新课“魏晋玄学”。我对汤先生的道德文章极为仰慕。他的著作虽已读过，但是，我在清华从未听过他的课，极以为憾。何况魏晋玄学的研究，先生也是海内第一人。课堂就在三楼上，我当然不会放过。于是征求了汤先生的同意，我每堂必到。上课并没有讲义，他用口讲，我用笔记，而且尽量记得详细完整。他讲了一年，我一堂课也没有缺过。汤先生与胡适之先生不同，不是口若悬河的人。但是他讲得细密、周到，丝丝入扣，时有精辟的见解，如石破天惊，令人豁然开朗。我的笔记至今还保存着，只是“只在此室中，书深不知处”了。此外，我因为感到自己中国音韵学的知识欠缺，周祖谟先生适开此课，课堂也在三楼上，我也得到了周先生的同意去旁听。周先生比我年轻几岁，当时可能还不是正教授。别人觉得奇怪，我则处之泰然。一个系主任教授随班听课，北大恐尚未有过，但是，这有什么关系呢？能者为师。在学问上论资排辈，为我所不取。

然而我心中最大的疙瘩还没有解开：旧业搞不成了，我何去何从？在哥廷根大学汉学研究所图书室阅书时，因为觉得有兴趣，曾随手从《大藏经》中，从那一大套笔记丛刊中，抄录了一些有关中印关系史和德国人称之为“比较文学史”（Vergleichende Literaturgeschichte）的资料。当时我还并没有想毕生从事中印关系史和比较文学史的研究工作，虽然在下意识中觉得这件工作也是十分有意义的，非常值得去做的。回国以后，尽管中国图书馆中关于印度和比较文学史的书籍极为匮乏，但是中国典籍则浩瀚无量。倘若研究中印文化关系史和比较文学史，至少中国这一边的资料是取之不尽、用之不竭的，而且这个课题至少还同印度沾边，不致十年负笈，前功尽弃。我反复思考，掂斤播两，觉得这真是一个极为灵妙的主意。虽然我心中始终没有忘记印度古代语言的研究，但目前也只能顺应时势，有多大碗吃多少饭了。

我终于找到了出路。

出路的表现

对于一个搞学术研究的人来说，出路只能至少是主要表现在论文上。我检查了一下从 1946 年到 1949 年所写的文章，我必须根据论文实际写作的情况，来探寻我那出路的轨迹。有一点我必须首先在这里说明白。我现在写的是“学术自述”，而不是别的。什么叫“学术”？可能每个人都有自己的理解。我只能根据我自己的理解来决定去取。凡是文学创作，比如写点散文什么的，都不包括在内。连写一些杂文一类的东西，也不包括在内。

就根据这个标准，我把这四年的回忆依照时间顺序写在下面。

1946 年

这一年一大半是在旅途中度过，一直到年末，才算是得到了安定。但是，在车船倥偬中，竟然写了一些文章，殊出我意料。但是，按照我在上面给“学术”下的定义，真正够格的只有两篇。

1.《一个故事的演变》

这个故事流传的时间极长，地域极广。小学教科书里面都用它来作教材。后来我在《梅磵诗话》里又读到了引用东坡诗注的一段话，讲的也是这个故事。《诗话》引刘后村的诗：“辛苦谋身无瓮算，殷勤娱耳有瓶声。”“瓮算”指的就是这个故事。江盈的《雪涛小说》中也有这个故事，内容大同而小异。印度《嘉言集》和《五卷书》中也找到了同样的故事，内容请参阅我的原作，这里不赘述。我只想指出一点，中国的那两部书就是我在哥廷根读到的。当时万没有想到，后来竟派上了用场。

2.《梵文〈五卷书〉——一部征服了世界的寓言童话集》

这一篇文章是根据德国“比较文学史”的创立者 Th. Benfey 的关于《五卷书》的一篇长文介绍的。严格说起来，它不能算是一篇学术论文。但是，后来兴起的比较文学中的影响研究，我认为，创始人不是别人，而是正是 Benfey。所以我把它列在这里。

1947 年

这一年文章的数量不算少，符合学术条件的有以下几篇。

1.《一个流传欧亚的笑话》

这也属于比较文学史的范围。比较文学史与民间文学有密切的联系，二者简直可以成为一体。《五卷书》里面的故事，我认为基本上都属于民间文学。普通老百姓创造故事的能力是无与伦比的。

这个笑话是我在德国听到的。内容极简单：一个白人与一个黑人同住旅舍中的一间屋内。夜里，黑人把白人的脸用墨涂黑，偷了他的东西，溜之大吉。白人醒来，看到自己的东西都已不见，照了照镜子，惊诧地说道：“原来黑人在这里，可我到哪里去了呢？”在哥廷根汉学研究所翻阅杂书时，读到《续说郛》中收的刘元卿的《应谐录》，发现里面有几乎完全相同的笑话，只不过把黑人换成和尚而已。

2.《木师与画师的故事》

这同样属于比较文学史的范围，是中印两国的民间故事流传的一个例证。

3.《从比较文学的观点上看寓言和童话》

这仍然属于比较文学史的范围。我径直称之为“比较文学”，由此可见我当时对“比较文学史”和“比较文学”的看法。

在这篇文章里，我介绍了几个跨越国界、流传时间又极长的故事。第一个就是著名的“曹冲称象”的故事。它堂而皇之地见诸中国的正史《三国志·魏志》中，它的真实性由此得到了加强。实则同样内容只换了人名的故事，却见于汉译《大藏经》中。我介绍的第二个故事是狼与鹤的故事。这个故事见于古希腊的《伊索寓言》中。印度也有，见于巴利文《本生经》及其他不少的佛典中。关于称象的故事，日本也有，有名的“一休传说”中就有这个故事。请参阅陈寅恪先生的《三国志曹冲华陀传与佛教故事》。

在这篇文章里，我讨论寓言和童话起源的问题。这个问题在许多书中和论文中都曾谈到过。从理论上来讲，不外是一元产生论和多元产生论。我个人认为，多元产生是不能想像的。只有一元产生才是合情合理的。剩下的只有一元产生，也就是最初产生在一个国家、一个地域，然后向外辐射扩散。这一个国家或地域究竟在哪里呢？恐怕不能笼而统之地说，所有的寓言和童话都产生在一个国家和地域内，那是不可能的。但是，如果讲大多数的寓言和童话都产生在一个国家和地域内，则是近情近理的。现在的问题是：这一个国家和地域究竟是哪一个呢？西方国家的学者谈到的不出两个：一个印度，一个希腊。他们的意思并不一致。据我的观察，Winternitz 依违于印度、希腊之间。Benfey 则说得清楚而坚定：“世界上一切童话和故事的老家是印度，一切寓言的老家是希腊。”他同样依违于印希两国之间，但把童话和寓言区分开来。这个区分是十分牵强的，因为二者从根本上是难以区分的，决不是泾渭分明的。我个人则倾向于印度，因为印度的民族性极善幻想，有较其他民族丰富得多的、深邃得多的幻想力。鲁迅先生在 1926 年写成的《〈痴华鬘〉题记》中一开头就说：“尝闻天竺寓言之富，如大林深泉，他国艺文，往往蒙其影响，即译为华言之佛经中，亦随在可见。”我认为，鲁迅的意见是根据事实立论，极可信赖。

4.《柳宗元〈黔之驴〉取材来源考》

柳宗元的《黔之驴》是一篇非常著名的文章，读古文者恐怕没有人不读的。但是，迄今我还没有见到有人探索这篇文章来源的文章。我个人提出了一个看法：它的来源也与印度有关。我在印度许多书中找到了类似的故事：《五卷书》第四卷，第七个故事；《嘉言集》中也有一个类似的故事。可是，在古希腊柏拉图的《对话》中有所暗示，完整的故事存在于《伊索寓言》中。在法国拉封丹的《寓言》中也有这个故事。可见这个故事，至少是它的母题，传布时间之长和地域之广。

1948 年

1.《〈儒林外史〉取材的来源》

在这篇文章中，我想指出，虽然吴敬梓的书多有历史事实的根据；但是，他是在写小说，因此他从其他书中也抄来了一些材料。

2.《从中印文化关系谈到中国梵文的研究》

这里我明确地提出了中印文化关系，表示我正在寻求出路中的一些想法。

3.《“猫名”寓言的演变》

这篇文章也属于比较文学史的范围。我先在明刘元卿的《应谐录》中发现了“猫名”的寓言。这当然也是在哥廷根大学汉学研究所图书室中读书的收获。接着在日本的书中找到了这个寓言。最后，又在印度的许多书中找到了它，这些书包括《故事海》、《五卷书》、《说薮》等等。在世界上其他国家同样有这个故事。

4.《佛教对于宋代理学影响之一例》

这一篇文章属于中印文化交流的范围。

5.《论梵文 ṭḍ 的音译》

这是我到北大后三年内写得最长的一篇学术论文，是为纪念北京大学建校五十周年校庆而做。当时北大教授写了不少纪念论文，总名之曰“论文集”，实则都是单篇印行，没有成“集”。

这篇论文讨论的主要是利用佛典中汉文音译梵文的现象来研究中国古音。钢和泰（A. von Staël-Holstein）先生想用音译来构拟中国古音，但必须兼通古代印度俗语才能做到。

梵文的顶音 ṭ 和 ḍ 在汉译佛典中一般都是用舌上音知彻澄母的字来译。ṭ 多半用“吒”字，ḍ 多半用“荼”字。但是在最古的译本中却用来母字来对梵文的 ṭ 和 ḍ。这就有了问题，引起了几位有名的音韵学家的讨论和争论。罗常培先生、周法高先生、陆志韦先生、汪荣宝先生等都发表了意见，意见颇不一致。我习惯于“在杂志缝里找文章”，这一次我又找到了比较满意的正确的答案。

原来上述诸位先生仅仅从中国音韵学上着眼，没有把眼光放大，看一看 ṭ 和 ḍ 在古代印度和中亚以及中国新疆地区演变的规律；没有提纲，当然无法挈领。在古代印度和中亚一带，有一个简单明了的音变规律：ṭ > ḍ > ḷ > l。用这一条规律来解释汉译佛典中的音变现象，涣然冰释。我在文章中举了大量的例证，想反驳是不可能的。

罗常培先生对此文的评价是："考证谨严，对斯学至有贡献。"

1949 年

《列子与佛典》

《列子》是一部伪造的书，这久成定论，无人反对。但是伪造的时间和人究竟是何时和何人，却缺乏深入的探讨。我在《列子》和竺法护译的《生经》中都找到了《国王五人经》的故事，前者抄袭后者，决无可疑。《生经》译出时间是能确定的，因此伪造《列子》的时间也就随之而能确定。《生经》译于西晋太康六年(285 年)，因此《列子》的成书不会早于这一年。至于《列子》的作者，就是故弄玄虚的张湛。

胡适之先生写信给我说："《生经》一证，确凿之至。"

出路主流中的一个小漩涡《浮屠与佛》

初回到北京，我根本没有考虑吐火罗文的问题，我早已在思想上把它完全放弃了。我偶然读《胡适论学近著》，里面有谈到汉译"浮屠"与"佛"字谁先谁后的文章，而且与陈援庵（垣）先生关于这个问题有所争论，好像双方都动了点感情。这一下子引起了我的兴趣。我想到吐火罗文 ptāñkät 这个词。也写作 pättāñkät；

这个词是由两部分或两个字组成的，前一半是 ptā 或 pättā，后一半是 ñkät。ñkät 是“神”，旧译“天”，ptā 或 pättā 是梵文 Buddha 的吐火罗文写法。中国过去有些人总以为 Buddha 的音译是“浮屠”、“佛陀”等等，而“佛”字只是“佛陀”的省略。可是在中国古代汉译佛典中，“佛”字先出，而“佛陀”则后出，说前者不可能是后者的省略，毋宁说后者是前者的延伸。那么，“佛”字应该说首先出于吐火罗文的 pät，因为最初佛教并不是直接由印度传来的，而是通过月支的媒介。在这样的考虑下，我就写成了这一篇论文《浮屠与佛》。文中也不是没有困难。对应汉文“佛”字的应该是以浊音 b 开头，而不是清音 p。为此我还颇伤了一番脑筋，特别请周祖谟先生为我解决了这个问题。当时我眼界不宽，其实是“天下本无事，庸人自扰之”。到了几十年以后，这个问题才终于得到了圆满的解决，见下面回忆。

文章虽写了，我却并没有自信。乘到清华园晋谒陈寅恪师之便，向他读了一遍我的论文，他当时眼睛已完全失明。蒙他首肯，并推荐给了当时学术地位最高的中央研究院历史语言研究所集刊，发表在第二十本上。

1950 年—1956 年

陷入会议的漩涡中

1949 年迎来了解放。当时我同北大绝大多数的教授一样，眼前一下子充满了光明，心情振奋，无与伦比。我觉得，如果把自己的一生分为两段或者两部分的话，现在是新的一段的开始。当时我只有三十八岁，还算不上中年，涉世未深，幻想特多，接受新鲜事物，并无困难。

我本来是一个性格内向的人，最怕同人交际；又是一个上不得台面的人。在大庭广众中、在盛大的宴会或招待会中，处在衣装整洁、珠光宝气的男女社交家或什么交际花包围之中，浑身紧张，局促不安，恨不得找一个缝钻入地中。看见有一些人应对进退，如鱼得水，真让我羡煞。但是命运或者机遇却偏偏把我推到了行政工作的舞台上；又把我推进了社会活动的中心，甚至国际活动的领域。

人民政府一派人来接管北大，我就成了忙人。一方面处理系里的工作。有一段时间，由于国家外交需要东方语言的人材，东语系成为全校最大的系。教员人数增加了十倍，学生人数增加了二百多倍，由三四人扩涨到了八百人。我作为系主任，其工作之繁忙紧张，概可想见。另一方面，我又参加了教授会的筹备组织工作，并进一步参加了教职员联合会的筹备组织工作。看来党组织的意图是成立全校的工会。但是，到了筹建教职员联合会这个阶段遇到了巨大的阻力：北大工人反对同教职员联合。当时“工人阶级必须领导一切”的口号喊得震天价响。教职员被认为是资产阶级的，哪里能同工人平起平坐呢？这样一来，岂不是颠倒了领导者与被领导者的地位！这哪里能行！在工人们眼中，这样就是黄钟毁弃，瓦釜雷鸣，是绝对不行的。幸而我国当时的最高领导人之一及时发了话：“大学教授不是工人，而是工人阶级。”有了“上头的”指示，工人不敢再顶。北大工会终于成立起来了。我在这一段过程中是活跃分子。我担任过北大工会组织部长、秘书长、沙滩分会主席，出城以后又担任过工会主席。为此我在“文化大革命”中还多被批斗了许多次。这是对我非圣无德行为的惩罚，罪有应得，怪不得别人。此是后话，暂且不谈了。

当时北大常常请一些革命老前辈到沙滩民主广场来做报告，对我们进行教育。陈毅元帅就曾来过，受到全校师生极其热烈的欢迎。其次给我留下印象最深刻的是周扬同志的报告，记得不是在民主广场，而是在一个礼堂中。他极有风趣地说：“国民党的税多，共产党的会多。”他这一句话，从许多人口中都听到过，它确实反映了实际情况。一直到今天，半个世纪快要过去了，情况一点没有改变。有许多次领导上号召精简会议，然而收效极微。暂时收敛，立即膨胀，成为一个极难治疗的顽症。

学校秩序还没有十分安定，中央领导立即决定，在全国范围内开展“三反”、“五反”、思想改造运动。

大家都知道，运动一来，首先就是开会；大会、小会、大会套小会，总而言之是会、会、会，会开得你筋疲力尽，一塌糊涂。

在北大，在奉行极“左”路线的年代，思想改造，教授几乎是人人过关。自我检查，群众评议。这种自我检查，俗名叫“洗澡”。“洗澡”有“大盆”、“中盆”、“小盆”之别。校一级领导，以及少数同国民党关系比较亲密的教授们，自然必然是“大盆”。换言之，就是召开全校大会，向全校师生做自我检查。检查得深刻才能过关。深刻与否，全由群众决定。一次过不了关，再来第二次、第三次，一直检查到声泪俱下，打动了群众的心，这个“澡”才算洗完。有一位就在自己的检查稿上加上旁注：“哭！再哭！”成为一时的美谈。

我，作为一个知识分子，当然是“有罪”的。可惜罪孽还不够深重，地位也不够高，只能凑和着洗一个“中盆”。检查两次就通过了。我检查稿上没有注上“哭！”我也没有真哭，这样通过，算是顺利的了。

自己洗完了“澡”以后，真颇觉得神清气爽，心中极为振奋。我现在已经取得了资格，可以参加领导东语系的思想改造运动了；后来甚至于成了文、法两个学院的领导小组组长。秘书或副组长是法学院院长秘书余叔通同志，他曾是地下党员，是掌握实权的人物。这样一来，我当然更加忙碌了，表现出来就是开会越来越多了。白天开会，晚上开会，天天开会。

我真正陷入了会议的漩涡里了。

开了三四十年的会以后，我曾对人说过：我现在的专业是开会，专门化也是开会。可惜大学里没有开设“开会学”这一门课，如果开的话，我是最理想的主讲教授。我对开会真正下了工夫，费了时间。从上到下，从里到外，从大到小，从长到短，从校内到校外，从国内到国外，形式不同，内容各异，我都能应付裕如，如鱼在水，提其纲而挈其领，钩其要而探其玄，理论和实践，都达到了极高的水平。如果教委和国务院学位委员会批准建立“开会学”博士点，我相信，我将是第一个合格的“博导”。

对1949年再做一点补充

在这一年，我写了两篇可以算是学术性的文章。其中一篇《列子与佛典》，上面已经谈过。如果把1949年分为两半的话，还有一篇文章可以说是属于后一半，这篇文章是《三国两晋南北朝正史与印度传说》。

在中国历史上，为了迷惑和欺骗人民大众，最高统治者皇帝——我看首先是他们那一批专会阿谀奉承的奴才们——想方设法，编造神话，增加自己的神秘性，以利于统治。他们往往首先从统治者的躯体上做文章，说他们生得怎样怎样与普通人不同，说他们是上天派下来专门做统治者的。这样的例子极多，特别是对创业开国之主，更是如此。我在这里只举一个例子，以概其余。《史记·高祖本纪》说：“高祖为人隆准而龙颜，美须髯，左股有七十二黑子。”这一个地痞流氓出身的皇帝居然也有“异相”了。

这是佛教传入前的情况，可以说是“土法”。佛教传入中国以后，又来了“洋法”，当时应该说是“胡法”或者“海法”。《三国演义》这一部家喻户晓的小说中说，刘备“两耳垂肩，双手过膝”，表明他与普通人不同的贵相，这是一个开国英主不能不具备的。我们平常人只知道，猪才能“两耳垂肩”，猿猴才能“双手过膝”，世界上哪能有这样的人呢？此即所谓“贵人福相”也。

后来我又在许多正史里发现了类似的情况。《三国志·魏书·明帝纪》、《三国志·蜀书·先主纪》、《晋书·武帝纪》、《陈书·高祖纪》、《陈书·宣帝纪》、《三国志·魏书·太祖纪》、《北齐书·神武纪》、《周书·文帝纪》等等中都能够找到。

这是什么原因呢？上面提到的这一段历史时期，正是印度佛教汹涌澎湃地向中国传入时期，找影响来源，必然首先想到印度。当然，在中国古代类似的情况也是有的，但不这样集中。

印度别的宗教先不谈，只谈佛教一家。他们认为，释迦牟尼不是常人，而是一个“大人物”（mahāpuruṣa），“大人物”当然与平常人不同，他身体上有“三十二相”和“八十种好”，“相”和“好”都指的是特异之处。“相”在梵文中叫 lakṣaṇa，“好”叫 anuvyañjana。一一列举，过于烦琐。只举三十二相（Mahāpuruṣalakṣaṇa）中的几相，给大家一点具体的印象。三十二相，各经排列顺序不尽相同。按照《翻译名义大集》的顺序，第一相为“首具肉髻相”，第十八相为“正立不屈手过去（膝）相”等等。再举一个“好”的例子。第六十八“好”为“耳厚修长”等等。由此可见，刘备身上那两个特异之处，原来都来自印度佛典。

三国两晋南北朝的正史上许多有为的帝王都具有异相，而异相又都与佛教有关，这一点用不着再论证了。我们常讲“文化交流”，这当然是“交流”——在这里表现为向一边流——但是是否是“文化”，颇有点难说。我们应当把“文化交流”的含义扩大开来看，没有必要在琐事上纠缠。

在这里，我想顺便讲一点想法。

关于文化交流的重大意义，我最近几年在许多文章和发言中都曾强调过。中国和印度这两个世界上最大的文明古国之间的文化交流，已经有了两千多年的历史，其对于两国文化之促进作用，有目共睹。对于两国文化交流史的研究，两国学者都有各自的卓越贡献，著述累累，成果辉煌。可能有人认为，我们研究得已经差不多了。实际上却是远远不够，广度不够，深度也不够。我这一篇关于“大人相”的短文就是一个具体的例证。从两千多年的历史上来看，需要弥补之处还很多很多。特别是在汉魏两晋南北朝佛教正大力传入这一段历史上，疏漏之处就更多。我们两国的有关学者千万不要满足于目前的成绩，我们的道正远，需要做的工作正多，我们要共同努力，庶不至于辜负历史交给我们的任务。

批判的狂潮汹涌澎湃

当时流行最广也最有权威的说法是：马克思主义的本质是批判的，是斗争的。有人说：“与天斗，其乐无穷；与地斗，其乐无穷；与人斗，其乐无穷。”总而言之，斗，斗，斗，斗就是一切；批判是斗争的一种形式。有人连屁大一件小事也上纲到阶级斗争。虽然还没有像以后那样昭告天下：阶级斗争必须年年讲，月月讲，日日讲，时时讲，但是阶级斗争的势头已颇可观。并不是所有的领导人都同意这种观点。我曾在一次报告会上亲耳听到陆定一，当时的中央宣传部长，说到当年江西苏区的一件事。一个人在街上小便，被人抓住说：在街上小便，危害公众卫生；危害公众卫生，就是危害人民的性命；危害人民的性命，就是危害革命；危害革命，就是现行反革命。陆定一是反对这样做的。可惜并不是每一个领导人都有这样的认识。于是斗争之声洋洋乎盈耳，滔滔者天下皆是矣。

有的领导人认为，阶级斗争最集中的表现是在意识形态领域内，而搞意识形态工作的都是知识分子。因此，正如我在上面已经谈过的那样，斗争和批判的目标始终集中在知识分子身上。根据我个人的观察，每掀起一个批判的运动，总先找一个人，或一部书，或一个电影当做靶子，大家把批判的利箭都射向这个靶子。批判的过程是由小渐大，由近及远，一直到全国学术界都参加进来。批判的技巧是抓住片言只字，加以歪曲，杯弓蛇影，无中生有，越“左”越好，无限上纲，最后必须同封建思想、资产阶级思想、修正主义思想挂上钩。“修正主义”这个词，五十年代前半期，似乎还不大习见。等到同苏联的关系闹翻，这个词才频频出现，因为中国认为苏联变成了修正主义。但是，究竟什么叫真正的修正主义，我看，当时弄清楚的人不多。大家习以为常，彼此糊涂，彼此心照不宣。

根据我的回忆——这种回忆我只能说大概是正确的，细节方面难免有点出入——最初被选中当靶子的是两部影片：《武训传》和《早春二月》。批判的程序就是我上面讲的那样。

第一部被选中批判的电影是赵丹主演的《武训传》。这一部影片的罪名很大，很可怕。有人说，武训是封建帝王的忠实走狗，为帝王的统治当帮凶，他那一套行乞的做法，比如爬在地上让人骑在他背上，以求得几文钱来办学，等等，都是蒙蔽迷惑别人的。总之，武训的目的是想延续封建帝王的罪恶统治，罪大恶极。赵丹的演技越超绝，起的作用也就越恶劣。对于这些刀笔吏式的指摘和谴责，我无论如何也想不通。到了后来，这种指摘和谴责竟加到了历代家喻户晓、万人争颂的清官头上，比如包拯、海瑞等等，他们都成了人民的罪人。因为他们的清廉缓和了人民与最高封建统治者皇帝之间的你死我活的矛盾，因此也就延长了封建帝王的统治。讲“辩证法”讲到这种程度，岂不大可哀哉！

还有一件与《武训传》有联系的极其重要的事件，必须在这里讲一讲，这就是江青的“露峥嵘”。毛泽东对江青是非常了解的。据说他有意限制江青的活动，不让她抛头露面。所以，中华人民共和国建立以后，有好多年之久，一般老百姓还都不大知道江青。然而，有朝一日风雷动，江青乘批判《武训传》的机会，从多年的“韬光养晦”中脱颖而出，顿时成为令人瞩目的人物，光芒四射，伏下了以后的祸机。原来毛泽东派江青赴山东武训的老家堂邑去调查武训的家世。个中详情，我们局外人是无法摸透的。也许因为江青原是电影演员，而《武训传》又是电影，所以就派她去调查了。所谓调查，其实是先有了结论的，只需使用演绎法，先有了公理，只需找到合乎这个公理的“事实”，加以罗织与歪曲，凡与此公理不合者一概在扬弃之列。这样的“调查”其实是非常容易的，然而江青一行却故作诡秘状，费了很长的时间才大功告成。结果在《人民日报》上发表了一篇长达若干万字的“调查报告”，把武训打成了地主狗崽子、地痞流氓，民愤极大，罪大恶极。批判《武训传》，一万个正确。从此，江青便也誉满天下、名扬四海了。

总之，对电影《武训传》的批判，是一出不折不扣的闹剧，而且埋下了极其危险的祸根。十几年后出现的“文化大革命”，与此不无关系。

批判《早春二月》是在西四西大街一所大院子里开始的。记得这是当时电影局（或另外别的名称）所在之地。把一批文化界的人士邀请了去，先让大家看电影，然后座谈，并没有什么人告诉你葫芦里卖的或者想卖什么药，只是让你随心所欲地发表意见。我的政治水平、思想水平和欣赏水平都奇低——也许并不低，因为过了几十年后，还是给《早春二月》平反了——我认为这部片子非常好，画面美丽，人情味极浓。如果我发言的话，我一定会大大地赞美一番的。可惜，或者幸而，我临时有事，提前离开会场，没有发言。过了不久，有人告诉我，在那一天发言赞美者都必须“主动”写文章，批判自己的发言，因为这一部电影被定为“坏片子”，是宣传资产阶级人道主义的。我这一次幸逃劫难，然而我却高兴不起来。

批判之风一起，便决不会仅仅限于《武训传》，跟着来的是批判资产阶级学术思想。我不知道为什么首当其冲的竟是俞平伯的对《红楼梦》的研究，我自己虽亲自参加了这一场声势也颇为浩大的批判。但是，我对幕后的活动并不清楚，估计也有安排，什么人发动，然后分派任务，各守一方，各司其职。最后达到了批倒批臭的目的，让所谓的“资产阶级学术思想”成为过街的老鼠，人人喊打。

批判一经开始，便不会自动停下，它会像瓜蔓一样，四处蔓延。大概是因为胡适也研究过《红楼梦》，于是首先就蔓延到胡适身上。尽管他当时并不在大陆，而是在台湾或者美国。搞一个缺席批判，也无不可。许多学人一哄而起，对胡适的方方面面都批判到了。因为他本人不在现场，人们批判起来，更用不着有什么顾忌。用的方法同以前一样，捕风捉影，无中生有，刀笔罗织，无限上纲。大家共同努力，演了一出杀鸡给猴看的闹剧。这场批判后来又扩散开来，牵涉到了许多有影响有造诣的著名学者，但并没有形成人人自危的局面，因为，达到被批判的水平并不容易，必须有相当高的学术地位，才有入选资格。尽管如此，一部分自认为有候选资格者，心中总是忐忑不安，空中好像悬着一把达摩克里斯利剑。

我的学术研究

我在上面讲到了批判和开会，批判除了写文章以外，就是开会，开会与批判紧密相联，于是无日不开会矣。诗人冯至套用李后主的词，写了两句话："春花秋月何时了？开会知多少。"从中可见当时我们的心情。

我工作的单位是在学术界和教育界。可哪里有时间来进行学术研究呢？我在下面把我的学术研究的"成绩"逐年写一下：

1950 年

一整年，我只写了两篇文章。

1.《纪念开国后第一个国庆日》

2.《记〈根本说一切有部律〉梵文原本的发现》

没有一篇学术论文，这一年等于一个零。

1951 年

这一年，我写了八篇文章。汉译马克思《论印度》出版。

1. 《〈新时代亚洲小丛书〉序》

2. 《语言学家的新任务》

3. 《介绍马克思〈印度大事年表〉》

4. 《从斯大林论语言学谈到“直译”和“意译”》

5. 《对于编修中国翻译史的一点意见》

6. 《史学界的另一个新任务》

7. 《不列颠在印度的统治》（翻译）

8. 《不列颠在印度统治的未来结果》（翻译）

也没有一篇学术论文，这一年又是一个零。

1952 年

这一年只写了一篇文章。

《随意创造复音字的风气必须停止》

这一年当然又是一个零。

1953 年

这一年写了两篇文章。

1. 《学习〈实践论〉心得》

2. 《纪念马克思的〈不列颠在印度的统治〉著成一百周年》

1954 年

这一年写了三篇文章。

1. 《中国纸和造纸法传入印度的时间和地点问题》

这是颇费了一些力量才写成的一篇论文，其来源应该追溯到前面“出路的表现”一节中去。在那里，我讲到了回国以后，旧业无法进行，只好另寻出路。出路之一就是从事中印文化交流史的研究。而且我还想纠正“一头子买卖”（oneway traffic）的说法，所以努力寻找中国对印度的影响。这丝毫也不意味着什么“狭隘民族主义”，学术研究贵在求真，我不过想求真而已。

纸和造纸术是中国发明的，连最有偏见的外国学者也不敢有异辞。在印度，文字的发明创造远较中国为晚。有了文字以后，文字是刻在铜板或铁板上，但最常用的是一种树叶，中国称之为“贝叶”，“贝”是“贝多罗”（pattra）的缩写，这个字本身就有“树叶子”的意思。

我从纸在古代西北一带传播的情况讲起，一方面根据中国古代文献，一方面参考考古发掘的结果，而以后者为主，因为考古发掘出来的纸是最过硬的证据。我讲到敦煌和甘肃西部，讲到新疆的楼兰、吐鲁番、高昌、焉耆、库车、巴楚、叶尔羌、和阗等地，在这些地方都发掘出来了质地不尽相同的纸。然后又越出了国境，讲到中国纸传入波斯（伊朗）和阿拉伯国家的情况。最后讲到纸和造纸术传入印度的情况。在这些叙述和论证中，我既使用了古代文献资料和考古发掘的资料，也使用了我最喜欢使用的语言资料。如果说我的学术研究有什么特点的话，利用语言资料或者可以说是特点之一。唐代的《梵语千字文》、《梵唐消息》、《梵语杂名》等书中都有表示“纸”这件东西的梵文字。最值得注意的是《梵唐消息》中 saya（羡林注——这是拉丁字母转写）这个字，这很可能就是汉文“纸”字的音译。

我这篇论文的主要结论是：中国纸至迟到了唐代已经传入印

度。造纸法的传入，由于材料缺乏，不敢肯定。传入的道路是陆路，也就是广义的丝绸之路。

2.《中印文化交流》

3.《中缅两国人民的传统友谊》

后两篇都不是什么学术论文。

1955 年

这一年，我写了四篇文章。汉译《安娜·西格斯短篇小说集》出版。

1.《〈金刚般若波罗蜜经谚解〉序》

2.《吐火罗语的发现与考释及其在中印文化交流中的作用》

这一篇勉强可以算做一篇学术论文，因为并没有费多少力量，不过摭拾旧文，加以拼凑，勉成一篇而已。

我先讲了讲吐火罗语在中国新疆发现的经过，利用的都是旧资料。我归纳了一下，系统化了一下，对读者不无用处。在最后一段，我针对一个问题举了两个例子。这个问题是：佛教初入中国时，最早翻译的佛典几乎很少是用梵文写成的，而是经过中亚的某一种“胡”语，其中根据现有的资料来看以吐火罗语为最多。因此，最早的汉文译名，若以梵文为标准去对比，往往不得其解；若以吐火罗语为标准，困难则迎刃而解，“佛”字就是一个最有说服力的例子。过去法国学者烈维（Sylvain Lévi）已经举出过几个例子，但范围还过于狭隘。我在这方面下过一些工夫，做过一些笔记。在这一篇论文中，我举出了两个：一个是“恒河”，一个是“须弥山”。这两个词都不是直接来自梵语，而是经过了吐火罗语的媒介。我本来还能够举出更多的例子的，但因为想尽快结束，所以就草草收兵。

3.《中国蚕丝输入印度问题的初步研究》

这同前面1954年关于纸和造纸法的文章属于同一类型。我在上面下过一些工夫，可以算得上一篇学术论文。

中国是蚕丝的故乡，蚕丝从中国出发传遍了世界，从词源学上也可以证实这一个历史事实，这里不详细去谈，我在这篇论文里谈了下面一些问题：（1）中国古代蚕丝的发现；（2）蚕丝在古代西域的传布；（3）中国蚕丝输入波斯的过程；（4）蚕丝在古代西南的传布；（5）中国蚕丝输入印度的道路：① 南海道；② 西域道；③ 西藏道；④ 缅甸道；⑤ 安南道。

中国是世界上最早发现并利用蚕丝的国家，世人并无异议。中国古典文献中有大量证据，欧洲古典文献中也有记载。正如其他人类发现、发明或创造的事物一样，一旦在一个地方出现，立即向四周传布。这是人类之所以异于禽兽的重要标志之一。我讲了蚕丝在古代西域的传布，其中包括敦煌、玉门关和甘肃西部，包括楼兰等地，用的方法仍然是古典文献与考古发掘并举。我讲了蚕丝在古代西南的传布，用的主要是文献资料。我讲了蚕丝传入印度的过程。梵文中有许多含义为“丝”的词，其中多有cīna（脂那，支那）字样。可见在古代印度人心目中，丝是与中国分不开的。最后我讲了蚕丝从中国传入印度的道路，这要比纸和造纸术复杂得多。我总共讲了上面列举的五条道路。最大的区别在于，纸最早传入印度时只有陆路丝绸之路一路。有人主张，最早的是海路；但可惜证据薄弱，牵强附会，根本不能成立。而蚕丝则略有不同：传入印度的道路最初不止陆路一途。这一点颇值得注意。

4.《为我们伟大的祖国而欢呼》

这是一篇应景的杂文，毫无学术价值可言。

1956 年

这一年共写了五篇文章。汉译《沙恭达罗》出版。

1.《纪念印度古代伟大诗人迦梨陀娑》

2.《印度古代伟大诗人迦梨陀娑的〈云使〉》

3.《〈中印文化关系史论丛〉序》

4.《沉重的时刻》（译文）

5.《原始佛教的语言问题》

在以上五篇中，只有最后一篇可以算是学术论文。这是印度佛教史上和西方梵文巴利文学界的一个老问题，一个比较重要的问题。内容是：释迦牟尼有一次对比丘们说："我允许你们，比丘呀，用自己的语言学习佛所说的话。""自己的语言"，巴利文原文是 sakāya niruttiyā。问题是："自己"指的是谁？是如来佛呢？还是比丘？印度和西方的学者们在这个问题上分成了两派，一派主张前者，一派坚持后者。我在汉译佛典中找到了多处与这一句话完全相当的话。我的结论是：指后者是对的，换句话说，佛允许比丘们用比丘们自己的话来学习佛言。这说明了，释迦牟尼的"语言政策"是开放的政策。他反对婆罗门教，所以不规定梵文为经堂语，也没有另找一个语言做经堂语。佛教一开始就能传播开来，同佛的语言政策有关。

写完了 1950 年—1956 年"我的学术研究"这一段，不算不知道，一算吓一跳，在整整七年中，有五年我的学术研究成果竟是一个零；其余两年算是写了两篇可以称得上学术论文的文章，差强人意。试问人生一世能有几个七年呀！对一个搞其他工作的人来说，这也许算不了什么。然而对我这个从事学术研究工作的人来说，时间就是生命，浪费时间，等于自杀。言念及此，心如刀割。然而，这才仅仅是一个开端，更严重的还在后头哩，奈之何哉！奈之何哉！

1957 年—1965 年

政治运动

我为什么把 1957 年作为这一个阶段之首，而又把 1965 年作为其末呢？对解放后“阶级斗争”的历史稍有所了解的人都能明白，其中并无什么奥妙。这两个年头是两次最大的狂风骤雨之间的间歇阶段的一头一尾。头，我指的是 1957 年的反右运动；尾，我指的是 1966 年开始的“文化大革命”。两次运动都是中国人民亿金难买的极其惨痛的教训。

在反右斗争中，我处在一个比较特殊的地位上。一方面，我有一件红色的外衣，在随时随地保护着我，成了我的护身宝符。另一方面，我确实是十分虔诚地忠诚于党。即使把心灵深处的话“竹筒倒豆子”全部倒了出来，也决不会说出违碍的话。因此，这虽是一次暴风骤雨，对我却似乎是春风微拂。

学校虽然还没有正式宣布停课，但实际上上课已不能正常进行，运动是压倒一切的。我虽然是系主任，但已无公可办。在运动初期，东语系由于有的毕业生工作分配有改行的现象，所以有一部分学生起哄闹转系。我作为一系之长，一度成为一部分学生攻击的对象，甚至出现了几次紧急的场面。幸而教育部一位副部长亲自参加了处理工作，并派一位司长天天来北大，同我一起面对学生，事情才终于得到了妥善的解决。我也就算是过了关，从此成了“逍遥派”。这个名词儿当时还没有产生，它在“文化大革命”中出现，我在这里不过借用一下而已。

我成了“逍遥派”，既不被批，也不批别人，逍遥自在，为所欲为。现在全校到处摆满了反击右派分子的战场，办公楼礼堂是最大的一个。此处离东语系最近，我有时候就坐在办公楼前的台阶上，听大礼堂中批右派分子的发言，其声清越，震动楼瓦。听腻了，便也念点书，也写点文章。我悠闲自在，是解放后心理负担最轻的一段时间。至于传闻的每一个单位都有划右派的指标，这样的会我没有参加过，其详不得而知。“右派”是一类非常奇怪的人，官方语言是“敌我矛盾当做人民内部矛盾来处理”，其中玄妙到现在我也不全明白。可是被戴上了这一顶可怕的帽子的人，虽然手里还拿着一张选票，但是妻离子散者有之，家破人亡者有之；到头来几乎全平了反。不知道这乱哄哄的半年多，牺牲时间，浪费金钱，到底所为何来！

1958年，又开始了“大跃进”，浮夸之风达到了登峰造极、骇人听闻的程度。每一亩地的产量——当然是虚构的幻想的产量——简直像火箭似的上升。几百斤当然不行了，要上几千斤。几千斤又不行了，要上几万斤。当时有一句众口传诵的口号：“人有多大胆，地有多大产。”把人的主观能动性夸张到了无边无际。当时苏联也沉不住气了，他们说：把一亩地铺上粮食，铺到一米厚，也达不到中国报纸上吹嘘的产量。这本来是极为合情合理的说法，然而却遭到中国方面普遍的反对。我当时已经不是小孩子，已经四十多岁了，我却也深信不疑。我屡次说我在政治上十分幼稚，这又是一个好例子。听到“上面”说：“全国人民应当考虑，将来粮食多得吃不了啦，怎么办?”我认为，这真是伟大的预见，是一种了不起的预见。我佩服得五体投地。

然而，现实毕竟不是神话。接着来的是三年自然灾害。人们普遍挨了饿，有的地方还饿死了人。人尽管挨饿，大学里还要运动，这一次是“拔白旗”。每一系选几个被拔的靶子，当然都是资产阶级知识分子，又是批判，又是检查。乱哄哄一阵之后，肚子照样填不饱。

到了 1959 年，领导上大概已经感觉到，“共产主义是天堂，人民公社是桥梁”，仿佛共产主义立即能够实现，里面颇有点海市蜃楼的成分，不切实际。于是召开庐山会议，原本是想反“左”的，但后来又突然决定继续反右。会议情况，大家都清楚的，用不着我再来说。于是又一路“左”下去。学校里依然不得安静，会议一个接一个。一直到 1965 年，眼光忽然转向了农村，要在农村里搞“四清运动”了。北大一向是政治最敏感的地方，几乎任何运动都由北大带头。于是我也跟着四清工作队到了南口。因为“国际饭店会议”还没有开完，所以我到南口比较晚。我们被分派到南口村去驻扎，我挂了一个工作队副队长的头衔，主管整党的工作。日夜操劳，搞了几个月。搞了一些案子，还逮捕了人。听说后来多数都平了反。我们的工作，虽然还不能说全是“竹篮子打水一场空”，然而也差不多了。我们在南口村呆到 1966 年 6 月 4 日，奉命回校。此时“文化大革命”已经来势迅猛，轰轰烈烈地展开了，一场运动就此开始了。

我是在写“学术自述”，为什么老讲政治呢？原因我想谁心里都明白：学术研究很难离得开政治。不写政治环境，学术研究是没有法子写的。并不是我偏爱政治，然而不得不尔也。

我的学术研究

我仍然按照以上使用过的办法，按照年份顺序来叙述。但因为我在这一阶段，毕竟在会议的夹缝中写了一些可以够得上是学术的论文，我就不再像前一阶段一样，把所有我写的东西都罗列出来了。我那样做是有用意的，我的用意是在“示众”。这一点我在字里行间已经说得很清楚，不必再解释了。我从此以后，只写学术论文，散文、杂文等等都在排除之列。

1957 年

这一年我写了两篇学术论文。《中印文化关系论丛》和《印度简史》出版。

1.《试论 1857 年—1859 年印度大起义的起因性质和影响》

1957 年是印度民族大起义的百年纪念。我为此写了这一篇论文。后来扩大成了一本专著：《1857 年—1859 年印度民族起义》，于 1958 年在人民出版社出版。在文中和书中，我利用了学习到的一点辩证法的知识，对这次大起义提出了一些新看法。

2.《中国纸和造纸法最初是否由海路传到印度去的?》

在我 1954 年写的那一篇关于中国纸和造纸法传入印度的文章中，我讲到纸是由陆路传入印度的。后来有人（算不上是什么学者）反对我的说法，主张纸是由海路传入印度的。我列举了不少论据，论证此说之不当。

1958 年

这一年，我写了三篇论文。

1. 《印度文学在中国》

根据我平常阅读时所做的一些笔记，加以整理，按时间顺序排列开来，写成了这一篇文章。我在这里使用的“文学”这个词，完全是广义的，寓言、神话、小故事，以及真正的文学都包括在里面。印度文学传入中国，是多渠道的、长时间的。这篇文章中列举的材料，远远不够完全。以后在其他文章中，我还提到了这方面的问题。一直到今天，新材料仍时有发现，在这方面还大有可为。这篇文章，虽写于 1958 年，但是，由于个别领导人的极“左”思想的干扰，一直到 1980 年才发表出来。

2. 《再论原始佛教的语言问题》

这一篇文章与第一篇性质不完全一样。第一篇是正面地阐明我的观点，这一篇则是一篇论争的文章。美国梵文学者佛兰克林·爱哲顿（Franklin Edgerton），毕生研究他称之为 Hybrid Sanskrit（混合梵语）的佛典语言。他写的皇皇巨著《文法》和《字典》，材料极为丰富，应说是有贡献的。但是，他对我的一些论点，特别是语尾 -aṃ > o，u 的看法，持反对态度。研究学问有不同意见，是正常的，而且是值得欢迎的。但是，个人的观点必须持之有故，言之成理；无论如何也不能打自己的嘴巴。在 -aṃ > o，u 问题上，爱哲顿正是自己打自己的嘴巴。他先是否认，对《文法》中几个地方表示反对；但是到了最后却忽然说：“季羡林大概是对的。”这岂不是非常滑稽！他的观点究竟是什么呢？做学问难道能这样做吗？

3.《最近几年来东方语文研究的情况》

严格地说，这算不上是一篇学术论文。因为它材料颇多，也颇有用，所以列在这里。

1959 年

这一年只写了一篇勉强可以算做学术论文的文章。汉译《五卷书》出版。

《五四运动后四十年来中国关于亚非各国文学的介绍和研究》

情况同 1958 年 3 相同。

1960 年

这一年总共写了一篇文章，勉强可以算做学术论文。

《关于〈优哩婆湿〉》

1961 年

这一年，我写了三篇学术论文。

1.《泰戈尔与中国》

原来这是一篇相当长的文章。1924 年泰戈尔访问中国。他曾访问了许多地方，包括北京、上海、济南、太原等大城市。我曾到图书馆中把他当时到过的城市的报纸，一一寻出，做了详细的抄录，编写了一个泰戈尔访华日程表，后因太烦琐，删去。这篇文章的命运同上面讲到的《印度文学在中国》一样，受到了极"左"思潮的干扰，虽写于本年，但一直到 1979 年才得以发表。

泰戈尔向往进步，热爱中国，痛斥法西斯，鞭挞日本侵略；只因来华时与所谓“玄学鬼”接近了点，就被打入另册。“左”的教条主义之可怕，由此可见一斑。

2. 《泰戈尔的生平、思想和创作》

这篇文章的命运与上一篇相同。虽写于 1961 年，但二十年后的 1981 年才得以发表。我在这里想讲一件与泰戈尔有关的事情。为了纪念泰戈尔诞生一百周年，出版了一套十卷本的《泰戈尔作品集》。为什么叫这样一个名字呢？为什么不顺理成章地称之为《泰戈尔作品选集》呢？主其事者的一位不大不小的分管意识形态工作的官员认真地说：“‘选’字不能用！一讲‘选’就会有选的人。谁敢选肯选泰戈尔的作品呢?”最后决定用《作品集》。仿佛这些译成汉文的泰戈尔的作品是从石头缝蹦出来似的，没有任何人加以挑选。这真是掩耳盗铃，战战兢兢，如临深履薄之举，实在幼稚可笑。没有人“选”，怎么能“集”呢？我亲自参加过这一件工作，所以知之颇详，现在写出来，也算是过去中国文坛上之花絮吧！现在这种事决不会发生了。

3. 《泰戈尔短篇小说的艺术风格》

这篇论文的运气比较好，写好立即发表了。

1962 年

这一年，散文写了不少，学术论文勉强算数的只有两篇。汉译本《优哩婆湿》出版。

1. 《〈优哩婆湿〉译本前言》

2. 《古代印度的文化》

1963 年

情况与前一年相同，散文创作多，而学术论文只有两篇。

1. 《关于巴利文〈佛本生故事〉》

2. 《〈十王子传〉浅论》

1964 年

这一年没有学术论文。

1965 年

这一年有一篇学术论文。

《原始佛教的历史起源问题》

1966年—1977年

这一阶段，前后共有十二年，约占我迄今为止的生命的八分之一。如果活不到我这样大年纪，则所占的比例还要大。“文化大革命”长达十年，对于这一场所谓“革命”的评价，稍微有点良知的人的心中都是有数的。它让我们伟大又有智慧的民族，一时失去了理智，好像是无端着了魔。这种耻辱永远是磨灭不掉的。我个人总能算上是一个有头脑的“高级”知识分子，在这次运动中，却并不比任何人聪明。一直到把我关进牛棚，受尽了殴打与折磨，我还忠心耿耿地拥护这一场“革命”。至今回想起来，我自己宛如做了一场噩梦，自己也无法解释。我认为，对“文化大革命”进行冷静反思和深刻剖析，对于整个中华民族进行教育，从而提高民族素质，应当是十分重要也是十分必要的事情。

在这十年中，我是自己跳出来的，却至今无悔无怨。虽然几乎把性命搭上，但证明了自己不是一个软骨头。有这一点，我愿已足，复何所求哉！我毕竟还是一个经得住考验的人。

然而，作为一个终生从事学术研究的人，在学术研究方面，这十年却成了一个空白点。幸而，在学术研究方面，我是一个闲不住的人。在这十年内。我除了开会，被“打倒”，被关进牛棚，被批斗，被痛打之外，没有时间和心情搞什么学术研究。到了后期，虽然我头上被诬陷而戴上的无数顶离奇古怪的帽子一顶也还没有摘掉，但已走出了牛棚，被分配到东语系的办公楼和学生宿舍去看守门房，收发信件和报纸，传送电话。我作为一个“不可接触者”，枯坐门房中，有时候忙，有时候又闲得无聊。让珍贵的光阴白白地流逝，我实不甘心，挖空心思，想找一点事干。想来想去，最后想出了一个好主意：翻译印度古代两大史诗之一的《罗摩衍那》。这一史诗部头极大，一时半时是译不完的。这正中下怀，我当时所需要的正是这一种时间拖得很长的工作，目的只在驱除寂寞；至于出版，我连想都没有想过。关于自己的前途，一片茫然。“解放”无日，生命有限，将来还不知被充军到什么地方去哩。于是我晚上回家后把《罗摩衍那》的诗体译成散文，写成小条，装在口袋里。第二天早晨去上班守门房。我当然不敢公开把小条拿出来，摆在桌子上。那样，如果被发现，必然多增加几次批斗，现成的帽子就在手边：“老保翻天。”我已经是一个被打翻在地，身上被踏上了一千只脚，永世不得翻身的人。“革命派”的掌权者，包括工宣队、军宣队和北大的一小撮人，都这样相信，我自己也这样相信。所以，我只能偷偷摸摸地从口袋里把小纸条拿出来，仔细推敲，反复考虑，把散文改成诗体，当然是顺口溜之类的东西。因为我有一个主张：原文是诗体，译文也只能是诗体，否则就是对不起原作者。不管译文的诗体多么蹩脚，反正必须忠实于原文，必须是诗体。我激烈反对有些人把原文的诗译成散文，那不能称做翻译，只能说是“释义”（paraphrase）。这就是我在“文化大革命”中最后几年所做的惟一的一件当时并没有认清它的重大意义，后来才慢慢认识到的工作。如果聊以自慰的话，这就是仅有的一点根据了。

“文化大革命”正式终结于1976年。但对我而言，1977年也是无所事事的一年。

1978年—1993年

政治环境

从我上面叙述的几十年的经验和教训来看，学术研究绝对脱离不开政治，决不能不受政治的影响，而且，不管你有意或无意，愿意或不愿意，不管是直接或间接，它总是会为政治服务的。在新中国成立后将近五十年的历史中，根据我个人的经验，别人的经验也差不多，什么时候政治气氛宽松一点，阶级斗争强调得少一点，极“左”的东西少一点，什么时候学术研究就开展得好一点。这是一个事实，唯物主义者应该首先承认事实。

根据我个人的经验，新中国建立后将近五十年可以分为两大阶段，分界线是1978年，前面将近三十年为一阶段，后面将近二十年为一阶段。在第一阶段中，搞学术研究工作的知识分子只能信，不能想，不允许想，不敢想。天天如临深履薄，天天代圣人立言，不敢说自己的话，不允许说自己的话。在这种情况下，想在学术研究中搞点什么名堂出来，真是难于上青天了。只有真正贯彻了“百花齐放、百家争鸣”的精神，学术才能真正繁荣，否则学术，特别是人文社会科学，就只能干瘪。这是古今中外学术史证明了的一条规律，不承认是不行的。

从1978年起，改革开放宛如和煦的春风，吹遍了祖国的大地。重点转入市场经济以后，我们的经济得到了发展。虽然还有一些不尽如人意之处，但成就却是不可忽视的。在意识形态方面，从事学术研究工作的学者们，脑袋上的紧箍咒被砸掉了，可以比较自由地、独立自主地思考了，从而学术界思想比较活跃起来。思想活跃历来都是推动学术研究前进的重要条件。中国学术界萌生了生气勃勃的生机。

在这种非常良好的政治大气候下，我个人也仿佛从冬眠中醒来了，心情的舒畅是将近五十年来从来没有过的。

我的学术研究

在这样优越的政治大气候中，我的学术研究工作能够比较顺利地进行了。但小的干扰仍然不时会出现。毫无收获的会，虽然次数有所减少，但远没有绝迹。此外，还新增了一些麻烦与干扰，这占去了我不少的时间和精力。心中极以为苦，却又无可奈何。但是，不管怎样，我的学术研究时间毕竟增多了，因而成果也就出得多多了。从 1978 年一直到今天的二十年中，我的研究成果在量和质两个方面都远远超过这以前的四五十年。我有时候胡思乱想，自己开玩笑：“如果天老爷或者阎王爷不让我活这样大年纪，让我早早地离开了这个世界，那么，我肚子里还有一些丝来不及吐出来，对于我自己，对别人是这样，岂不是一个损失吗?”

在这二十年中，我没有什么根据再划分几个阶段。所以我也就不勉强去划分，只是以年为单位，叙述下去。

1978 年

从 1966 年至 1977 年，我在学术研究方面是一个巨大的空白点。1978 年是再生的一年，是复苏的一年，是给我将近耄耋之年带来了巨大希望的一年。在这之前，我早已放弃了学术研究的念头。然而，我却像做了一场噩梦突然醒来一般，眼前是“柳暗花明又一村”。专从写作量上来看，从前十二年的零一跃而写成了文章十六篇，其中除了散文创作之外，可以称为学术研究者共有五篇。

1. 《〈罗摩衍那〉中译本前言》

在这一篇“前言”中，我首先简略地介绍了《罗摩衍那》产生的过程，然后又以最简短的词句介绍了全书七篇的内容，以及本书产生的年代，最后讲对本书的评价。关于评价问题，在当时，我觉得我写得还是符合当时一般的做法的，符合当时甚至现在的潮流的，是“允执厥中”的。所谓当时和现在的潮流，不外是思想性和艺术性，把思想性放在第一位；不外是批判继承，把批判摆在前面，还有什么“破字当头，立在其中矣”这样的说法。

但是，到了最近几年我才渐渐地觉悟到，这个“老一套”有点问题。我现在认为，讲思想性和艺术性，必须把艺术性也摆在前面，因为文学作品或其他艺术产品之所以能成为为人所喜爱的作品，其原因首先在其艺术性。没有艺术性，思想性再高，再正确，再伟大，最多也只能成为宣传品，而不能成为艺术品。有一些根本没有思想性或者至少也是思想性模糊不清的作品，只要艺术性强，仍然会为人们所喜爱。据说，在音乐中有没有思想性的作品，在文学中也不乏其例。比如李商隐的许多无题诗或有题而极端模糊等于无题的诗，谁也说不清其思想内容是什么，却照样脍炙人口，传诵千古。

至于批判与继承的关系，我也认为需要认真考虑，认真对待。几千年传下来的东西，必有其优异之处、可传之处，否则早已被淘汰掉了。现在有一些先生总是强调批判，而忽视继承。我认为，与其说什么“破字当头，立在其中矣”，为什么不能说“立字当头，破在其中矣”呢？破立次序之差，表现了人们对批判与继承的看法。我绝不是说，过去的什么东西都是好的，那是不可能的，任何东西都逃脱不了时代的局限性。虽然破立必须结合，不能不结合；但我们今天的任务主要还是立，还是继承，而不仅仅是破，不仅仅是批判。

2.《〈沙恭达罗〉译本新序》

印度古代首屈一指的大诗人当然是迦梨陀娑。但是，正如马克思所说的，印度古代是没有历史的。这样一个伟大作家的生卒年月，是糊涂一团的，学者们的意见分歧极大。根据我个人的看法，他生活在笈多王朝（从 320 年一直到大约 6 世纪）统治时期，是很可能的。他著述很多，但是最著名的是剧本《沙恭达罗》。我在本文中推断，他大概生于 350 年至 472 年之间，也只能算是一个假设。

在对《沙恭达罗》进行分析时，我的认识和做法并没能超出当时流行的水平，仍然是那一套老而僵化的教条。分析思想性时，煞费苦心地在字里行间去搜求我并不十分了解的“人民性”，有时候难免有捉襟见肘、牵强附会之嫌。幸而我还说了一句：“诗人所着重描写的还是国王豆扇陀和沙恭达罗之间的爱情。”这一点还能算是八九不离十。在分析艺术性时，我颇费了一点力量，分析了迦梨陀娑的艺术风格；分析了沙恭达罗的性格，把她同《罗摩衍那》中的悉多做了对比；又对这一出戏剧的结构形式做了细致的剖析。在这一点上，我总算是稍稍超出了流俗。当时的许多中外文学史谈作品时总是强调思想性，对艺术性则往往草草一笔带过。

3.《〈西游记〉里面的印度成分》

中国著名的古典长篇神魔小说《西游记》与印度神话的关系，多少年来在中国学者中意见就有分歧，有的学者主张是受了印度的影响，有的学者则否认此说。这个争论集中到小说主人公孙悟空（孙猴子）身上。胡适、郑振铎、陈寅恪等主前者，而鲁迅等则主后者。鲁迅在他所著的《中国小说史略》中说："明吴承恩演《西游记》，又移其神变奋迅之状于孙悟空，于是禹伏无支祁故事遂以堙昧也。"我不敢说孙悟空身上一点无支祁的影子都没有。但是从整个的《西游记》受印度的影响至深且巨这种情况来看，与其说孙悟空受无支祁的影响，毋宁说他受印度大史诗《罗摩衍那》中的猴子那罗、哈奴曼等的影响更切合实际。因为玄奘的其他两个弟子猪八戒和沙僧，都能在汉译佛经中找到根源，为什么独独情况最鲜明的孙悟空却偏是受无支祁的影响呢？这样说实在过分牵强。无支祁的神话，除了在中国个别地区流行外，实在流行不广，无足轻重。有的学者甚至说，《罗摩衍那》过去没有汉译本，难以影响中国。这种说法亦近儿戏。民间神活传说的流传，往往靠口头传布，不一定写成文章后才能流传，这一点可以说是已经成为常识了。

我步先师陈寅恪先生的后尘，在汉译佛典中找到了不少同

《西游记》中某些故事相类似的故事，影响之迹，彰明较著。对这个问题再加争论，是“可怜无补费工夫”的。

4. 《〈中印文化关系史论文集〉前言》

这虽然是一篇“前言”，但从内容来看，也可以算是一篇学术论文。我这篇文章的主要目的是纠正印度方面对中国友好的朋友们的一种意见。他们说，在中华人民共和国成立以前，印度是中国的老师，而在成立以后，则中国成了印度的老师。言外之意就是，在新中国建立前两千多年的漫长时期中，中国只向印度学习，形成了一种“一边倒”的现象（one-way traffic）。这并不符合历史事实。从表面上来看，我们中国确实从印度学习了大量的东西，丰富了我们的传统文化。但是，如果仔细研究，中国文化也传入印度，并且产生了影响。只是因为印度不大注重历史，找不到明确的记载，所以才产生了这种错觉。

我举的例子就是蔗糖的制造。中印两国古代的制糖术在这里用不着讲。到了唐代，据中国正史中的记载，唐太宗派人到印度去学习熬糖法。这说明，在当时，印度的熬糖法，较之中国必有一日之长，否则就不会万里迢迢派人去学习。但是，到了后来，在七八百年以后，中国炼制白砂糖的技术一定是又超过了印度，否则印度一些语言中决不会用 cīnī（中国的）这个词来称呼白糖。类似的例子还可以举出一些来。所以我说，中印两国总是互相学习、彼此互补的，没有什么“一边倒”的问题。

5. 《〈罗摩衍那〉浅论》

这也可以算是一篇学术论文，它与下一年（1979）出版的《〈罗摩衍那〉初探》可以互补。本文首先介绍了印度古代文学的一般情况，然后谈史诗文学，接着谈《罗摩衍那》，紧接着对这一部史诗的思想内容进行了分析。今天看起来，这种分析还是老一套，没有多少新意。然而它却反映了我当时的真实水平，心中大有“觉今是而昨非”之感。勉强说有点新意的是我对书中主要人物形象的分析。我分析了罗摩、悉多、罗什曼那、阇婆离、须羯哩婆、哈奴曼、罗波那等等。其中阇婆离的言论完全是印度古代唯物主义者的言论，很值得注意。由于受到了正统的保守的婆罗门的迫害，唯物主义者的言论已经很难找到了。最后我分析了《罗摩衍那》的艺术特色。虽然新意不多，但毕竟注意到了这一点，也颇可以聊以自慰了。

1979 年

这一年写作颇勤，收获也不算少。但是，真正的学术研究论文却几乎没有，写的绝大部分是抒情散文。从这些文章中可以看出，我的心情是愉快的，斗志是昂扬的。那一篇流传颇广的短文《春归燕园》是《春满燕园》的姊妹篇，可以作为例证。足见我此时对“文化大革命”的反思还很不深刻，很不彻底。

也写了几篇接近学术论文的文章，比如《纪念泰戈尔诞生一百一十八周年》、《大力开展中外关系史的研究》、《关于中国纸和造纸法输入印度问题的补遗》、《吐火罗语与尼雅俗语》、《漫谈比较文学史》、《〈泰戈尔诗选〉序》、《〈五卷书〉译本重印后记》等等，大多数是重复以前的观点，或略加补正。不过，也有一点值得注意，从这年起，新疆古代语言和比较文学，以及中外文化交流史逐渐吸引住了我，这一点在以后的发展中可以看出来。

这年出版了《〈罗摩衍那〉初探》。我最初并没有打算写这样一本书，这只是一篇《罗摩衍那》汉译本的序言，后来才独立成书。我现在把书的目次写出来，内容即可想见：

小引

一　性质和特点

二　作者

三　内容

四　所谓“原始的”《罗摩衍那》

五　与《摩诃婆罗多》的关系

六　与佛教的关系

七　成书的时代

八　语言

九　诗律

十　传本

十一　评价

十二　与中国的关系

十三　译文版本问题

十四　译音问题和译文文体问题

十五　结束语

1980 年

这又是一个丰收年，全年共写文章三十篇，包括学术论文、散文、杂文、序、跋、《大百科全书》词条等等，其中间有重复出现者。这年《罗摩衍那》汉译本第一卷《天竺心影》出版。

从学术研究的角度来看，重点是唐玄奘与辩机的《大唐西域记》。前两年，我接受了一个任务：重新校注《大唐西域记》这一部名著。我邀集了几位学者，有的是从外地请来的。中华书局大力支持此项工作，工作得以颇为顺利地进行。我虽然没有主编的名义，实际上做的却是主编的工作。我反对挂空名不干事的主编，这是完全正确的。可惜的是，我以后迫于时势，也打破了自己定下的这一条原则，担任了一些挂名的主编，我始终内疚于心。

《大唐西域记》的重要性尽人皆知。但是一千多年以来，我国学者对这一部书的研究，较之日本，远远落后。我认为，这是我们学术界之耻，尝思有以雪之。现在时机终于来到了。于是我们这一批有同好者便齐心协力，排除了一些资料方面的困难，订好了分工制度，各人按照各自的分工范围，着手校注。日本学者以及其他国家学者的著作，我们当然会参考的。这些著作，应该说各有其优点；但当然也有不足之处，有的甚至是非常离奇的错误。我也参加了注释工作，没有具体的分工；但有几个重要的问题，我对之提出了我自己的看法。我举两个例子。一个是本书卷二，印度总述，其中有一段话："详其文字，梵天所制，原始垂则，四十七言。寓物合成，随事转用，流演枝派，其源浸广，因地随人，微有改变。语其大较，未异本源，而中印度，特为详正。""四十七言"指的是四十七个字母。究竟是哪四十七个呢？我通读全部注释时没加注意，仍然沿用一般的说法。本书第一版用的就是这个旧说，看起来顺理成章，数目也完全符合，没有想到其中还会有问题。日本学者水谷真成译《大唐西域记》加注时，也用的是旧说，也没有发现问题。后来我治悉昙章，自己对印度古代字母的认识面拓宽了，才发现，那样注四十七言是有问题的，是不符合唐代印度实际情况的。到了1990年，我根据新的认识写成了一篇文章《玄奘〈大唐西域记〉中“四十七言”问题》，纠正了以前的注释之错误。《大唐西域记》再版时，就附在了后面。此文又见台湾东初出版社出版之《季羡林佛教学术论文集》，1995年。这些问题下面还要谈到，这里就不谈了。

除了“四十七言”外，我对《大唐西域记》的注释还做了另外一点贡献。此书卷二还有一段话：“其婆罗门学四吠陀旧曰毘陀讹也：一曰寿，谓养生缮性；二曰祠，谓享祭祈祷：三曰平，谓礼仪，占卜，兵法，军阵；四曰术，谓异能，伎数，禁呪，医方。”这同人们通常所讲的四吠陀，有很大的不同。我作注时，对这个问题加以详细的解释，聊备一家之言而已，不敢说就一定是正确的解释。

对于《大唐西域记》，我用力最勤的，除了通读全书注释之外，就是为这一部名著写了一篇长达近十万言的“前言”：《玄奘与〈大唐西域记〉》。我从1980年起，一直到1981年，主要精力就用到了《大唐西域记》，特别是这一篇“前言”上。

为了让读者对本书内容一目了然，我先把本书的章节列一个目录：

一　引言

二　唐初的中国

1　佛经的翻译与翻译组织

2　佛教教义的发展与宗派的形成

3　佛教与儒家和道教的关系

4　唐初统治者对宗教的态度

5　唐代的寺院经济

三　六、七世纪的印度

1　社会发展的阶段

后期笈多

梅特腊卡

耶输达罗

穆克里族

高达族

普西亚布蒂王朝

2　佛教的发展与衍变

a　佛教与外道力量的对比

b　佛教内部大小乘力量的对比

c　佛教部派分布的情况

d　佛教日渐衰微的趋势

3　统治者对宗教的态度

四　唐初中印交通的情况

五　关于玄奘

1　玄奘的家世

2　西行求法前在国内的学习准备阶段

3　四行求法的动机

4　在印度的活动

5　回国后的情况

6　在佛教哲学方面理论与实践的矛盾

7　翻译印度因明可能产生的影响

六　关于《大唐西域记》

羡林按：在上面这个目录中，标明章节的数码，《中印文化关系史论文集》与《季羡林学术论著自选集》中稍有不同，比如前者用1，而后者用（一）等。虽系细节，也请注意。我在这里用的是前者，后者乃编辑所改。

从上面开列的目录中也可以看出来，全书涉及面是非常广的。我使用的资料多半是来自翔实准确的统计，是完全可靠的。现在我把主要内容加以综述。

因为《大唐西域记》这一部书蜚声世界，特别是享誉于天竺，由来已久，影响至大，所以我不惜以近十万字篇幅，对此书之方方面面，细致深入地加以探讨。我费的时间长，查阅的资料多，对产生这一部巨著的时代背景和地域条件都详加论列，以利于读者对此书之了解。

唐初，“丝绸之路”虽颇畅通，东西方文化交流也极频繁；但是唐统治者并不鼓励其臣民随意出国。玄奘离开中国边境时，几为巡逻者射毙，幸得脱免，终达天竺。但当玄奘在印度留学十余年回国时，他的声誉日隆，震动五天。唐太宗热烈欢迎，成为长安一大盛事。唐太宗并非虔信佛教，大概玄奘这个人有许多过人之处，从而得到了太宗的垂青，劝他还俗，许以高官厚禄。玄奘虽拒而未从，但仍与太宗诚意周旋。我因此把玄奘与德国伟大诗人歌德相比，我认为不无道理。唐王室尊老子李耳为祖，当然偏信道教。但一般说来，他们的宗教政策是儒、释、道三教并提。总而言之，佛教发展到了唐初，已经越过了光辉的顶点，虽后来有唐宪宗等沉溺之，也已无济于事。武则天崇佛，并伪造佛典，实出于政治目的。谁要是认为武则天真正信佛，那是上了当。从中国佛教史的角度来看，佛教当时已经走下坡路了。

在印度，情况也差不多。到了七世纪初期，印度教已完成了转型任务，影响日益广被。虽有戒日王之张扬，佛教已非昔日之辉煌。后来，伊斯兰教逐渐传入。在印度教和伊斯兰教夹攻之下，佛教终于在印度销声匿迹，而大行于东亚几个国家。到了最近几十年，印政府虽努力想恢复佛教，但收效甚微。

我在本书中设立专章叙述玄奘。我力图客观地评价唐代这个高僧，给他以极高的赞誉。鲁迅在《中国的脊梁》这一篇文章中隐约指出，像玄奘这样“舍身求法”的高僧也属于“中国的脊梁”之列。但对玄奘的“世故”方面，我也没有放过。我在上面已经说到，我把他同歌德相比。我的目的在于，评论人物必须客观公正。不论多么伟大的人物，都不可能是百分之百的完人，那样超凡入圣的人物，自古以来就没有过，瑕瑜混杂，反而更接近实际情况。

最后，我当然必须对《大唐西域记》这一部巨著给予我认为恰当的评价。这一部书的重要意义已为中外学者所共识。我们的《〈大唐西域记〉校注》算是做了一些贡献。工作进行情况，上面已经谈到，这里不再重复。这部书虽受到学术界的高度赞誉，也得到了国家的最高奖，但我们自己并不完全满意。校注进行时，我们国家通晓西域古代语言的学者，对它的理解还有缺漏。最近几年，由于一批青年学者的艰苦努力，那些缺漏基本上都已补全。我在前几年就有一个想法：重组班子，重新校注，期能真正达到世界最高水平。我的这个想法得到了全体有关的青年学者的热情响应，我们一定要付诸实施。还有一点，我必须在这里指出：我在那篇长文中忽视了辩机，将来必须补上。

1981 年

此年共写文章二十三篇，包括学术论文、散文、杂文等。《罗摩衍那》汉译本第二卷和《朗润集》出版。

在二十三篇中，可以称为学术论文者共有九篇。现将其内容分别介绍如下：

1.《新疆与比较文学的研究》

有一个观点，我在上面已经讲到过，为了写作需要，这里再重复一下。我认为，在过去几千年的历史中，世界各民族共同创造了许多文化体系。依我的看法，共有四大文化体系：中国文化体系、印度文化体系、阿拉伯穆斯林文化体系、西方文化体系。四者又可合为两个更大的文化体系：前三者合称东方文化体系，后一者可称西方文化体系。而这些文化体系汇流的地方，世界上只有一个，这就是中国的新疆。

我这篇文章主要讲新疆的比较文学资料。由于多种文化的会合，所以新疆比较文学的资料也就丰富。我在本文里只举一个例子，这就是吐火罗文 A（焉耆文或东吐火罗文）中的“木师与画师的故事”。这个故事有许多异本，我在汉译佛典中举出了几个，并不求全，只不过表示这个故事传布之广而已。这个故事，我在上面已经谈到过。

这篇文章在我一生学术研究史上的意义，下面再谈。

2.《关于“糖”的问题》

这只是一篇极短的文章，里面没有多少学术探讨；但是却有颇为重要的意义，也在下面再谈。

3.《关于大乘上座部的问题》

我自己认为，这是一篇相当重要的论文，它解决了一个印度佛教史上颇为重要的问题。大家都知道，只有小乘才有上座部、大众部等部派之别，而大乘是没有的。为什么在《大唐西域记》中却多次出现“大乘上座部”这个名词呢？这给中西佛教史学者，特别是研究《大唐西域记》的学者带来了困难和迷惑，使他们手足无所措，做出了许多自相矛盾的解释。但是，始终没有任何学者能够提供一个明确无误的说法。我在上面有关《〈大唐西域记〉校注》的那一段里，曾经提到过，是我给“大乘上座部”这个词作的注。现在这一篇论文就详细说出了我作注的根据和对这个词的解释。

我的解释是：根据巴利文佛典和锡兰（今斯里兰卡）史籍的记载，锡兰佛教信仰，虽以小乘上座部为主，但是大乘思想始终输入未断；无畏山住部受大乘思想影响更是特别深刻而显著；许多典型的大乘思想渗入小乘，在大乘萌芽时期，更为明显。这在印度佛教史上是一个非常重要的问题。锡兰小乘的三个部派，主要是两个部派，它们所遵行的律并无歧异。但是，在学说方面，无畏山住部却不断接受大乘影响。在早期，接受原始大乘的功德转让等学说；到了玄奘时候，又接受大乘瑜伽思想（可能也有中观思想）。因此，所谓“大乘上座部”，并不是大乘与上座部两种东西，而是接受大乘思想的小乘上座部一种东西，只是包含着大乘与小乘两方面的内容。《大唐西域记》的藏文译本对“大乘上座部”的译法是比较准确的。

4.《对“丝”、“纸”两篇文章的补正》

我在上面已经谈到，我写过一篇关于“丝”、一篇关于“纸”的文章，这两篇文章都涉及考古发掘和语言学。我根据当时的考古发掘工作的结果，提出了最早的“丝”和最早的“纸”出现的时期。后来考古工作又有了新的进展，我就不能不改变我的提法，因此就产生了这一篇《补正》。估计随着考古工作的不断扩大和深入，将来还会有更新的“补正”。我觉得，从事人文社会科学研究工作的学者，必须随时密切注意考古工作。在这方面，我们过去做得不够。

5.《论释迦牟尼》

这本来是我给《中国大百科全书》写的一个词条。既然是词条，就必须遵守词条的体例，文字要简明扼要，不能像论文那样旁征博引。可是它后来又作为一篇论文单独发表。词条与论文在体例上的矛盾就突显出来，我只能稍稍加以调整。

佛祖释迦牟尼有无其人，过去是有争论的。现在怀疑其人的存在者已经不见。我个人认为，他确实是一个历史人物。他活着的时候也并没有说自己是神。整个原始佛教是无神论的。有人认为这是怪论，其实它是事实。在佛教变成了宗教以后释迦牟尼才被神化。在本文中，我就是把释迦牟尼作为一个历史人物来加以评述的。我不是任何宗教的信徒，当然也不是佛教徒。

6.《〈西游记〉与〈罗摩衍那〉》

这是一篇极短的文章，只讲了《罗摩衍那》第六篇同《西游记》第六十一回“猪八戒助力败魔王，孙行者三调芭蕉扇”的关系。这属于我对《西游记》与印度影响的看法的一部分。

7.《一张有关印度制糖法传入中国的敦煌残卷》

我自己认为，这是一篇十分重要的论文。这一张敦煌残卷是伯希和带走的，原写在抄录的佛经的背面。因为当时纸张极为珍贵，所以就一纸两用。但是，佛典与制糖术相去何啻天渊，为什么竟在佛典背后出现制糖术的记载？至今还是个谜。如果允许我作“狂想曲”的话，难道当年唐太宗派人到摩揭陀国（印度）学习印度的先进的熬糖术的记录就是这一张残卷吗？这不大可能。但是与之有联系，则是可以肯定的，绝不是空想。

稍稍了解敦煌卷子的人都会知道，佛经卷子，如果没有抄写的时间，则价值不大；有了抄录时间，则价值立增。而佛典以外的东西，比如中国古籍和变文等等，则视若瑰宝。至于科技资料，则直如凤毛麟角，成为瑰宝中之瑰宝了。这一张残卷就属于这一类，因而引起了中外学者的垂涎。可这是一个硬核桃，很不容易啃，想啃而啃不动，只好放弃。它辗转传到了北大历史系几位同志手中，他们拿给我看。我惊喜之至，想啃它一下。可是最初也没有啃动。我昼思夜想，逐渐认识到：整张卷子的关键在“煞割令”一词。此词如能解决，则通篇皆活，否则仍然是一座迷宫。我仍然继续苦思。果然皇天不负苦心人，有一天我忽然顿悟：“煞割令”不就是梵文的śarkarā 吗？这个谜一破，我惊喜若狂，拍案而起，立即解读其他部分，都迎刃而解，就写成了这篇论文。

此文共分为以下几节：

首先解读原件，附有照片

一　甘蔗的写法

二　甘蔗的种类

三　造砂糖法与糖的种类

四　造煞割令（石蜜）法

五　砂糖与煞割令的差别

六　甘蔗酿酒

七　甘蔗栽种法

以上几节的论述都是按照原件的顺序来解释原文的。

8.《梵文本〈妙法莲华经〉（拉丁字母转写本）序》

这是一篇序，我根据自己过去对《妙法莲华经》的研究结果，重复了一下这一部佛典的重要意义，以及诸写本的差异的原因和语言特点。我自己把这篇序译为英文，以利外国读者。

9.《蔗糖的制造在中国始于何时》

这一篇论文是讲中国蔗糖史的，现收入拙著《糖史》第一编，国内编。

上面是我在1981年学术研究的概况。现在我想集中谈谈其中的两个问题：一个是蔗糖，一个是吐火罗文。从九十年代第一年起，我已经进入耄耋之年；但是，精力并没有衰退，雄心壮志并没有减少，我仍然写作不休。除写了大量的学术论文、散文和杂文外，我比较集中来搞两项研究工作，就是我在上面提到的那两个。其中既有必然性，也有偶然性，而后者所占的比重还要大得多。穷数年之力，写成了两部在我一生六十多年的学术生涯中最完整的、其量最大的专著：一部是《糖史》，长达八十余万字；一部是《吐火罗文（焉耆文）〈弥勒会见记剧本〉译释》。我说这两部著作的产生，必然性和偶然性并存，是因为在我身上对这个问题研究的基因早就存在，这是必然性；而后由于出我意料的机会才促其成，这就是偶然性。详细情况和过程等到下面谈这两部书时再叙述，这里暂且从略。在本年，1981 年，我的学术研究中对蔗糖研究的兴趣已露端倪，对吐火罗文的研究也已有所表现，只是还没有提到《弥勒会见记剧本》而已，这个问题我在本年中连想都没有想过。

1982 年

本年共写各类文章三十五篇，其中可以称为学术论文者共有十三篇。本年出版了成册的书四种：1.《印度古代语言论集》，收有用中、德、英三种文字写成的论文，我在哥廷根大学的博士论文也在其中。我早年研究佛教混合梵语的成果都收在里面了。2.《中印文化关系史论文集》。3.《罗摩衍那》汉译本第三卷。4.《罗摩衍那》汉译本第四卷。

我在下面对学术论文分别加以介绍。正如人们可以预料到的那样，诸论文的分量相差极大。

1.《对〈一张有关印度制糖法传入中国的敦煌残卷〉的一点补充》

记述印度制糖法的敦煌残卷，上面已经介绍过。在那篇文章发表的同时，我已经做了一点补充。现在这一篇文章可以说是补充的补充。我在这里劝青年学者：自己的文章写成，甚至发表以后，不要抛到背后，完全忘记，而要牢牢记住，看到新材料，有的能补充或充实自己的旧说，有的甚至能推翻它。到了此时，为了真理，必须毅然放弃或纠正旧说，决不允许蒙混过关。这是闲话，暂且不表，只说我在此文中的补充。我发现，从《世说新语》直到敦煌变文，教、交、校、挍、较、效、觉等字，都是同音同义。

2.《吐火罗语 A 中的三十二相》

这是一篇重头的论文。

大约在一年前，新疆博物馆的李遇春先生把新疆新发现的四十四张、八十八页（每张两面都写有文字），用中亚斜体婆罗米字母写成的他们揣测是吐火罗文 A 的残卷（简称新博本）送给了我，要我释读。我在德国从 Sieg 师治吐火罗文以后，已经有三四十年的时间没有摸过吐火罗文的东西，以前学到的那点东西已经颇为生疏，心中忐忑不安，不敢贸然接受这个重任。但是，看到这样的瑰宝在前，心又不能不为所动。在思想激烈斗争之后，还是硬着头皮接受下来了，心里想：且试它一下，如果实在啃不开这个硬核桃，然后再投降也不晚。然而，幸运之神又一次光临。字母我是认识的，我试读了几张，忽然就发现一个 Colophon，明确无误地写着书的名称：《弥勒会见记剧本》（下面简称《剧本》），还有剧本的幕数。我大喜过望：这样一来，问题不就全解决了吗？而且更使我兴奋不已的是，这部书不仅仅是一部佛经，而且是一部文学作品，书名中就含有“剧本”的字样。这不但对研究佛教史有用，而且也大大有助于文学史的研究。这样的材料比单纯的佛经更为难得，更为有用。我焉能得而不狂喜，不振奋呢？

大家都知道，在佛教教义中，弥勒是未来佛。小乘中已有其名，而大盛于大乘。估计在中亚和新疆一带，有一段时间，弥勒信仰极为流行。光是吐火罗文 A（焉耆文）的《弥勒会见记剧本》就有好几个本子。Sieg 和 Siegling 合著的《吐火罗文残卷》(*Tocharische Sprachreste*) 中，就收了不同本子的《弥勒会见记剧本》，都出自中国新疆。欧、美、日等地研究吐火罗文者，虽为数不多，但也颇有几个，可从来没有见其中任何人译释过其中的任何一张。非不愿也，是不能也。因为残卷真是极残，没有一页可以说是完整的，读起来困难极大。虽然德国学者写过几部语法，A 和 B 两个方言都有，对学者有极大的帮助。可是，如果想认真译释，工具仍然不足。我从来不是一个专门从事吐火罗文研究的学者，我的兴趣也从来没有集中到吐火罗文上来，我哪里有勇气去尝试干那毕生从事吐火罗文研究的国外专家所不敢干的事呢？

可是，从发现了新疆博物馆这一批残卷的书名以后，我对吐火罗文研究的兴趣陡然腾涌。我在搞别的工作之余，开始用拉丁文转写婆罗米字母，并逐渐对本《剧本》的内容有了一些大概的了解。这些残卷出土时，页码顺序是完全混乱的。我也逐渐理出来了一个大概的顺序，为本《剧本》的译释工作奠定了初步的基础。但是，一直到这时候我还没有下决心做译释的工作，因为我十分清楚其中的难度，我只做了一点介绍工作。下面的 6.《谈新疆博物馆吐火罗文 A〈弥勒会见记剧本〉》，就是一篇介绍文章。

在整理本《剧本》的过程中，我偶尔发现在本书的几个地方都有关于三十二相的记载。所谓三十二“相”，梵文原文是 Mahāpuruṣalakṣaṇa，直译是“大人相”。“大人”即“大人物”。既然是大人物，就应该与平常人有不同之处，特别是在生理方面。中国古代也有类似的信仰，或许是统治者故意散布的，也可能是由于老百姓的愚昧无知，自己制造出来迷惑自己的。除了“三十二相”之外，还有“八十种好”，梵文是 anuvyañjana，也指的是生理特征，与“相”难以划分。佛教传入中国以后，许多中国的“正史”也受到了影响，在上面我已经谈过这个问题。但是，我的兴趣并不是研究“相”、“好”本身，而是研究吐火罗文。Sieg 和 Siegling 书中也有关于“相”的记载，但都不全。现在的新博本中居然也有，两下里拼凑起来，能够搞出一个比较完整的吐火罗文三十二相表，这会有助于对几个过去不认识的吐火罗文字的解释。于是我就参考了几种汉译佛经，还有几种梵文原文的佛经，写成了这一篇论文。

我在上面曾讲到过，治吐火罗文的重要任务之一就是：想法认识过去没有能够认识的字。吐火罗文是一种新发现的文字，没有现成的语法，没有现成的字典，通过极少数的梵吐双语文书，通过其他一些别的办法，学者们，首先是 Sieg 和 Siegling，逐渐认识了一些字，但是不认识的还比比皆是。倘若能想方设法多认识几个新字，这无疑就是重要的贡献。我在上面讲到过，通过汉译佛典《福力太子因缘经》等书的德译文，我曾帮助 Sieg 师认识了几个新字，Sieg 先生极为高兴。结果就促使他后来译释了 *Tochaische Sprachreste* 中的前面若干张，其中就用了我的德文翻译。我一直到今天还相信，利用汉、藏译佛典（其量极大）是今后解读吐火罗文的有效办法之一。

在这一篇论吐火罗文三十二相的论文中，我也确定了一些字的含义。我只举一个例子。elā 这个字，在《吐火罗文语法》中没有解释。到了他的 *Übersetzungen aus dem Tocharischen*（APAW，1943，Phil-hist. Klasse，No. 16）中，他把这个字译为 ging hinter den Türflügel（?），并注明是根据我的文章。问题的解决总算是向前进了一步。到了 Werner Thomas 的 *Tocharisches Elementarbuch* 中，他毫无根据地把 elā 译为德文 hinaus（出去），我只能佩服他的勇气。这种不谨严、不负责的学风，不是德国的学风，我又只能为之惋惜。一直到 elā 这个字又出现在三十二相中，这个问题才算是得到了彻底的最后的解决。在三十二相的第十相（相的数码并不固定，因书而异）中，elā 又出现了，与之相应的梵文是 guhya，巴利文是 guyha，意思是“隐藏起来”，这才是 elā 的真正含义。

这一篇论文中还解决了几个关于字义的疑难问题，这里就不再叙述了。

3.《说出家》

这又是一篇关于吐火罗文的论文。

所谓“出家”，就是“出家当和尚”，我们一直到今天还在使用这个词。但是，在印度梵文写成的佛经中，却只用“出走”一个词，并没有说明从什么地方“出走”，也就是说没有这个“家”字。

但是，吐火罗文中却有这个“家”字。这是什么原因呢？是汉文受了吐火罗文的影响呢？还是倒转过来，吐火罗文受了汉文的影响？经过了仔细分析，我认为，是吐火罗文受了汉文的影响。在中国民族语言史上，这是一个颇有意义的现象。

4.《我和比较文学》

这是一篇关于比较文学的文章，只是一般的介绍，没有多少发挥。我对比较文学涉猎不深，没有用过苦功，所以从来不敢以比较文学家自居。如果说我对中国比较文学的兴起有什么贡献的话，那么我在推波助澜方面起的作用更大。

5.《〈妙法莲华经〉引言》

这是一篇介绍梵本《妙法莲华经》的文章，没有什么新的发挥。

6.《谈新疆博物馆吐火罗文A〈弥勒会见记剧本〉》

这是一篇介绍新疆博物馆吐火罗文《弥勒会见记剧本》的通俗性的文章，在上面2中，我已经谈到过。

7.《比较文学随谈》

这是一篇漫谈比较文学的文章，不能算是学术论文。

8.《〈大唐西域记今译〉前言》

《〈大唐西域记〉校注》出版以后，我当时想到，将来要出一套有关这一部重要著作的系列丛书：一是《校注》，二是《今译》，三是英译。一般说来，这一部书并不深奥难读，但是有一些章节还是极为难懂的。我一贯反对古书今译。可我也曾多次讲过，想要消灭古书，最好的办法就是今译。我并非故作惊人之谈。因为古代许多经典，我们今天并不能全读通，比如《诗经》、《书经》、《易经》等等，我们今天包括最有学问的人在内，究竟能读通多少？即使是最狂妄的人，也不敢说全通。在这种情况下而胆敢今译，译成什么结果，不是一清二楚了吗？最聪明而又无害的办法就是让人读原文，加以必要的注释，懂就说懂，不懂就说不懂，老老实实，这才是正道。某些高呼今译的有权有利者，我怀疑他们并没有读过几本古书，大有“初生犊子不怕虎”的气概，其志可嘉，其行则不足为训也。但是，我为什么又偏偏提倡今译《大唐西域记》呢？因为，我觉得，这一部书必须译成英文，让普天下的学人共享其利，而如果根据原文英译，则困难必多如牛毛。我们这些人究竟对本书下过一番工夫，比别人应该懂得多一点，实在一点，正确一点。不如我们来今译更为妥善。我心中今译的读者，与其说是中国一般人，毋宁说是英译者。他们必须根据我们的今译译为英文，则可避免许多错误。这就是我最原始的想法。可惜的是，今译虽出，而英译无望，只有俟诸异日了。

9.《〈印度民间故事〉序言》

我一向有一个看法，也许是一个偏见，我认为，世界上许多民族都创造了一些寓言、童话和小故事，但以印度为最多，质量也最高。鲁迅曾有类似的看法，他说："尝闻天竺寓言之富，如大林深泉，他国艺文，往往蒙其影响。"我写过不少篇考证中国一个故事或者寓言的文章，都是为我这个主张张目的。

10.《〈罗摩衍那〉简介》

这是一篇简单介绍《罗摩衍那》的文章，没有什么新意见。

11.《关于葫芦神话》

这一篇文章虽短，然而却是极有意义的，它破除了葫芦神话只限于中国的说法。

12.《〈沙恭达罗〉简介》

只简短介绍了《沙恭达罗》，没有什么新的观点。

13.《〈五卷书〉简介》

只简短介绍了《五卷书》。

上面是我在 1982 年全年所写的学术论文（有的不能称为学术论文，只是介绍文章；但被介绍的作品重要，所以也纳入学术论文的范畴）的全部情况。总起来看，这一年我并没有敢偷懒。我在四个方面都或多或少地继续进行研究或者思考：一、吐火罗文《弥勒会见记剧本》；二、《妙法莲华经》；三、蔗糖史；四、比较文学。这里也表现出来了我的学术生活的一个特点：我不单打一，我往往是许多题目同时并进。而且，再扩大一下范围，学术研究与文学创作同时并进。勉强打一个比方，古人有“为学”和“为道”之说，似乎认为其间必有所矛盾与冲突。创作与科研，不是“道”与“学”的问题，但也颇有点近似之处。我觉得，二者之间，不但没有矛盾与冲突，而且能够互相促进。

1983 年

本年共写各种各样的文章二十三篇，出版书籍一本：《罗摩衍那》汉译本第五卷。

我在上面已经说到过，自改革开放以来，我们的会少多了，也用不着天天再作自我检讨，再抓什么“活思想”。时间多了，能够多念书，多写文章。心情也平静多了，不必随时都怀着“原罪”感，总觉得自己是个罪人，心甘情愿地当“老九”。

但是，社会活动还是相当多的。从此年起，我当选全国人大代表，并被选入人大常委会。这个“全国最高权力机构”的组织，实际工作主要是立法、任命国家高级领导人。每两个月开会一次，每次十天至两周。这当然会占去很多的时间。此外，从这年起，我又当选中国语言学会会长、中国敦煌吐鲁番学会会长，当然也会占去一些时间的。

在二十三篇文章中够得上称为学术论文的有以下八篇。现在分别予以说明：

1.《〈罗摩衍那〉译后记》

2.《〈罗摩衍那〉译后漫笔》

严格说起来，这两项都不能算是学术论文。那么，我为什么又把它们写在这里呢？目的只在说明我的研究工作方向。我翻译《罗摩衍那》的情况，上面已经谈到过一点。因为，翻译工作我认为不是学术研究，所以在这一部《学术自述》中，它没有地位。可是我对《罗摩衍那》的研究，不管从哪个方面来做，则都属于研究工作的范围。这两篇“译后记”，多少涉及了一点与研究工作沾边儿的问题，所以我把它们列在这里。

3.《为〈印度文学研究集刊〉而作》

严格讲，这一篇也算不上一篇学术论文。但是，印度文学是我毕生研究工作的一个方面，所以我把这篇文章列在这里。

4.《新博本吐火罗语 A（焉耆语）〈弥勒会见记剧本〉1.31/2　1.31/1　1.91/1　1.91/2 四页译释》

这是一篇有重要意义的文章。

事情还要从头讲起。关于新疆博物馆吐火罗文 A《弥勒会见记剧本》，我在上面已经多次提到。我对本书的理解是逐步深入的；我对它处理的办法也是逐步完善的。我最初确实没有翻译它的念头。因为，我知道，这是异常艰巨的工作，德国许多专门从事吐火罗文研究的专家，除了 Sieg 师外，也没有哪个人敢于尝试。*Tocharische Sprachreste* 中就有许多《弥勒会见记剧本》的残卷，为什么竟没有一篇德文或其他西方语言的翻译呢？后来，我的胆子慢慢地大了起来，我的想法有了改变。我忽然发现，自己是有所恃而不恐的。我的“所恃”就是我国藏有大量的同书的回鹘文译本的残卷，虽然残缺不全，但是比起德国的收藏来是多得多的。我何不利用回鹘文译本呢？两个译本亦不完全一致，有的地方一致性多一点，有的地方少一点。这是十分正常的现象，不足为怪。我自己不通回鹘语。于是我就请了几位中国回鹘文专家来帮助我。他们是：我的学生，中央民族大学耿世民教授；我的朋友，新疆工学院李经纬教授；新疆博物馆伊斯拉菲尔·玉素甫、多鲁坤·阚白尔等先生。后来，在1987年，他们俩和阿不都克由木·霍加联合出版了《回鹘文弥勒会见记》（新疆人民出版社）。

以上几位学生和朋友，后来虽然各有译文发表，有的用外文；但当我向他们提出请求时，则是用圆珠笔写在纸上复写寄给我。只要我提出我需要的段落，他们必立即把译文寄来。这对我有极大的帮助，也增强了我翻译的信心。不言而喻，如果没有他们的帮助，我是无法翻译的，吐火罗文原卷实在太残破了。他们的隆情厚谊，我永远铭记在心。

我选了自己认为比较有把握的二张四页，译成了汉文，加上了比较详细的注释。译文和注释，后来发现，都有一些不太确切或者甚至错误的地方。我认为，这都是难以避免的。千里之行，始于跬步，我毕竟开步走了。这个发轫，这个滥觞，是十分珍贵的。一旦发轫，一旦滥觞，遂一发而不能自已，于是就一张张、一页页地翻译下去。有的在国内刊物上发表，有的译成了英文，在国外刊物上发表，有的还没有发表。终于译完了三十多张，六十多页。有一些张在回鹘文译本中还没有能找到相应的段落，只好留待以后解决了。现在已经把全书整理完毕，等待明年出版

(现已出版，收入《季羡林文集》第十一卷)。详细情况，下面将在有关的年份中介绍，这里就先不提了。

了解了我上面说的情况，就能够理解我为什么说这是一篇有重要意义的文章。

5.《〈中国比较文学〉发刊词》

这原是《中国比较文学》的“发刊词”。《中国比较文学》是中国比较文学学会创办的一个刊物。篇幅虽不是太大，但却有其意义，这毕竟是中国比较文学学者创办的第一个刊物，同世界比较文学学会和其他一些国家的相应的学术机构有密切联系和交换关系。本文不长，内容也简短扼要，只讲了建立比较文学中国学派的问题，讲了我们的信心，讲了我们现有的条件和我们的目的。

6.《古代印度砂糖的制造和使用》

这也是一篇重要的论文。

世界学术界，特别是研究甘蔗原产地问题的学者们有一个说法，说印度就是甘蔗的原生地。这个说法并没有被普遍地接受。但是，甘蔗以及造蔗糖术在印度古代文献中出现相当早，则是一个无可争辩的事实。

自从我偶尔注意到欧洲众语言中的“糖”字都来自梵文的 śarkarā 以后，我写点有关糖史的文章的念头就自然萌生。但是，在最初，我的写作野心是并不太大的，只不过想写一篇万把字的文章而已。学者们大概都会有这样一个经验。当你还没有注意到某一个问题的时候，则有关这个问题的资料，你会熟视无睹。但是，当你一旦注意到这个问题，则有关资料会自然而然地奔到你眼底、令你应接不暇。有如站着看不到地上的蚂蚁；你一旦蹲下，则密密麻麻，皆蚂蚁也。甘蔗和糖的问题，对我来说就是如此。有时候，我甚至后悔，为什么不早一点注意这个问题。我过去几十年读过大量的中外杂书，现在回忆起来，其中颇有一些关于甘蔗和糖的记述，当时弃如敝屣，而今则视同珍宝。然而，时过境迁，渺如蓬莱三山，只在群书中，书深不知处了。

我注意到甘蔗和糖，不自现在始。上面1981年我就曾写过一篇文章：《蔗糖的制造在中国始于何时》。回想起来，这与吉敦谕和吴德铎两先生的笔墨官司有关。我读了他们两位的许多篇辩论文章，有感而发，写了那一篇论文。在这同一年，1981年，早一些时候，我曾写过一篇《一张有关印度制糖法传入中国的敦煌残卷》。这两篇论文表示我已经比较认真地注意到甘蔗和糖的问题了。这可以算是我研究甘蔗和糖的发轫和滥觞。这个研究占用了我长达二十来年的时间，已经陆续写成了一部长达八十余万言的《糖史》，明年可以全部出版（现已出版，收入《季羡林文集》第九卷和第十卷）。

现在的这一篇论文，是研究长河中的一个浪花。文中我根据梵文、巴利文和汉译佛典的大量的资料，论述了印度古代甘蔗种植和砂糖制造的情况。有下列一些章节：

一　比较古的佛典

二　巴利文《本生经》

（一）甘蔗

（二）糖

（三）糖粒

（四）压碎了的糖

（五）糖浆、糖水

（六）甘蔗汁酿烧酒

三　汉译律藏

（一）甘蔗、砂糖和石蜜作为药品

（1）什么叫病？什么叫药？

①按药的性质来分

②按服用的时间来分，一般分为四种：

a　时药、夜分药、七日药、终身药

b　时药、夜分药、七日药、尽形药

c　时药、更药、七日药、尽寿药

d　《毗尼姆经》卷五

③按用法来分

（2）含消药

①《五分律》卷十一

②《十诵律》卷二十一

③同上书，卷二十六

④《十诵羯磨比丘要用》

⑤《摩诃僧祇律》与 Bhiksuni-Vinaya

（3）七日药

数目不同，四种、五种、六种都有。

四种者有①《五分律》卷二十一　②《弥沙塞羯磨本》　③《四分律比匠成本》　④《根本说一切有部毗奈耶药事》卷二十四。

五种者有①《摩诃僧祇律》卷二十八

②《四分律》卷十　③《四分僧戒本》
④《根本说一切有部毗奈耶药事》卷一
⑤《善见律毗婆沙》卷十八。

六种者有①《摩诃僧祇律》卷三　②《摩诃僧祇比丘尼戒本》　③《根本说一切有部毗奈耶颂》卷中。

（4）甘蔗

这里只作为药品

（5）只列举药名，没有说明是含消药或七日药

①《五分律》卷九　②同上书，卷二十二　③《摩诃僧祇律》卷三十六　④《四分律》卷十　⑤《四分律》卷四十六　⑥《十诵律》卷十七　⑦《根本说一切有部毗奈耶尼陀那目得迦摄颂》

（6）什么药治什么病？

（二）甘蔗、砂糖和石蜜作为食品

（三）甘蔗的种植，甘蔗田和甘蔗园

（四）石蜜浆、甘蔗浆、石蜜酒、甘蔗酒

（五）造石蜜法和黑白石蜜

（六）其他

结束语

上面是这一篇论文的章节目录。我所要讨论的问题一目了然。我并没有利用所有的汉译佛藏的律。如果全部利用的话，篇幅还要扩大几倍、十几倍，简直可以写成一部书了。总之，我认为，

佛藏的律藏是一个巨大的宝库，不但有助于研究甘蔗和砂糖，而且对许多问题都能提供极其宝贵的资料。我们应当充分研究，加以利用。

7.《〈中外关系史译丛〉前言》

这是一篇比较短的文章，只肤浅地阐明了研究中外关系史的重要性。

8.《〈佛经故事选〉序》

此文收入 1991 年出版的《比较文学与民间文学》时，改名为《佛经故事传播与文学影响》。不是出自我的笔下，我觉得这个名称似有欠妥之处。内容颇简单，主要说明在印度产生的神话、寓言和童话，影响广被，连古代希腊也受到了影响，《伊索寓言》就是一个例子。主要通过佛经翻译，也影响了中国。研究比较文学而又重视影响研究的学者们，对他们来说，《佛经故事选》是很有用的。

1984 年

个人情况有点变化，北大副校长任期已满，改任校务委员会副主任；当选中国史学会常务理事、中国高等教育学会副会长。社会兼职日益增多，社会活动当然与之俱增。

在写作和学术研究方面是个丰收年。共写各类文章二十九篇，性质不同，长短相差极大。可以算得上学术论文的共有十九篇。现在分别介绍一下：

1.《中世印度雅利安语二题》

这篇论文共谈了两个问题，所以称做“二题”。第一个问题是“再论中世俗语语尾 -aṃ > o，u 的问题”，是继 1944 年用德文写的那一篇内容相同的论文而写的，其间相隔四十年。在这漫长的时间里，我由于上面已经谈到过的原因而没有能做继续的研究，国外研究情况也不甚了了。只是到了八十年代初才看到一些国外学者对这个问题的不同意见。学术研究有不同意见是好事，但是这些意见必须中肯、实事求是，才能对我有益；不中肯、不实事求是却也能促我思考。我思考的结果是：我在四十年前的意见是完全正确的，用不着修改，更谈不到放弃。这绝非我意气用事，我找到了大量的新资料，支持我原来的观点。我的新资料的来源包括下列诸书：

（1）犍陀罗语《法句经》

（2）吉尔吉特残卷

（3）《妙法莲华经》

（4）Prajñā-pāramitā-ratnaguṇa-samcaya-gāthā

说句老实话，我颇有一点沾沾自喜：自己四十年前提出来的结论，虽然经过了几位在国际上颇享盛名的学者的反对，到了今天，新出的资料证明，我的结论是完全正确的。我自认这并不是一件容易的事情。

第二个问题是“巴利文与不定过去时”。四十多年前，我用德文写过一篇 Die Verwendung des Aorists als Kriterium für Alter und Ursprung buddhistischer Texte。我想证明，不定过去时（Aorist）是印度中世东部方言、古代半摩揭陀语的语法特点之一。可是我遇到了困难。巴利文被广泛地认为是一种西部方言，可是里面的不定过去时特别多。这同我在那一篇论文中的结论颇有极大的矛盾，应该怎样来解决呢？这就是我的困难之所在。

在这里，我认为，虽然巴利文比较广泛地被认为是一种西部方言，但是这并非自古以来学者们所共同承认的结论，争论一向就有。看来这个结论现在必须重新审查了。锡兰（今斯里兰卡）传统的说法是：巴利文是摩揭陀语，也就是东部方言。近代欧洲学者中也不乏附和这种说法的人，比如 W. Geiger，Windisch 等人。最近附和这种说法者可以英国学者 K. R. Norman 为代表。如果我自己的精力来得及，我也想就这个问题继续做一点比较深入、比较彻底的探讨，以最终解决这个问题。我在上面提到的那一篇论文证明不定过去时是东部方言的特点之一，我至今仍深信不疑，因为我使用了大量的资料。搞我们这一行的，可靠的资料是重要的依据，我们不能脱离开资料讲话。关于这个问题我在上面已经谈到过了。

2. 《〈东方文学作品选〉序言》

这只是一篇短文，涉及印度文学作品，没有什么新的观点。

3. 《三论原始佛教的语言问题》

在研究佛教梵语方面，这也是一篇比较重要的文章。它是承我过去写的两篇文章而来的：《原始佛教的语言问题》和《再论原始佛教的语言问题》。《三论》的写成上距《再论》已经二十六年。这一段时间，对中国知识分子来说，可以说是灾难重重；闭关锁国的时代，国外学术界的情况，我们几乎一无所知。改革开放，形势大变。我也得以了解了国外研究原始佛教语言的情况，读了不少这方面的文章，突然触动了往日的兴趣，于是写了这篇论文。

这篇论文涉及面比较广，共谈了以下几个方面的问题，下面分别加以简略的介绍，以节省读者读原文的精力。

一、有没有一个"原始佛典"？"原始佛典"使用什么语言？是否有个"翻译"问题？

有没有一个所谓"原始佛典"（Urkanon）是西方梵学界一个争议颇大的问题。这个问题我在上面已经谈过，现在再深入谈一谈。我在这里先主要介绍反对派的意见。这一派可以 Bechert 为代表。他竭力反对 Lüders 首先提出来的 Urkanon 这个设想，同时也就反对了所谓"古代半摩揭陀语"，也就是东部方言这个提法。1976 年在德国哥廷根举行了一次佛教研究座谈会，叫做"最古佛教传承的语言"，顾名思义，就能知道是专门讨论我在上面提到的那一个问题的。与会学者绝大部分是反对有一个 Urkanon 的，只有极少数学者例外。在反对派中，意见也并不一致。归纳起来，他们的理由约略有以下数端：

（一）语言问题与是否曾经有过一个 Urkanon 互相依存。

我引 Bechert 的说法来说明这个问题。他认为佛教的经典传统是拼凑起来的，不同传统之间，即使有相同的地方，也不一定要追溯出一个原型（archetype）来。所以，对所谓原始佛典的存在必须抱最大的怀疑态度。他的意思是说，根本没有一部原始佛典，只有许多个别的佛教传统。最初佛教的传统材料是按不同的分类原则来排列分类的，后来"藏"（pitaka）这个名称独领风骚，占据了垄断地位。Bechert 还主张，不能只根据语言方面的论证来探讨问题，必须与部派的形成相结合。不但要注意部派的历史，还要注意地域性。他的意思似乎是，Lüders 只根据语言方面的论证就"构拟"出来了一个"原始佛典"，这样做是不行的。Bechert 还提出了一个"层次（stratum，复数 strata）说"。他认为，首先出现的是律条部派，后来又出现了教义部派。佛教经典的形成分为许多层次。而 Lüders 从巴利文和佛教梵文的典籍中搜集来的那一些语言特点，不属于一个层次，而属于许多不同的层次。他的“层次说”也不过是用来否定 Lüders 的论点而已。

（二）佛的语言政策如何决定。

佛的语言政策是比较明确的，他不允许和尚使用梵文，而允许他们使用自己的方言。顺便说一句，这一点我在我的论文《原始佛教的语言问题》中已经作了明确的论证。Bechert 等认为，佛允许和尚使用各自的方言，而方言总是多样化的。因此，不可能有一个原始佛典的语言。

（三）佛典最初只是口头流传。

佛典最初是口头流传的。Bechert 强调说，当我们在眼前的佛典中去寻求古老的语言形式时，我们必须考虑到口头流传的特点。

（四）没有一部现存的佛典能反映佛本人的语言。

Bechert 说，没有一部流传给我们的佛典能准确地代表佛的语言或者仅仅代表最古的佛教传统的语言。Bechert 承认 Māgadhismus（摩揭陀语言的残余）这个词。

（五）要使用新的研究方法。

Bechert 十分强调要使用新方法。在这方面，他说过许多话，比如：“我不敢肯定，使用迄今使用的方法我们能否确定佛本人所使用的语言。”又比如：“解释佛典诸异本不同之点，要求使用同对比阿育王碑铭诸异本完全不同的方法，虽然从语言方面和时间方面来看，这些碑铭同佛典属于同一范围。”他谴责 Lüders 只看语言形式，而不注意上下文。其他与会的学者，比如 Caillat，也提出了“新方法”，实际上并不“新”。

（六）不能使用“翻译”这个词。

Bechert 反对用“翻译”（Übersetzung）这个词，他主张用 Übertragung，在汉文中也就是“翻译”。他认为，现在的佛典是从较古的方言转化为另一种方言，这种情况不能称之为“翻译”。

二、释迦牟尼用什么语言说法？

在这次哥廷根的座谈会上，讨论了与这个问题有关的两个问题：

（一）佛说法是用一种语言或方言呢，还是用多种？

座谈会上大多数学者都同意是用多种。他到哪里，就说哪里的话。既然如此，谈一种“原始语言”，是不正确的。在这个问题上，Bechert 的态度有点模棱两可；但是，他似乎也主张佛是说多种语言的。据我个人的看法，我们现在所能掌握的资料还不足以支持佛说多种语言的说法。

（二）如果是用一种的话，这一种又是什么？

如果佛只说一种语言，这种语言是什么呢？很可能是古代摩揭陀语或古代半摩揭陀语。

三、阿育王碑铭是否能显示方言划分？

关于这个问题，学者们的意见也是有分歧的。这并不令人奇怪，几乎对任何问题都有分歧的意见，这是常见的现象。

阿育王统治的帝国，是印度历史上空前的大帝国。为了宣传他自己的信条，教育全国人民，他在全国许多地方都树立了一些石柱和石碑；上刻铭文，就是他对全国人民的敕谕，以说教的口吻，教导人民应该如何如何做。这些铭文的语言有的是不相同的，但是内容却基本上相同。应该怎样来解释这个现象呢?

从阿育王碑或柱的地理分布情况和铭文所使用的语言来看,情况不尽相同。东方大石碑铭的语言基本上与当地方言相一致,但西方、南方和北方的三个大石碑铭文,使用的却是东部方言。这又应该如何去解释呢?惟一合理的解释,我认为就是 Lüders 等学者提出来的"翻译说"。意思就是,先有一个底本,然后再译成当地的方言,以利当地居民的阅读。翻译的程度有深有浅,也有根本不翻译的。至于底本的语言,看来只能是东部方言,古代摩揭陀语或古代半摩揭陀语,这是阿育王大帝国首都的语言。现在,虽然已经发现了多处阿育王的碑和柱,但是还不敢说阿育王的碑和柱都已经全部被发现了;他树立在首都华氏城的石碑就还没有被发现。有朝一日这个石碑如果被发现,对我们研究阿育王碑铭这个问题将会起极大的推动作用,是不言而喻的。K. R. Norman 的说法是:碑铭的抄写员在其中起了作用,是绝对靠不住的。试问,哪一个抄写员能有这么大的胆子,敢于更改大皇帝诏谕的语言?总之,我认为,根据阿育王碑铭是能够区分方言的。

四、《毗尼母经》等经讲的是诵读方法(音调),还是方言的不同?

这是一个多少年来就争论极多的问题,至今好像还没有大家都公认的结论。因此,我用了相当长的篇幅,把这个问题的来龙去脉、讨论过程、各家异说都仔仔细细地重新检查了一遍,以期实事求是地解决这个极为棘手的老问题。这一段文章,同我在上面提到的《原始佛教的语言问题》整篇论文,所要解决的是同一个问题,只是因为时间已经相隔了很多年。我又细读了哥廷根座谈会上的一些有关的论文，我掌握的材料大大增加，视野当然也就随之而扩大。虽然得到的结论仍然不异于第一篇论文，但是其可靠性却非同当年了。读这一段文章时，最好能参阅上一篇论文。

我写这一段文章仍然从巴利文律藏 Cullavagga（*The Vinaya-Piṭakam*，ed. by Hermann Oldenberg，vol. Ⅱ，Cullavagga，p. 139）那一段文章开始。我从中选出了几个关键的词：

（1）buddhavacanam

（2）chandaso

（3）āropema，āropetabham，āropeya

（4）nirutti

按照汉译佛典的翻译，明确确定了它们的含义，然后得出一个结论。第一个字 buddhavacanam 有两个含义："佛经义"和"（诵）佛经"。第二个字，汉译为"阐陀至"、"世间好语言"、"通外道四国（吠）陀"、"阐陀"等等。第三个字，虽然我写了三种形式，实际上都来自一个字根 ā + ruh。汉译佛典的译文是："撰集佛经，次比文句"，"修理佛经"，"诵读佛经"，"诵佛经"，"诵经"，"正佛经义"等等。这一些汉译文都没有"翻译"的意思，但是我觉得，这个含义实际上已隐含其中，呼之欲出。第四个字 nirutti 是一个关键性的词。汉译文有以下几种："音"、"国俗言音"、"国音诵读"、"外国音声诵佛经"、"方国言音"、"言语"等等。巴利文大注释家觉鸣（Buddhaghosa）把这个字注释为"佛所说的摩揭陀语"。西方一些学者们对以上几个字的标新立异的解释，我认为都是站不住脚的。

解释完了我选出来的四个词，现在我来谈一个问题：Cullavagga 那一段话讲的是语言问题，还是诵经的声调问题？根据我的分析，这里讲的是语言问题，而不是诵经的声调问题。

五、我的看法。

根据上面的分析，我认为，哥廷根座谈会上很多学者的意见是难以接受的。现在把我的意见综述一下。

一个宗教一旦形成或者创建，教主必将努力招收徒众，大力宣传自己的教义。印度当时还没有文字，宣传只能靠语言。佛与弟子们使用什么语言呢？佛的诞生地在今尼泊尔境内，但是他一生游行说法，虽然到过许多地方，可大部分时间都是在摩揭陀国（约在今天印度的比哈尔邦）。他的弟子们出身不同，家乡也不尽相同，因此语言也不会完全一样。但是，既然同在摩揭陀国，则这里的语言或者方言就必然会成为他们之间的交流思想的工具。他们对当地民众说法，也必然使用这种语言。但是他们所说的摩揭陀语又决不会是纯粹的，具有三个东部方言特点的语言。所谓“古代半摩揭陀语”就这样产生了。这是一种拉丁文称之为 lingua franca 的语言。打一个比方，这有点像中国的“蓝青官话”。很多南北各省份的人聚集在政治中心首都北京，必须有一种共同的语言，这种语言当然是北京话；但是，除了本地人以外，谁也不能完全掌握北京话，于是南腔北调，甚至奇腔怪调，都出现了。无论如何，交流思想的目的总算是能达到了。如来佛的“古代半摩揭陀语”想来也大概就是这个样子。

佛教是在公元前五六世纪在印度东部兴起的宗教之一，是反对西北部的婆罗门教的，所以佛祖坚决拒绝使用婆罗门教的经堂语梵文。梵文在当时还没有取得像后世那样煊赫的地位。它只是一种文化和文学的语言，还没能成为官方使用的政治语言。

释迦牟尼悟到了教义，找到了一些徒众，有了一种供他使用的语言，于是就开始“转法轮”——传教。第一次说法的内容大概是关于“四圣谛”——苦、集、灭、道的，此时当然还不会有什么佛典（Kanon）。哥廷根座谈会上，学者们心目中的佛典是包括经、律、论一整套的典籍，这在释迦牟尼生时是根本不可能形成的。Bechert说，最古的佛典是属于律部的，这是隔靴搔痒之谈，绝对靠不住。我想拿《论语》来作一个例子或者依据，推测一下佛教Urkanon形成的过程。孔子的一些行动和同弟子们的一些谈话，被弟子们记了下来，积之既久，遂形成了《论语》。释迦牟尼恐怕也会有类似的情况。他常说的一些话，被弟子们记在心中，扩而大之，逐渐形成了一些经典中的核心。区别只在于，中国的《论语》保留了原型，没有继续发展成为成套的有体系的经典，有如天主教和耶稣教的《新约》、《旧约》，以及伊斯兰教的《古兰经》。佛教经典的形成走的是另一条路，结果形成了一套汗牛充栋的经典宝库，而没有一部为各派所共同承认的宝典。后世产生的经典也往往标出“佛说”，这当然是绝对不可靠的。

印度从什么时候起开始有文字呢？确切时间还不能十分肯定。反正阿育王（约公元前275年—232年）时代已经有了文字。有了文字，佛典就能够写定。写定的时间可能早到公元前二世纪末。在这里又出了一个佛典梵文化的问题，这个现象可能与佛典的写定同时并举。什么叫“梵文化”？原来佛典的语言是俗语，主要是古代半摩揭陀语。后来，这种俗语由于种种原因，其中也包括政治方面的原因，不能适应需要。政治界和宗教界都想找一个能在全国都通用的语言，选来选去，只有原来被佛祖所拒绝的梵语最符合条件。于是就来了一个所谓“梵语复兴”（Sanskrit Renaissance)。佛典也借这个机会向梵文转化，这就是“梵文化”。这是一个缓慢的过程，最初俗语成分较多，以后随着时间的推移，俗语成分渐减，而梵文成分渐增。这样的语言就被称为“佛教梵语”或“混合梵语”(Hybrid Sanskrit)。

以上是我在《三论原始佛教的语言问题》这一篇论文中，对1976 年在哥廷根举行的“最古佛教传承的语言”座谈会上所发表的论文的意见。论文的最后一部分中，我又综合地讨论了下面六个问题：

（一）什么叫“原始佛典”

（二）耆那教经典给我们的启示

（三）摩揭陀语残余的问题

（四）所谓“新方法”

（五）关于不能用“翻译”这个词的问题

（六）汉译律中一些有关语言的资料

这些问题前面都有所涉及，我不再一一加以解释了。

4.《〈罗摩衍那〉在中国》(附英译文)

中国翻译印度古代典籍，虽然其量大得惊人，但几乎都是佛经。大史诗《罗摩衍那》虽然在印度影响广被，但因为不是佛经，所以在我的全译本出现以前的两千余年中中国并没有译本，至少对汉文可以这样说。我这一篇论文就是介绍《罗摩衍那》在中国许多民族中流传的情况的，共分以下几个部分：

一、《罗摩衍那》留在古代汉译佛经中的痕迹

二、傣族

三、西藏

四、蒙古

五、新疆

（一）古和阗语

（二）吐火罗文 A 焉耆语

结束语

前五部分的内容，我在这里不谈了，请读者参看原文。我只把“结束语”的内容稍加介绍。我谈了下列几个问题：

（一）罗摩故事宣传什么思想？印度的两个大教派都想利用罗摩的故事为自己张目。印度教的《罗摩衍那》宣传的主要是道德伦常和一夫一妻制。佛教的《十车王本生》则把宣传重点放在忠孝上。至于《罗摩衍那》与佛教的关系，有一些问题我们还弄不清楚。两者同产生于东印度，为什么竟互不相知呢？惟一可能的解释就是，罗摩的故事晚于《梵书》，而早于释迦牟尼。

（二）罗摩的故事传入中国以后，有关的民族都想利用它为自己的政治服务。傣族利用它美化封建领主制，美化佛教。藏族利用对罗摩盛世的宣传，来美化当地的统治者。

（三）汉族翻译的罗摩的故事，则强调伦理道德方面，特别是忠和孝。我总怀疑这是译经的和尚强加上去的。中国古人说：“不孝有三，无后为大。”人一当了和尚，不许结婚，哪里来的“后”呢？而许多中国皇帝偏偏好以孝治天下。这似乎是一个无法解决的矛盾。于是中国佛教僧徒就特别强调孝，以博得统治者和人民大众的欢心，以利于佛教的传播。

（四）中国人不大喜欢悲剧。罗摩故事在印度是一个悲剧，中国编译者则给了它一个带喜剧色彩的收尾。

（五）罗摩的故事传到了中国，被一些民族涂上了民族色彩和地方色彩。

最后，我谈到了《清平山堂话本》卷三中的《陈巡检梅岭失妻记》。这个话本一方面与罗摩的故事有相似之处；另一方面，又与《西游记》的神猴孙悟空有某些瓜葛。这个问题有待于进一步的探讨。

顺便说一句：这篇论文有英译本。

5.《新博本吐火罗语 A（焉耆语）〈弥勒会见记剧本〉第 39 张译释》

这里译释的是新博本《弥勒会见记剧本》第 39 张两页。详细说明已见 1983 年 4，这里不再重复。

此文有英译文。见下面 7。

6.《〈薄伽梵歌〉汉译本序》

我在这篇序言中主要介绍了印度三位学者对《薄伽梵歌》的意见，他们是高善必（D. D. Kosambi）、Basham 和恰托巴底亚耶（Chattopadhyaya）。我认为，这三位学者对此书的意见各有独到之处，其余印度和印度以外的学者们的意见，多得不可胜数，都没有什么特异之处，我一概省略了。在序言的最后两段中，我提出了一个“天国入门券越卖越便宜”的观点。这个观点在我脑海里不断发展，到最后就形成了一个宗教发展的规律：用越来越少的身心两个方面努力得到了越来越大越多的宗教的满足。在香港中文大学讲学时我曾专门讲过一次。我个人认为，这是发前人所未发的观点或者规律。

7. Translation from the Tocharian Maitreyasamiti-nāṭaka the 39th leaf（2 Pages）76 YQ 1. 39 1/1 and 1. 39 1/2 of the Xinjiang Museum

Version

已见上面5。

8.《自序——〈原始佛教的语言问题〉》

在这一篇“自序”中，我主要讲了我学习“佛教梵语”开始时的情况，接着又讲了我写《原始佛教的语言问题》和《再论原始佛教的语言问题》的来龙去脉。《再论》写于1958年。此后，在我研究“佛教梵语”方面是一个漫长的空白阶段。一直到1984年，也就是说，在二十六年之后，我才写了上面刚刚介绍过的《三论原始佛教的语言问题》。这篇文章主要是针对德国梵文学者、我的朋友Bechert的。在这一篇“自序”的最后，我提出了我研究“佛教梵语”的用意。我不是为研究语法变化而研究语法变化的，我希望把对佛教梵语和印度佛教史的研究结合起来。其他学者间或也有这样做的，不过不像我这样明确，这样坚持，这样有意识，这样始终如一。

9.《〈印度印地语文学史〉序》

中国研究外国文学的情况是：翻译作品较多，研究论文较少，而文学史则更少。对印度文学的研究就是这样。刘安武这一部书是十分可贵的。此书资料丰富，立论公允，必能受到读者的欢迎。印度语言极多，每种语言都有自己的文学。我国研究印度文学的现状实不能令人满意，至今连一部《孟加拉文学史》都没有写出来，遑论其他语言。没有个别语言文学史的研究，一部完整的《印度文学史》是无法写出来的。

10.《外国文学研究中的几个问题》

这是我在上海外国语大学的一篇即席的长篇发言或者报告，没有稿子，连提纲也没有。内容是讲：研究外国文学应当学习些什么东西？我认为，首先要提高理论水平。想做到这一步，必须学习四个方面的文艺理论。第一，要学习马克思主义的文艺理论。这里包括经典作家对文艺的一些意见，我把普列汉诺夫也归入此类。这是基本立足点，不能掉以轻心。第二，要学习中国文艺理论。我们在这方面有丰富而优秀的遗产，刘勰《文心雕龙》、钟嵘《诗品》、司空图《诗品》等等古代名著，一直到近代王国维的《人间词话》，还有大量的“诗话”，都是非学不行的。第三，要学习西方文艺理论。自古希腊亚里士多德起，一直到近现代，西方文艺理论极其丰富。近代又出现了不知多少理论，有的“蟪蛄不知春秋”，我们必须了解，但千万不能迷信。“贾桂思想”是我们的大敌，必须彻底铲除。第四，要学习印度文艺理论。在印度，文艺理论也有极长、极辉煌的历史。过去曾影响过中国，今天我们仍要认真研究和学习。理论方面，就讲这四点。在语言方面，必须先学好汉语，包括古文诗词在内；其次必须学好外语，只会一种还不够用，要多学几种；再次，知识面一定要广，不广没法研究外国文学；最后还要学习科技知识，至少要能掌握电脑技术。

11.《商人与佛教》

我个人认为，这是一篇重要的论文。为了撰写这篇文章，我用了极大的精力和极多的时间。我先把全文的目次抄在下面，然后再加一些必要的解释。

一　引言

二商人

给孤独长者

首转法轮

二　汉译佛典律藏中有关佛教僧侣与商人的关系的记载

(一) 一般的接触与来往

(二) 结伴旅行

(三) 狼狈为奸，走私漏税

(四) 商人支持佛与僧

(五) 佛教戒律禁止和尚捉金银，做买卖，与商争利

(六) 过去世商主与佛的关系

三　商人在印度的起源和在古代社会中的地位

(一) 商人起源的一般规律

(二) 印度古代商人起源的特点

(三) 印度河流域古代社会中的商人

(四)《梨俱吠陀》中的商人

(五) 雅利安人的东进

(六) 印度古代的商路

(七)《罗摩衍那》中的商人

四　商人与佛教关系密切的原因

(一) 经济关系

a　商人是施主

b　二者都以城市为据点

c　共同合谋偷税漏税

d　和尚不许捉金银

(二) 来源关系

e　二者在思想上同源

（三）意识形态

f　ahiṃsā

g　转轮圣王

h　karman

i　同属沙门思想体系

（四）共同的历史使命

j　二者同是历史的不自觉的工具

五　与中国对比

（一）商人与宗教的关系

（二）商业与农业的关系，中印两国商人阶级发展的规律

仅从上面抄的目次中也可以看出来本篇论文的大体内容。我现在不再按照目次一一介绍了。我只想讲一讲，我是怎样想到这个题目的？为什么费这样多的篇幅来写这个题目？在印度佛教史上这个题目有什么重要意义？

按照常理，商人与佛教不会有多少瓜葛，不会有太密切的关系。商人是入世的，做生意为了赚钱。而佛教僧人则是出世的，念经拜佛，坚持修行，为了成佛作祖，得到涅槃。二者互不相涉。我原来根本没有想到把二者联系到一起来。但是，在阅读佛典的过程中，我却逐渐发现或者意识到，二者有非同寻常的关系。释迦牟尼成佛后，从金刚座上下来，第一批向佛提供食品的就是两个商人。这是佛一生中一件十分有意义的事。为什么偏偏是两个商人而不是别的什么人呢？释迦牟尼最大的施主给孤独长者也是一个大商人，他曾布金满地购买了一座大花园赠送给佛祖。佛经中许许多多的地方都谈到了这一位长者，他是佛经中最有名的人

物之一。因此，我们可以说，商人同佛教有某一种特别亲密的关系。

在古代社会中，不管是中国还是外国，由于生活条件的限制，特别是由于道路的崎岖坎坷和交通工具的简陋，一般人除非万般无奈是不大出门的。古人所谓“鸡犬之声相闻，老死不相往来”，讲的——至少一部分就是这种情况。现代的所谓“旅游”，不但古代稀见，连我年轻时都是少见的。现在推想起来，当时出游的人不外下列几种：外交使节，比如张骞之流，这类人数目极少；出征侵略或御敌的将士；贸迁千里万里“重利轻别离”的商人；还有为了宣扬大法，积累功德而云游的宗教僧侣。这个出游的队伍是慢慢扩大的。当时通往远方的大路，最有名的是丝绸之路，都是商人用脚踩出来的。宗教僧侣出行，当然也只能走商路。因此二者路上相遇的机会自然就多了起来，结伴同行，也就成了很自然的现象。我在本文中引用的大量佛典律藏中的资料，足以说明这个现象了。有很多故事讲到佛教和尚同商人共同想方设法在关口上偷税漏税，以及佛教僧侣对商人无与伦比的、超出度外的迁就和照顾，颇伤虔诚的佛教徒的感情，这一点我是知道的。但是，这些记载都赫然出自佛典本身，我丝毫也没有捏造。我是一个历史工作者，只能照实直书，别无选择。这一点还请佛教界的朋友们原谅则个。

本篇论文的后一半，我主要用来谈商人与佛教关系密切的原因，以及与中国对比。在这里，我个人主观的想法多一点，难免有主观臆断的地方。但是，就我个人来说，我的态度是严肃的，丝毫也没有故意标新立异、哗众取宠的想法。是非曲直，都由读者去评断吧。

12.《〈敦煌吐鲁番唐代法制文献考释〉序》

这一篇序言没有提出什么新观点。

13.《〈饶宗颐史学论著选〉序》

在这一篇序言中，我首先介绍了饶宗颐先生的生平，然后介绍他的著作。饶先生学富五车，著作等身，研究范围极广，儒、释、道皆有所涉猎，常发过去学者未发之覆。我在这里提出来了一个大家所熟知，而实践者则不算太多的观点，这就是：“进行学术探讨，决不能固步自封，抱残守阙，而是必须随时应用新观点，使用新材料，提出新问题，摸索新方法。只有这样，学术研究这一条长河才能流动不息，永远奔流向前。”我认为，我这个意见很值得我们大家都来深思，而且付诸实施，任何时候也不应忘记。饶先生是做到了这一点的。

我借用了先师陈寅恪先生《王静安先生遗书序》中的一段话：“然详绎遗书，其学术内容及治学方法，殆可举三目以概括之者。”这三目是：“取地下之实物与纸上之遗文互相释证。”“取异族之故书与吾国之旧籍互相补正。”“取外来之观念与固有之材料互相参证。”我这一篇序言主要就是根据寅恪先生提出这三点，来叙述饶宗颐先生的学术内容和治学方法。

14.《在杭州印度两大史诗讨论会上的讲话》

这篇讲话没有提出什么新观点。

15.《外国文学研究应当有中国特色》

这一篇论文不算太长，但是代表了我在八十年代前对外国文学研究，对文学批评，对美学，对文艺理论的看法。今天重读，觉得有一些说法是能站得住脚的，有一些则不然，有一些甚至幼稚可笑。到了最近几年，我对上面说的那一些问题都有了一些独特的看法，有一些我甚至称之为“怪论”。详细情况只有在下面谈了。我不知道，我这些“怪论”、这些“野狐谈禅”是表示我进步了，还是我参禅走了火？我自己当然认为自己是进步了。

闲话慢提，我现在简短地介绍一下本文的内容。我主张中国的外国文学研究应有中国特色。要想做到这一步，至少应该有三个前提或者基础：第一，必须突出理论研究；第二，必须在方法论上努力求新；第三，必须实行拿来主义，古为今用，外为中用，以我为主。世界上，文艺理论能成为体系的只有四家：马克思主义文艺理论、自古希腊罗马以来的欧美文艺理论、中国文艺理论、印度文艺理论。中国文艺理论，源远流长，丰富多彩，有一套专门名词，有许多不同的学说。我写道：“这些术语和理论对中国的专家来说，一看就懂，也确能体会其中含义；但是要他用比较精确的明白易懂的语言表达出来，往往说不出。这些术语给人一个印象，一个极其生动的印象，这是好的。要把这个印象加以分析，说说清楚，则力不从心，说不出来。这不能不说是一个不足之处。”

羡林按：从这一段话中可以看出来，我在当时仍然被西方的“分析”牢牢地捆住了手脚，而不能自拔。我现在认为，我现在终于“拔”出来了。

在这篇论文的最后几段中，我讲到当今世界上五花八门的文艺理论体系，“江山年有才人出，各领风骚数十天”。对这些文艺理论体系，我们必须随时加以注意，努力去理解；但千万不要被它们绑在战车上，拾人牙慧。这个意思，一直到今天，我还认为是对的。

16.《展望比较文学的中国学派》

这是《北京晚报》记者的提问和我的回答的一个记录。文虽短，但谈的问题却极为重要。比较文学形成的历史虽然不长，但已经成为世界显学。可惜其中竟没有中国的声音。有一些中国比较文学学者，甚至个别的外国比较文学学者，都提出了建立比较文学中国学派的希望和呼吁。我当然也有这种希望，但决不是出于狭隘的爱国主义或民族主义，而是出于对世界比较文学的关心。没有中国学者，再扩大一点范围，没有东方学者参加，则比较文学会是一个不完备的学科。至于如何才能形成中国学派，我除了提倡理论研究以外，其他招数也不多。

17.《吐火罗语》

18.《窣利文（粟特文）》

19.《梵文》

这三篇论文都是为《中国大百科全书·语言文字》卷所写的词条。

1985 年

这一年又是丰收的一年。校内外的社会和学术活动仍多。中国比较文学学会成立，我当选为名誉会长。这一年出版了下列几本书：《原始佛教的语言问题》、《〈大唐西域记〉校注》、《〈大唐西域记〉今译》和译本《家庭中的泰戈尔》。是年 8 月，赴德国 Stuttgart，参加第十六届“世界历史学家大会”，在会上用英文宣读了《商人与佛教》。

本年共写三十二篇各类文章，其中可以算做学术论文的有十四篇。下面顺序加以叙述：

1.《〈摩奴法论〉汉译本序》

“法”（dharma）这个字在印度含义颇为复杂，大体上是由宗教伦理转为政治法律。本书作者是婆罗门种姓，当然会努力维护本种姓的利益。但这一部《法论》还是非常有用的。我个人从里面找到印度封建社会起源的很多资料。关于这个问题，印度所谓历史唯物主义的史学家大都认为印度封建社会起源比较晚。我利用本书提供的资料，认为印度封建社会起源相当早。这一部书不但在印度历史上起过重要作用，到了近代，它仍有极大影响；它影响了许多周边国家，英国人为印度立法也曾加以参考。

2.《泰戈尔》——《简明东方文学史》一节

这是《简明东方文学史》第三编中第三章的第二节（该书第454—470页）。

中国近现代对外国文学的研究，偏重西方文学，而忽略了东方文学，这与时代风气密切相关。西方讲欧洲中心主义，中国人也在有意与无意之间讲欧洲中心主义。这个现象并不奇怪。一直到今天，社会上某一些人的崇洋媚外思想。“崇”的多半是西方，“媚”的也多半是西方。在新中国建立前，我们对日本文学研究得颇有成绩，对日本文学作品介绍翻译得也比较多；其次是印度文学；其他东方国家的文学则受到了冷落，有的人甚至于不屑一顾，认为东方文学水平差，不能与欧美文学比肩。这大半是一种偏见，我们应该摒弃之。在印度文学中，声名最显赫、介绍得最多的是泰戈尔。其中原因，人所共知，不必详论。

改革开放以来，研究外国文学的风气为之一变。研究东方文学逐渐受到重视，队伍逐渐扩大，范围逐渐拓宽，水平逐渐提高，出现了一派生机勃勃的气象。外国文学研究人才最集中的地方有两处：一处是北京大学东方语言文学系，现东方学系；一处是中国科学院文学研究所，现中国社会科学院外国文学研究所，后者的研究人员基本上出自前者。这两处的人才通力协作，可谓得天时、地利、人和。但是，在最初，后者的力量还不够强大，我们编写《简明东方文学史》，是北大唱独角戏。后来编写规模更大的《东方文学史》，才是协作完成的。这留待下面再讲。

我写“泰戈尔”这一节，主要根据我自己对他的研究，也参考了一些国外的研究成果。我首先写了泰戈尔“生活的时代”，强调他生活在英国殖民主义者的统治下，自幼培养出了极其真挚的爱国主义热情，他为印度的独立贡献出了自己的全部力量。他与圣雄甘地可以称为“双峰并峙”，因此受到了全印度人民，以及全世界进步人民的由衷的爱戴。他对中国人民反抗日本军国主义者的同情，对侵略者的无情的鞭挞，我们中国人民永远不会忘记。

接着我写了泰戈尔的“生平”。我仍然突出了他的爱国行动，以及他的国际主义精神。1916 年，他到了日本，从那里转赴美国。他对美国的种族歧视深恶痛绝。他以“国家主义”为题，做了一些报告。他对美国一向没有好感，几次访美，都不欢而散。1919 年，发生了有名的“阿姆利则惨案”，他拍案而起，写了一封义正词严的信给英国总督，声明放弃英国国王赐给他的“爵士”称号。1924 年，他访问中国，对中国文化大加赞赏，歌颂中印友谊，并预言中国的复兴。1930 年，他访问了苏联，极有好感。1939 年，他著文怒斥希特勒。1941 年，他临终时还念念不忘中国的抗日战争。综观泰戈尔一生，主持正义，痛斥邪恶，不愧是一个完人。

下面我谈到他的思想（世界观）。他主张宇宙万物的基本精神是和谐与协调；他又提出了“韵律”是宇宙的最高原则。但是，他思想中也是有矛盾的。

接着我论述了泰戈尔的“作品”。他是一个天才作家，一个多产作家。他用孟加拉文和英文写了大量的诗歌、短篇小说、长篇小说、戏剧、杂文等等，世界各国几乎都有译本。中国已经翻译了泰戈尔的全集。我还特别分析了他的艺术特色，并以短篇小说为例，细致地加以分析。他的诗歌创作曾在二十世纪二十年代后半期深刻地影响了中国新诗的创作。

最后，我讲泰戈尔在世界上的影响以及他与中国的关系。上面已有所涉及，在这里不再重复了。

3.《〈中国传统小说在亚洲〉中译本序》

本文原系法国学者苏尔梦著《中国传统小说在亚洲》汉译本一书的序言，收入《比较文学与民间文学》一书时，改名《文化交流与文学传播》。

我首先强调了文化交流的重要意义，这是我一贯的主张。中国文化源远流长，一方面接受其他国家的文化，一方面又毫不吝啬地把自己的文化传出国外，传布全球。中国的传统小说就是传播对象之一。有一些小说也传到了欧洲，受到了像歌德这样的文化巨人的赞扬。但是，最主要的传播地带还是亚洲。中国家喻户晓的一些传统小说，比如《三国演义》、《西游记》、《今古奇观》、《水浒传》、《金瓶梅》、《聊斋志异》、《红楼梦》等等，都传至亚洲许多国家。有的是华侨带出去的，不用译本；有的则有当地文字的译本，为当地居民所喜爱。这也是一种文化传播的方式，其影响更能深入人心，它加强了当地人民对中国的了解，从而增强了友谊。

我们中华民族本来有了解外国人民和民族的传统，一部“二十四史”可以为证。但是，到了近代，由于国弱民贫，外患内忧纷至沓来，这种擅长并且喜爱了解外国，古代所谓“异域”的优良传统渐趋衰微，甚至濒临灭绝的危险。而国外，特别是欧美和日本等文化技术先进国家，则越俎代庖，对中国以及中外文化交流研究得既深且透，结果是硕果累累，极富新意。他们方法新，资料丰，掌握有关的语言文字多，有时候为中国学者所望尘莫及。但是他们掌握汉语的程度是成问题的，日本学者也在所不免。我们对他们必须给以客观的实事求是的评价。

在外国汉学家中，法国汉学家是突出的。他们有比较悠久的汉学传统，名人辈出，代有传人，至今不绝。但是，老一辈汉学家“俱往矣”。在中青年汉学家中，苏尔梦是一个佼佼者。她的著作相当多，比如《适应汉文化的一个例子：十八世纪的贵州省》、《雅加达的中国人，寺庙和公共生活》、《印度尼西亚的中国人用马来文写的文学作品》等等。此外她还写了很多论文，涉及面非常广，资料多是第一手的。

现在的这一部书是苏尔梦编著的，其中收有法、前苏、德、日、朝、柬、印尼、泰、美、澳等国学者的著作十七篇。她为此书写了引论。统观这些文章，材料大都翔实可靠，立论也平正公允。从中可见在所谓“汉文化圈”内外，中国传统小说的影响如何深厚，大大有利于了解中国文化对外影响的具体情况。

4.《印度史诗〈罗摩衍那〉的诗律》

印度古诗表现形式是诗节（stanza），每一诗节分为四个音步。组成音步的方式有两种：一种是按照音节的数目，一种是按照音节瞬间（mātrā）的数目，前者术语叫婆哩陀（vrtta），后者术语叫阇底（jāti）。在第一种中，要区别长短音。所谓长音是指用长元音、二合元音或三合元音，以及诗律长元音组成的音节。在第二种所谓阇底中，也讲长短，一个短元音算一个音节瞬间，一个长元音算两个。在这里，诗律不是按照音节的数目，而是按照音节瞬间的数目来计算的。

《罗摩衍那》的诗律属于第一种，是按音节数目来计算的。全部大史诗约有一万九千首诗，绝大部分都是用一种诗律写成的。这种诗律名叫输洛迦（ṣloka），有四个音步，每个音步八个音节，共三十二个音节。输洛迦本是最常见的一种诗律，《罗摩衍那》故神其说，说是作者蚁垤于无意中发现的。实际上连《摩诃婆罗多》用的也是这种诗律。我现在把《罗摩衍那》中最标准、最典型的两首输洛迦的诗律写在下面：

一（长）⌣（短）

一、— — ⌣ — — ⌣/⌣ ⌣ — — ⌣ —

— — ⌣⌣⌣ — — ⌣/⌣ ⌣ — — ⌣ — ⌣—

二、— — ⌣ — ⌣ — —⌣/— — — — — ⌣⌣ —

— — ⌣ — — ⌣⌣ —/— — — — ⌣⌣⌣ —

举此二例，可见一斑。

5.《〈中国纪行〉中译本序》

中亚人赛义德·阿里·阿克巴尔·哈塔伊用波斯文写了一部《中国纪行》，记述了他于十六世纪初（明正德年间）在中国的所见所闻，极有学术价值。张至善和张铁伟、岳家明等译为汉文。书前有李约瑟的序和我的序。

我的序言没有什么精辟新奇的见解，讲的大半都属于老生常谈之类，但都是真实的话。法西斯分子说："谎言说上一千遍，就变成了真理。"我的看法是：谎言，即使说上一万遍，却仍然是谎言。只有真理才是越说越光明显赫。我在这里重点讲的仍然是爱国主义。

中古穆斯林旅行家和学者对人类文化做出了巨大的贡献。由于语言关系，到了今天，这个历史事实还不为世界所熟知。因为当时政治紊乱，国境经常变迁，这些旅行家和学者有时候国籍难明。本书作者也属于这个范畴，但这不是关键问题，关键在著作本身的价值。穆斯林旅行家有一个共同的特点：比较客观，比较实事求是；虽也受时代限制难免多少有一些荒诞不经之谈，但总起来看是比较少的，他们的记述基本上是可靠的。

正如对许多中古旅行家那样，也有人怀疑，本书作者是否真到过中国。我个人的看法是，他亲身到过中国，否则有一些事件和情况，他不会写得这样亲切、具体、生动、真实。他对当时中国人民的讲礼貌、守秩序等美德倍加赞美。他写道："在世界上除了中国以外，谁也不会表现出那样一种井井有条的秩序来。毫无疑问，如果穆斯林们能这样恪守他们的教规——虽然这两件事无共同之处——他们无疑地能按真主的良愿成为圣人。”总之，通过这一部分，我们能够看到十六世纪初中国的精神文明和物质文明的比较真实的情况。以后帝国主义殖民主义分子对中国加以污蔑，都是出于小人之心和侵略的需要，别有用心。眼前，我们的社会风气也有不少不能尽如人意的地方，产生这种情况的原因极其曲折复杂。我相信，有朝一日，总会慢慢好起来的。我也相信，读了这一部分，会无形中增强爱国主义精神。

6.《一部值得重视的书——读阿克巴尔〈中国纪行〉》

7.《原始社会风俗残余——关于妓女祷雨的问题》

这篇论文是读《中国纪行》的副产品。

我读《中国纪行》第十一章“妓院和妓女”，其中讲到妓女的来源：犯了死罪的官员的妻女被送入妓院，供人寻欢取乐。另外还有一个任务，就是为公众祷雨。为什么利用妓女为公众祷雨呢？我立即想到了印度流传极广的鹿角仙人或独角仙人的故事，其中就有利用妓女祷雨的情节。大史诗《罗摩衍那·童年篇》（1.9.3；1.9.28）讲到了这件事，讲到了妓女，也讲到了下雨。玄奘《大唐西域记》卷二，讲到独角仙人，但没有讲求雨。在其他佛典中，这个故事大量出现。《本生经》第五二三和五二六两个故事，内容基本一样，讲的都是独角仙人。在用混合梵文写成的《大事》（Mahāvastu）中也同样可以找到这个故事。在西藏文佛藏《甘珠尔》中，在汉译佛典《佛本行集经》、《佛所行赞》、《大智度论》等等无数的经典中，这个故事都留下了痕迹。在印度佛教艺术浮雕中，同样可以发现。这个故事或与这个故事相近的故事，在印度以外的地区也同样可以找到，比如 Rabalais，Le Fontaine，

Barlaam and Josaphat 等等都是如此。我现在毫不夸大地说一句，正如其他一些民间故事或民间传说那样，它几乎传遍了世界。

因此，我们很容易就能想到，这是原始巫术的残余。我引了 R. Briffault 的话说："所有的没有开化的人们都认为，种植技术比起其他活动来更依赖于巫术力量和行动，而不依赖于技巧和人力。"弗雷泽（Frazer）也说，原始人把人类生产自己的族类的过程和植物生产的过程混淆起来了。

我相信，在中国民间信仰中和中国古代典籍中，还保存着大量的原始巫术的残余，这种原始信仰曾流布全世界广大地区。这一切都还有待于我们中国有心的、博古通今的、中西兼通的学者们去细心发掘。

8. 《罗摩衍那》——《印度古代文学史》一章

这是《印度古代文学史》中的一章，后作为单篇论文收入《比较文学与民间文学》一书中。《简明东方文学史》中《罗摩衍那》一章也用了其中的材料。

因为我穷数年之力，翻译了卷帙浩繁的《罗摩衍那》，所以我零零碎碎，陆陆续续，写过一些关于这部大史诗的文章，长短都有。最集中的是 1979 年出版的专著《〈罗摩衍那〉初探》（下面简称《初探》），里面讨论的问题最多，涉及面最广。请参阅前面所述 1978 年至 1997 年"我的学术研究"部分中的 1979 年的内容。在那里，我只开列《初探》中的目次，对每一章都没有介绍。

在现在这一篇文章里，我当然会使用以前写过的一些文章中的资料和观点，特别是《初探》。但是，时间究竟已经过去了几年，我对这部大史诗的看法，当然会有所充实。所以现在这一篇文章并非全是抄袭旧说，而是有所增益。我先把本文的节段目次抄在下面，以资与《初探》对比：

一　性质和特点

二　主要骨干故事的历史真实性

三　作者

四　成书的时间和地点

五　语言和诗律

六　与《摩诃婆罗多》的关系

七　主要情节

（一）《童年篇》，（二）《阿逾陀篇》，（三）《森林篇》，（四）《猴国篇》，（五）《美妙篇》，（六）《战斗篇》，（七）《后篇》：罗波那的故事、哈奴曼的故事、罗摩和悉多的故事，（八）故事情节层次问题，（九）悉多的身份问题，（十）《罗摩衍那》故事来源问题

八　思想内容

九　艺术风格

（一）塑造人物形象

（二）展开矛盾斗争

（三）描写自然景色

（四）创立艺术风格

十　在印度国内外的影响

十一　与中国的关系

只要把上述的目次同《〈罗摩衍那〉初探》的目次一对比，立刻就能发现其间的差别。《初探》中有的题目，我在这里省掉

了，另外加了一些新题目。这说明，我在《初探》出版后的六年中，仍然对《罗摩衍那》继续思索和探讨，这可以说是我的习惯：过去写过的比较重要的文章，我不是一旦写完发表，就立即置诸脑后，甚至完全忘掉；而是，不管有多少新的课题，也不管多么忙乱，我总不会忘记；一旦遇到有关的资料，立即记下，等到有机会时写成文章，对旧文加以补充、发展，有必要时加以纠正。我个人觉得，这是一个好习惯。

9.《五卷书》——《简明东方文学史》一节

这是《简明东方文学史》第二编中第一章的第二节。

关于《五卷书》我曾写过一些文章，比如前面所述 1946 年至 1949 年“出路的表现”部分中，1946 年所写的文章《〈五卷书〉——一部征服了世界的寓言童话集》，就是一个例子。我还在许多长长短短的文章中提到过这部书。

在这里，我首先讲了《五卷书》在印度本国以不同的书名，在不同的语言中流布的情况。然后讲“时代背景”，讲“思想内容”和“结构特色”。在最后讲结构特色时，我使用了一个新名词“连串插入式”，就是一个大故事中插入许多小故事。这种结构方式，似乎对中国也产生了影响，唐代传奇人物王度的《古镜记》就是这样。此外，《五卷书》散文和韵文相结合的结构形式，中国一些传统小说中也有，比如写到一个什么地方，就忽然插入一句话“有诗为证”，接着就是一首或长或短的诗歌。

10.《迦梨陀娑》——《简明东方文学史》一节

这是《简明东方文学史》中紧接着《五卷书》的第三节。

迦梨陀娑是《沙恭达罗》等名著的作者。正如印度文学史上其他作家和作品那样，他的诞生时代以及生平事迹，争论极多，而且时间相差悬殊极大。

我在本文中讲了一部分人的看法，我个人无法反驳，也无法证明，姑从之而已。我写他是笈多（Gupta）时代（约公元四世纪— 六世纪）的人。此时梵文已经复兴，所以才能产生这样伟大的诗人。

迦梨陀娑，这个名是由两个字合成的。“迦梨”是一个女神的名字，“陀娑”意为“奴隶”，合起来就是“迦梨女神的奴隶”。关于这个名字，印度有很多传说，都不可信。关于他的生平，更是隐在一团迷雾中，谁也说不清楚。印度古代和中世文学史上，作家的情况几乎都是这样。

我比较详细地介绍了迦梨陀娑的作品。他的第一部著作是叙事诗《鸠摩罗出世》，讲的是战神塞犍陀的诞生。第二部叙事诗是《罗怙世系》，罗怙是《罗摩衍那》男主人公罗摩的曾祖父。书中第十章至第十五章讲述罗摩的生平，下面讲述罗摩的后裔。迦梨陀娑只写了一篇长篇抒情诗《云使》，是印度文学史上的名篇。他的一部抒情诗集《六季杂咏》，有人怀疑是一部赝品。迦梨陀娑最享盛名的作品还是他的两部剧本：《沙恭达罗》和《优哩婆湿》，其中第一部更是蜚声全球。上面我已经介绍过了，这里就不再重复。

11.《敦煌学、吐鲁番学在中国文化史上的地位和作用》

“敦煌学”这个名词，是陈寅恪先生最先使用的。其涵义比较笼统，凡研究与古代敦煌有关的学问，都可以称之为“敦煌学”。特别是有名的莫高窟石窟和二十世纪初（或十九世纪末，相差不过一年）发现的藏经洞，其中图籍琳琅满目，成为全世界许多国家学者研究的对象。“敦煌学”之名因之日彰。至于“吐鲁番学”这个名词，始作俑者恐怕就是不佞自己，它泛指研究古代新疆文化的学问。因为吐鲁番地区考古发掘工作做得比较多，成果比较大，所以就以“吐鲁番学”概括全疆的研究工作。其中并没有多少玄妙之处。

本文首先讲丝绸之路的重要意义：这一条贯通东西的交通大动脉，在漫长的历史时期中，在推动东西方文化交流方面，起了永不能磨灭的作用；而敦煌和吐鲁番都是丝绸之路上的重要地区。

我讲了敦煌吐鲁番学六个方面的价值：

第一，对研究中国历史和地理的价值。

第二，对研究中国文学艺术的价值。

第三，对研究语言学、音韵学的价值。

第四，对研究宗教问题的价值。

第五，对研究古代科技及其他方面的价值。

第六，对研究中外文化交流史的价值。

详细叙述，请参阅本文。

12.《在中国比较文学学会成立大会暨首届学术讨论会上的开幕词》

这本是在北京大学东方学系与比较文学研究所联合举办的全国首届东方文学比较研究学术讨论会上的发言，现收入《比较文学与民间文学》中，改名为《当前中国比较文学的七个问题》。我提出的七个问题是：

一、关于“危机”的问题

二、比较文学的范围

三、比较文学的目的或作用

四、关于新名词的问题

五、世界文学

六、日本文学的启示

七、一国中民族文学的比较问题

我对比较文学并没有深入的研究，但是我考虑这方面的问题比较多，比较广泛。以上七个问题都可以算是一得之愚。

13.《回顾与展望》

没有什么新的看法。

14.《对于〈梦溪笔谈校证〉的一点补正》

《梦溪笔谈》是享有盛誉的著作，胡道静先生学富五车，治学谨严，他的《校证》是一部优秀的著作。偶有失误，贤者难免。我的“一点补正”，不过想使这部书更为完美而已。

1986 年

这一年，学习和写作的环境，同前两年差不多，没有什么特别可写的。

本年出版书两种：《印度古代语言论集》和《季羡林散文集》。前者包括用德文、英文和汉文写成的关于印度古代语言的论文；后者包括我直到这一年所写的全部散文，是一本空前的完备的散文集。本年共写文章四十四篇，其中大体上可以算是学术著作的有下述十六篇。我想在这里补上几句话：所谓学术著作与非学术著作，有的泾渭分明，有的则颇为模糊。

1.《中印智慧的汇流》

此文原系周一良主编的《中外文化交流史》中的一章，收入《佛教与中印文化交流》时改称《中印文化交流简论》。

这是一篇相当长的文章，但却只能算是综述，里面没有多少新东西。不过，对一般读者来说，它是非常有用的，他们从中可以了解中印两个大国几千年文化交流的情况。过分烦琐复杂的考据文章，虽然能推动学术的发展与前进；但是光有这个，也还是不行的。可惜有不少大学者毕生不肯写普及通俗的文章，这不能不说是一件憾事。我自己幸尚没有这个偏颇之见。我既写阳春白雪，也写下里巴人。

在这一篇文章中，我写了下列诸节：

一、滥觞——先秦

讲中印文化交流的开始，一直追溯到较古的时代。

二、大波——汉代

讲佛教从印度传入中国，丝、纸等等从中国传入印度。

三、万紫千红——六朝

在这里，我主要讲印度文化传入中国的情况，因为事实上，在这期间，印度文化影响中国，方面极广，有的也极深入。我共讲了七个方面：（一）文学；（二）史学；（三）声韵学；（四）著述体裁；（五）艺术；（六）天文算术；（七）医药。其中，（四）“著述体裁”中，有别的地方很少提到的新材料。

四、姹紫嫣红——唐代

在这里，我首先列了一个中印交通年表，从武德九年（626

年）到长安四年（704），这八十多年是中印交通最频繁的时期。

下面我着重谈了译经方面的活动，主要代表人物就是有名的玄奘和义净。接着我谈了这样频繁的往来所带来的文化交流方面的成果：（一）文学；我讲了传奇和变文。（二）音韵学；我讲了守温的三十六字母。（三）医学；我讲到《隋书·经籍志》中记载的印度医书，讲到《外台秘要》中的印度影响，讲到义净《南海寄归内法传》中有关印度医学理论和药材，讲到印度眼科医生到中国来行医，剥除白内障。在唐代，印度眼科恐怕在世界上是独领风骚的。（四）艺术；我讲到雕塑、绘画、音乐等等。（五）宗教；当然指的是佛教，我突出讲了禅宗。（六）科技；我讲了制糖术。在制糖术方面，中印两国互相学习，共同发展，垂千有余年。详情见我新近完成的长达八十万言的《糖史》。（七）中国物品传入印度；我主要讲了水果。（八）印度物品传入中国；我举了许多例子。（九）哲学；我着重讲了印度哲学宗教思想的中国化问题和中国哲学宗教思想对印度的影响。我第一次提出了“佛教的倒流”这个概念。在这里，我讲了（1）《道德经》的翻译问题；（2）佛教的倒流；（3）佛教的中国化。（十）印度杂技和幻术传入中国。（十一）印度天文历算传入中国。（十二）佛教对一般社会生活的影响。

五、余音袅袅——宋及宋以后

我讲了宋代开国初期同印度来往的情况。以后，随着佛教在印度的衰微，中国没有西行求法的佛教僧侣了，中印交通的一个主要方面，就从而断绝。代之而兴的是外交和贸易方面，规模都不像以前那样大了。在意识形态方面，则印度影响逐渐显著而深入，宋明理学就是一个著名的例子。

元代的版图空前地扩大，这当然会有利于中印交通。我列了一个简单的交通年表，可以看到在短期内两国交通之频繁。明代初年实行海禁政策，永乐年间开始打破，派郑和七次出使西洋。当时的所谓“西洋”，今天的南洋一带都包括在里面。郑和下西洋对中印文化交流的促进是不能低估的。清代中印交通未断。英国殖民主义者把印度鸦片运入中国，毒害我国人民。这一笔罪恶的黑账只能写在英国侵略者头上，与印度人民无涉。

六、涓涓细流，为有源头活水来——近代

鸦片战争以后，中印两国人民都相继爆发了反侵略或反封建统治的民族解放战争。两国人民相濡以沫，都有对对方表示同情与支援的举动。印度独立运动的伟人甘地和泰戈尔，都对中国寄予极大的同情。

2.《比较文学的“及时雨”》

本文原是乐黛云著《比较文学与中国现代文学》一书的序言，收入《比较文学与民间文学》时改今名。

本文不长，主要谈我对乐著的印象。

3.《婆罗米字母》

4.《佉卢字母》

这两篇都是我给《中国大百科全书·语言文字》卷所写的词条，介绍印度古代的两种主要字母。婆罗米字母，由左向右书写，横行。而佉卢字母则是由右向左书写，也是横行。在中国新疆考古发掘工作中，两种字母的残卷都有大量的发现。

5.《翻译》

这也是给《中国大百科全书·语言文字》卷所写的词条。其中阐述了我对翻译的理解或者狂妄一点说，就是“理论”。我对翻译的理解是倾向于保守的。中国有世界上最古最长的翻译的历史，理论方面也有不少建树。但是，我觉得，严又陵的“信、达、雅”仍然是平正公允的理论。现在国内外都有不少翻译理论，其中故意标新立异而实则缺乏真货色者也不在少数，这同文艺理论和语言理论等等，颇有类似之处。我们不应当惟洋是尊，跟在外国学者屁股后面转。如果有人讽刺我是民族主义，我也准备了一个现成的回敬：崇洋媚外。我最厌恶学术上的“贾桂思想”。

6.《东方文学的研究范围和特点》

本文原系《简明东方文学史》的绪论，收入《比较文学与民间文学》时，改今名。

这是一篇比较长的文章，大体上代表了我在1986年前后对整个东方文学的看法。

我先讲“东方文学的范围”，回答“什么叫东方文学”这个问题。东方，最初只是一个地理概念，但也有一个发展过程，时代不同，典籍不同，“东方”的涵盖面也就不同。后来又添上了一个政治概念，“东方”成了被侵略、被剥削的代名词。此外，还要解释一个问题：为什么中国学者写的东方什么史中一般不写中国。中国不是东方大国吗？我认为，主要原因是，加入中国，则篇幅必然会大大地扩大，而且有关中国的专史，数量极大，不必再挤进东方什么史之类的书籍中，争一席之地。

接着我讲了东方文学的特点——内容和发展规律。我认为，文学的特点决定于民族心理素质和语言文字等表达工具。我把世界文化区分为四个文化体系：

一、中国文化体系；

二、印度文化体系；

三、波斯、阿拉伯伊斯兰文化体系；

四、欧洲文化体系。

一直到今天，我仍然是这个看法。不过，对第三个文化体系的名称，我曾改变过几次，目的是为了更确切、更全面，这一点我在下面还会谈到，请注意。我认为，在这四个文化体系中，前三者属于东方文化体系，最后一个是西方文化体系。这也决定了东方文学的范围。这个想法，上面已经多次涉及。

文化既分东西，必然各有其特点。我个人对东西文化特点的理解有一个漫长而曲折的过程，最初理解得比较肤浅，以后逐渐深入，逐渐细致，自谓颇能得其要领。这是后话，下面还要谈到。我在本文里引了严复的看法，又引了古代《宋高僧传·释含光传》的《系》中的说法，这些说法都能自圆其说，有一定的深度。到了二十世纪二十年代，又有人讨论东西文化及其哲学问题，这里的“西”有时指的是印度，与后来一般的用法稍有不同。接着我谈了一个民族的文化发展规律大体上可以分为三个步骤：第一，以本民族的共同心理素质为基础，根据逐渐形成的文化特点，独立发展。第二，接受外来的影响，在一个大的文化体系内进行文化交流。大的文化体系以外的影响有时也会渗入。第三，形成一个以本民族的文化为基础、外来文化为补充的文化混合体或者汇合体。

上面我讲的是文化和文化交流的问题，文学是文化的一个重要组成部分，文学发展的规律不能脱离文化发展的规律。因此，一个国家，一个民族的文学的发展，也可以分为三个步骤：第一，根据本国、本民族的情况独立发展。第二，受到本文化体系内其他国家、民族文学的影响。第三，形成以本国、本民族文学发展的特点为基础的或多或少涂上外来文学色彩的新文学。上面讲的文化和文学的发展三步骤只不过是一个大体的轮廓而已。

下面我讲到文学的表达工具，也就是语言文字。我在这里提出来了一个观点：内容与形式的矛盾是推动文学发展的动力。这个观点正确与否，先不去管它。我只讲一讲在1986年以前很长的一段时间内，哲学界以及一般的学术界，大兴“矛盾”之风，认为一切事物的前进的动力，都是矛盾。倘无矛盾，则一切都要停滞。我也莫名其妙地成了“矛盾派”，所以才产生了这个观点。我对哲学本无兴趣，后来时移事迁，我没有再继续思考这个问题。我现在怀疑，我这个观点是时代的产物。我不妨把我在本文中举的例子说上一说。我说，在远古的时候，人类的思想感情比较单纯，表达思想感情的形式是四言诗，这也就足够了。后来，随着社会的前进，人类的思想感情也日益复杂化起来，表达的形式也多样化起来。统而言之，简而言之，我所谓内容与形式的矛盾，就是这个样子。现在，连我自己也没有把握，我这个“理论”是否能站得住脚。

我在下面用相当长的篇幅，讨论了诗歌的格律问题。我在这方面是一个保守派。我从来不是什么诗人，但是，对诗也有我自己的看法，有自己的标准。对当今国内外的某一些诗歌的创作和理论，特别是所谓“朦胧诗”，我颇有点不敢苟同。这些诗歌，我一大半看不懂；看懂的一点，则觉得肤浅，故以艰深文浅陋。他们的理论，我也是大半不懂；懂了的一点，则觉得同样肤浅，也是故以艰深文浅陋。总之一句话，我认为，诗歌必须有形式，必须有格律，格律的形式可能因语言文字的不同而大大地有差异；但是必须有，则一也。我的“理论根据”实在非常幼稚。我认为，文学艺术最忌平板，必须有跌宕起伏，诗歌更甚。格律，韵律，正是这种跌宕起伏的表现和手段。我这一点幼儿园的“理论”水平，恐将贻笑于方家，但我决不会感到羞愧不安。

我讲了中国古诗的格律，讲了印度古诗的格律，伊朗（波斯）、缅甸、越南等国的诗律，目的在于对比，而且说明，诗律对诗歌来说是不可缺少的。

紧接着我把根本没有形态变化的汉文诗和形态变化极其复杂的梵文诗作了对比。我举了两首汉文诗，几乎只有名词，而没有动词。然而给人的印象却是鲜明生动，如在眼前，这是汉文的特点，其他语言是难以做到的。

我在本文的最后一部分里，分别介绍了几个国家或地区的文学发展情况。我首先讲了印度文学，其次是西亚与非洲文学，再次是南亚与东南亚文学，最后是日本文学，我的叙述都比较短，目的只在用这些具体的文学，来说明我在上面提到的文化和文学发展的三个步骤。其中是否有牵强之处，我自己现在也没有把握。请读者当做一家之言去看吧。

7.《比较文学和文化交流》

本文原系《中国比较文学年鉴》的“前言”，收入《比较文学与民间文学》一书时改今名。

这是一篇相当短的文章，内容主要是从文化交流的角度来谈比较文学。比较文学是文化交流的一种形式。我又谈了比较文学中国学派的问题。我认为，如果没有中国文学参加，所谓比较文学就是不完整的比较文学。至于中国学派，我指出要具有两个特点：第一，以“我”为主，以中国为主，决定对外国文学的“拿来”或者扬弃。第二，把东方文学，特别是中国文学，纳入比较的轨道，以纠正过去那一种欧洲中心主义。我们之所以这样主张，决非出于什么狭隘的民族主义，而是因为，只有这样才真正能总结出比较文学发展的规律，有利于世界比较文学的发展。同时，我们也不是为比较而比较，而是想借点东风，促进我国社会主义文学的发展。

8.《民间文学与比较文学》

9.《我同外国文学的不解之缘》

这一篇文章并不能算是一篇学术论文，其中讲了我六十年来同外国文学打交道的经过。从小学学英文谈起，一直谈到初中、高中、大学和留学时期同外国文学的关系。最初只是英文，最后扩大到了其他外国语言和文学。对我的求学的过程讲得很具体，是一篇颇为有用的资料，可以供有兴趣者参考。

我天生是一个“杂家”，学问、兴趣很庞杂。一方面，我一生也不能算是一个外国文学的专门研究者；但在另一方面，我一生对外国文学的兴趣也没有减少。一直到前不久，我还想到翻译点外国文学作品。实际上，我十几年来从事译释的吐火罗文《弥勒会见记剧本》也只能算是一部文学作品。

10.《论梵文本〈圣胜慧到彼岸功德宝集偈〉》

这是一篇相当长的论文，也是一篇相当重要的论文。我之所以认为它重要，是因为它涉及下面几个问题：

一、在佛教大乘经典中，般若部是极其重要的一个大家族。这一部《圣胜慧到彼岸功德宝集偈》在这个般若家族中占有特殊的地位。

二、这一部经由梵文译为西夏文，由西夏文译为藏文，又从藏文译为汉文。诗的格律很奇特：每句十一个音节，四种不同的语言都是如此。此为译经史上所绝无仅有。

三、这部经的语言特点，与大家族其他成员都迥乎不同。其中－aṃ > o，u 的现象，更引起了我浓厚的兴趣。

四、般若部诸经典流布的情况，我认为与佛教大乘的起源有关。

下面把论文的内容简略地加以叙述。我并不是简单地复述，而是有时候加以补充，有时候加以纠正，有时候解决了旧问题，有时候又提出了新问题。我觉得，“学术回忆”的真正的意义就在这里，否则回忆的作用就不大了。

我先把本论文的章节抄在下面；原文本来没有在文前归纳写出，对读者颇不方便。

一、般若部的一般情况

二、梵汉对比研究

三、《般若经》起源地的问题

四、梵本《圣胜慧到彼岸功德宝集偈》的语法特点

（一）《宝德藏》中没有东部方言的特点

（二）《宝德藏》中有西北部方言的特点

（三）在－aṃ > o，u 中－o 和－u 是否相等（equivalent）

五、《宝德藏》的起源地问题

六、《宝德藏》的产生时间问题

七、《宝德藏》的起源与大乘的起源问题

在下面按上列目次加以简单叙述。

一、按照 Warder 的说法，《般若经》共有二十一种，但是这不一定就是十分准确的数目。从语言方面来讲，只有一种是用“佛教混合梵语”写成的，这就是《宝德藏》，其余都用梵文写成。至于成书的时间，有二说：1. 越长越古；2. 越短越古。尚无大家都承认的看法。

二、为了具体地说明《宝德藏》的特点，我选了此经第一品的前九颂，先抄梵文原文，每行十一个音节；再抄宋法贤译的《佛说佛母宝德藏般若波罗蜜经》，译文为每行七字；最后抄每句十一个字（音节）的汉译本。西夏文和藏文译文没有抄。那是另外一个研究课题。

三、关于《般若经》的起源地的问题，有两种说法：一是南方，一是北方。南方起源说，论据多，似乎占了上风。我总共引用了八种汉译佛典，从三国一直到唐，基本上都说，《般若经》起源于南天竺，然后向西方、北方等地扩展。我在这里提出来了一个大胆的说法：《般若经》有象征意义，它象征着新兴大乘佛教思潮。它的流布情况就是原始大乘的流布情况。

我细读上面讲的八部译经，突然灵机一动，想到一个问题，主南方说者利用这些资料，有一个共同的疏忽。这八部经都说，佛灭度后《般若经》传至南方。佛灭度前怎样呢？它当然不会在南方，而是东方如来佛游行传教的地方。我在上面已经提到过，大乘起源分两个阶段：一原始大乘，一古典大乘。前者只能起源于东天竺。

关于大乘佛教起源问题，因为是佛教史上的一个重大问题，国内外学者论之者众矣。有的能说到点子上，略有新意。有的另是一套，根本说不到点子上，Lamotte 等就属于这一类。中国学者吕澂对这个问题的说法颇有新意。他认为，大乘佛教的起源可以分为两个阶段：第一，主智的大乘佛教，也就是印度的大乘佛教起源于南方。第二，主情的大乘佛教起源于北方，受希腊、波斯等地的影响，主张祈祷、他力往生等。我个人认为，大乘的起源是一个十分复杂的问题，内因和外因都起了作用，但还应该分为原始大乘与古典大乘两个阶段。

四、关于《宝德藏》的语言特点问题，最重要的一点就是，此经是用“佛教混合梵语”写成的。我在本书中，在上面已经多次提到这种混合梵语。在此经的混合梵语中，有两点值得注意：第一，它没有东部方言的残余；第二，它有－aṃ > o，u 的现象，而这种语言现象明确无误地是印度古代西北部方言的特点。我在自己一生几十年的学术生涯中，在这篇论文之前，在这篇论文之后，都写过论证这个特点的论文。我有一个习惯：我一旦发现一个问题，就写成文章，而且终生不忘，随时积累更多的更确凿可靠的证据，证实我原来的看法。

对－aṃ > o，u 这个语法现象，我也是如此对待的。我又用了相当长的篇幅，大算其旧账。导火线就是日本学者汤山明研究《宝德藏》的专著。他是追随在 Lamotte 和 F. Edgerton 身后反对或者不承认我这个看法的。我觉得，每一个学者都有权提出而且坚持自己的学术观点。但是，这里有两个原则必须遵守：第一，一旦发现自己错了，必须有勇气承认而且改正；第二，错了以后，千万不要文过饰非，说一些自己打自己嘴巴的话。美国学者Edgerton就属于不遵守这两条原则的人。

Edgerton 先生的这种治学态度，引起了我的强烈不满。我于是又以 -aṃ > o，u 这个语法现象对他在《佛教混合梵语语法》中的一些不明真相而又强词夺理的论点，提出了我的意见。特别是对他认为“o 和 u 不相等”这种缺少起码的常识的说法，提出了我的论证。我说，o 和 u 是一个历史发展问题：

阿育王碑	o
佉卢文碑	o
佉卢文《法句经》	o u
佉卢文尼雅俗语	o u
佛教混合梵语	u（极个别的 o）

这样一个表，一目了然，历史发展，昭然若揭。然而 Edgerton 和他的追随者，却偏偏视而不见。他最后被迫承认了我的论点，却一不更改自己书中的错误，二又企图提出毫不沾边的理由，说什么只是由于韵律关系 -aṃ才变成 -u。这是一种思维混乱。我讲的只是 -aṃ > o，u，而没有讲什么原因。忸忸怩怩提出了“韵律关系”，这同我的论点有何关系？我劝读者：千万不要学习这样的治学方法！

对于这个问题我还做了更多的论述，我在这里不重复了。关于 Urkanon 问题，我在这里又讲到了，也不再重复。我只在这里补充一点：我在本文中引用了西藏学者 Buston 的一句话：《宝德藏》后来被使用摩揭陀方言来宣讲。我无法理解这一句话的含义，摩揭陀语是东部方言。

五、《宝德藏》的起源地问题，我在上面已经涉及，这里不再论述。

六、《宝德藏》产生时间的问题。对于这个问题，学者们间大体上可以说是有两派意见：一派主张产生最早，一派主张产生最晚。我是主张最早的，根据就是，此经是般若部大家庭中惟一的一部用混合梵语写成的经典。可是有一个问题我迄今还没能找到解决的办法，这就是，《宝德藏》是《八千颂般若波罗蜜多经》的缩写本，为什么偏偏用混合梵语来缩写一部用梵语写成的佛典的缩写本呢？

七、关于《宝德藏》的起源与原始大乘佛教的起源问题，我在上面已有所涉及。这是一个十分复杂的问题，不是三言两语就能够回答清楚的。我在本篇论文中又借机讲了讲我一贯对大乘起源问题的看法。归纳起来，有以下几点：第一，我把大乘起源分为两个阶段：原始大乘与古典大乘；第二，大乘起源有内部因素，也有外部影响；第三，原始大乘思想，同小乘一样，萌芽于东天竺；第四，原始大乘思想的萌芽应追溯到公元前二世纪。除了以上几点以外，我又讲了我对宗教发展规律的粗浅的设想。我的规律是：用越来越小的精神和身体两方面的努力得到越来越大的对宗教需要的满足。这一条规律我在上面已经提到过。我认为，不但适用于佛教，而且也适用于天主教和基督教。我讲到什么努力，讲到什么宗教满足，也许有人认为太空洞。我现在讲得稍微具体一点。所谓“宗教需要”，不一定每一个民族，每一个人都有，内容也不尽相同，总之不过是：高则成佛作祖，低则趋吉避凶。释迦牟尼最初并没有被神化，佛教最初也无神可拜。小乘因此就强调个人努力，进行修行。这当然要费很大的精神和身体的力量。到了后来，由于佛教内部发展的需要，再加以外在甚至外国的影响，就出现了把佛神化，加以跪拜，借他力以往生，功德可以转让，等等。发展到最后，甚至到了“放下屠刀，立地成佛”的地步。我那一条规律的内容，大体上就是这样。

至于大乘起源地的问题，我再补充几句。《大智度论》的作者龙树在本书卷六十七中说：“是深般若波罗蜜，佛灭度后当至南方国土者，佛出东方，于中说般若波罗蜜，破魔及魔民外道。度无量众生，然后于拘夷那竭双树下灭度。后般若波罗蜜从东方至南方，如日月五星二十八宿，常从东方至南方，从南方至西方，从西方至北方，围绕须弥山。”如果我的设想般若部是初期大乘的象征，是正确的话，大乘佛教萌芽于东天竺，也就不成问题了。事实上，大乘区别于小乘的一些做法，比如虔诚拜祷，他力往生等等，《般若经》中都能够找到。

我已经用了很长的篇幅介绍关于《宝德藏》的这一篇论文；但因论文内容过于丰富，仍难免挂一漏万，只好请读者参看原文了。

11.《我和佛学研究》

严格说，这也不能算是一篇学术论文。我在里面讲了我学习佛教史的经过，研究佛教的原因。我认为。不了解佛教，就无法了解中国哲学史，甚至中国历史。我反对对佛教加以谩骂，谩骂不是战斗。我认为，应该正确地理解佛教，佛教也有过正面的影响。宗教是人类创造的，只要人类在行动上和思想上不能完全主宰自己的命运，宗教就有存在的余地。想人为地消灭宗教，是办不到的，只能是一个并不高明的幻想。我还认为，佛教并不影响、阻碍生产力的发展，日本就是一个例子。我们中国的佛教研究实际上还很落后，应急起直追。

12.《外语教学漫谈》

本篇也算不上学术论文，只谈了我对于外国语教学的一些想法。

13.《对于文化交流的一些想法》

在精神方面和物质方面，都有文化交流。文化交流无所不在，无时不在。世界民族，不论大小，不论新旧，都创造了自己的文化，都同别的民族进行了文化交流，虽然各民族对世界文化的贡献之大小不是等同的。中国几千年的历史告诉了我们一个经验或者规律：国力强大的朝代，比如汉唐，敢于接受外来的事物，从而丰富了自己的文化；国力衰微的朝代，胆子就小，自己文化的发展也受到了影响。

14.《我和外国语言》

这篇文章详细讲述了我几十年学习外国语言的过程。我学习外语是从十岁学英文时开始的。到了初中，有了正式的英文课，晚上还要到济南尚实英文学社去上课。这是叔父“望子成龙”，每月出学费，给我增加的学习机会。我不敢说是特别用功，但学习是有用的。到了高中，我在班上的英文程度一直高居第一，同时还开始学习德文。老师并不高明，发音多半中国化了，大概在青岛德国人办的什么公司内当过小职员。当时山东中学的英语教学水平是不高的，只读，不说，不听。1930年，我高中毕业，到北平来“赶考”。北大出的英文题中有一个是翻译李后主的词，所有的课程都考完后，又突然袭击，加试了一场“英文听写”。山东去的“举子”绝大多数如入五里雾中。到了清华大学，入西洋文学系。其实所有的课基本上都用英语讲授，课程也都一样，只是分为英、德、法语三个专门化：学习一种语言四年者，就算是某语言专门化。我的专门化是德语。此外，我还学了两年法语。1935年赴德国，入哥廷根大学，主系是印度学，学习梵文和巴利文。副系一个是英文，另一个是斯拉夫语言。我学习了俄文和塞尔维亚·克罗地亚文。一度学过阿拉伯文。第二次世界大战后期，Sieg教我吐火罗文A和B。

15.《在“东方文学比较研究学术讨论会”闭幕式上的发言》

我这一篇“发言”共谈了七个问题：

一、关于“危机”的问题

二、比较文学的范围

三、比较文学的目的或作用

四、关于新名词的问题

五、世界文学

六、日本文学的启示

七、一国中民族文学的比较问题

“发言”原来没有题目，后来收入《比较文学与民间文学》一书时用今名。

16.《新博本吐火罗语A（焉耆语）〈弥勒会见记剧本〉第19页译释》（英文）

这是一份英文稿，后面谈到。

1987 年

在这一年内，学术研究的环境同前几年差不多，总之是宽松的。虽然禁忌总不会一点也没有，那是根本不可能的；但是无谓的干扰已经基本上没有，这有利于从事学术研究，自不待言。

本年共写各类文章二十六篇，包括创作和学术文章。基本上可以算是学术文章的有十六篇。下面分别加以介绍：

1.《欧、美、非三洲的甘蔗种植和砂糖制造》

这是一篇相当长的论文，后来作为第七章编入我的《糖史》第二编，国际编。

我在上面曾说到过我写《糖史》的原则：我并不想求全，只要 von Lippmann 和 Deerr 两部《糖史》中已经有的东西，我尽可能不再重复，那两部著作是完整求全的。我的《糖史》第一编，国内编所用的材料基本上都是我自己多方搜罗来的。这一点那两位国外学者是根本做不到的，我们也不应当这样要求他们。在国际编内，有时候非用他们的材料不行，但我也把这种情况压缩到最低限度。换一句话说，材料也基本上都是我搜罗来的，读者一看内容就能够知道。现在这一篇论文也不例外。在这里，我使用的都是汉文资料。我是有意这样做的。结果怎样呢？由读者来评断。

下面介绍一下论文的内容。为了醒目起见，先抄目次，这是原文所缺的：

案语

前言

欧洲

全洲情况

法国

德国

英国

荷兰

丹麦

瑞典　挪威

意大利

俄国

西班牙

非洲

全洲情况

东非　埃及　埃塞俄比亚　努必阿　哥多番　先纳　桑给巴尔　莫斯弥夔（莫桑必克）索发拉　马达加斯加　毛里求斯

北非

南非

西非

中非

美洲

全洲情况

美国

全国情况

新罕布什州　弗罗里达州　纽约州　俄海俄州　密西西比州　印第安纳州　伊利诺斯州　亚拉巴马州　路易斯安纳州

墨西哥

中美五小国

西加勒比海诸岛国和东加勒比海诸岛国

古巴　牙买加　海地　贵港屿　七个英人所据之岛

南美

全洲情况

哥伦比亚　厄瓜多尔　委内瑞拉　圭亚那

秘鲁　玻利维亚　巴拉圭　巴西　乌拉圭

拉巴拉他（阿根廷）

一　种蔗造糖的技术以及糖本身的交流

二　中国在交流中所起的作用

三　在技术水平方面各国互相补充

四　非洲黑奴所起的作用

五　华工的作用

六　甘蔗原产地的问题

七　造糖原料问题

八　制糖技术

本篇论文的框架结构就是这样。

我在上面已经说过，我用的材料都是汉文写成的，其中有个别的书是译本。我是有意这样做的。我在别的地方也说到过：十九世纪中叶以后，中国学人中一些先进人物，锐意谋求了解外国，了解世界。这种精神值得我们钦佩，后来也不多见。他们撰著的或者翻译的有关外国史地的著作，材料往往很翔实。至于一些外交官员所撰写的游记或日记，也有同样的特点。我写这篇论文时用的就是这些材料。

正如此文最后八段文字所表述的那样，我不是为写《糖史》而写《糖史》，我有我的用意和着重点。我的着重点首先是讲文化交流；其次是阐述中国人在这些工作中所起的作用，特别是华工们所付出的劳动和作出的牺牲。是中国华工以及接近奴隶的“猪仔”，为美洲许多国家的甘蔗种植和砂糖制造流血流汗，奠定了基础。最后我还特别强调从非洲被欧洲殖民主义的强盗们贩运到美洲的黑人或者“黑奴”的作用。他们牲畜般地被白人奴役，在甘蔗园中、在制糖厂中，他们也是流血流汗，甚至牺牲了自己的性命，使南美洲和中美洲产的白糖流布世界。

2.《吐火罗文 A（焉耆文）〈弥勒会见记剧本〉新博本 76YQ1.2 和 1.4 两张（四页）译释》

这是吐火罗文 A（焉耆文）《弥勒会见记剧本》新博本 76YQ1.2 和 1.4 两张四页的译释。详细情况上面已说过，不再重复。这说明，我在 1987 年仍然从事这项工作。

3.《〈东南亚历史词典〉序》

这不是一篇独立的论文，只是一篇序。中华民族是历史上最爱历史的民族。我们不但对本国历史有不间断的比较可靠的记述，对外国，其中也包括东南亚国家，也有记述。这些记述对研究有关国家的历史，有异常重要的意义。因此，我们中国学者，只要掌握了东南亚国家的语言文字，利用有关国家的史料，再加上我们史籍中的有关史料，这样来研究东南亚国家的历史，包括撰写《东南亚历史词典》，自然会得心应手，左右逢源。

4.《佛教开创时期的一场被歪曲被遗忘了的“路线斗争”》

我窃不自量，认为这是一篇非常重要的论文。这个问题，在印度佛教史上，应该说是一个异常重要的问题。但是，据浅见所及，东西各国治佛教史的学者，没有哪一个把它作为一个重要问题提出来过。我认为，一部真正的佛教史，必须包含这个问题；否则这就不是一部真正反映实际情况的佛教史，是一部不完整的佛教史。

下面按内容目次对本文加以简略的阐明。

一、问题的提出

提婆达多，梵文 Devadatta，也译为“调达”等等，意译是“天授”。他是佛祖释迦牟尼的堂弟，后来也随佛出了家，当了和尚。佛经中有很多地方都提到他，把他说成是一个十恶不赦的恶人：他屡次想方设法加害佛祖，死后堕入地狱，永世不得翻身。他的主要罪恶是想争夺僧伽的领导权，破坏僧伽的统一，这种行为有一个术语，叫做“破僧”（saṅghabheda）。但是，佛典在罗列他的罪状的同时，有时会露出一点破绽：提婆达多并不那样坏，还有人信从他。我因此想到中国一句老话“胜者王侯败者贼”，一部“二十四史”，很多地方都可以碰到这种现象。恐怕提婆达多也属于败者一类。

但是，中外佛教史专家的著作中，有的也间或提到提婆达多的名字，却没有一个人认真探讨这个问题，更没有人提到，他同佛祖的斗争不是一般的意见不合，而是有更深的含义的。我借用了我国前一段很长时间内习用的一个政治术语“两条路线的斗争”，来表示我对这个问题的看法。

二、佛典中对于提婆达多的论述

我在本文中收集了大量的有关提婆达多，特别是他与释迦牟尼的矛盾的资料，这些资料都是“胜者”释迦牟尼的徒子徒孙们，最先是口传，最后写定成书的，倾向性非常明显。但是，正如常人所说的“不能一手掩尽天下人的耳目”，其中有一些真实的材料，对我今天的探讨是非常有用的，这是如来佛忠实的徒子徒孙们始料所不能及的。

因为有关的经典太多，我最后选定了以唐义净译的《根本说一切有部毗奈耶破僧事》为依据，来叙述佛与提婆达多的矛盾与斗争。因为，这一部经名称就标出了“破僧”，是资料最集中的一部佛经，是专门讲提婆达多破坏僧伽统一的。

这一部佛典讲释迦牟尼和提婆达多的矛盾，用的是典型的印度方式，几乎是从开天辟地讲起的。它讲人类的出现，人类的堕落；由于堕落而争夺土地，于是产生了国王。又经过了不知多少年多少代，出现了释迦种。最后出现了释迦牟尼的父亲净饭王，净饭王的兄弟甘露饭王，生子提婆达多。因此，佛祖和提婆达多是堂兄弟。讲释迦牟尼的诞生，又用的是印度方式，烦琐详尽到令人生厌。两位主人公一出台，本经就讲他们之间的矛盾。为什么有矛盾？道理讲不出，也无法讲出，好像他们俩天生就是冤家对头。古今中外专讲一面之辞的书籍，往往如此，因为它们实在讲不出令人信服的道理来。后来佛祖厌倦人世，出家修道。先行苦行，不久就发现：“此是邪道，非清净道。”舍之而去。在这里，这一个举措虽为所有的佛传所共载，却是一个伏笔，这与提婆达多有关，下面还要谈到。后来释迦牟尼终于在金刚座上，菩提树下，成了正果，成了佛。有了佛，才能有僧伽，有了僧伽，才有了“破”的对象，而破之者就是提婆达多。

《破僧事》接着叙述提婆达多的活动，特别是“罪行”，说他处心积虑要伤害释迦牟尼；又叙述他与未生怨王（阿阇世）的关系，二人先是仇人，后来又变成了朋友。又叙述提婆达多与六师外道之一的晡刺拿的关系。这虽是一件小事，但是其中却隐含着提婆达多的宗教哲学思想，下面我还要谈到。《破僧事》又叙述了提婆达多处处同释迦牟尼对着干，别立“五法”。这对了解提婆达多的宗教思想有极其重要的意义。这，“五法”都是针对释迦牟尼的：第一，不食乳酪；第二，不食鱼肉；第三，不食盐；第四，用衣时留长缕绩；第五，住村舍内。这“五法”对于了解提婆达多同释迦牟尼的斗争，有重要作用。下面又讲到提婆达多破僧的五种禁法：第一，不居阿兰若；第二，于树下坐；第三，常行乞食；第四，但蓄三衣；第五，着粪扫服。以上这些细节，实际上是两条路线斗争的内容。《破僧事》又记述提婆达多堕入地狱，舍利弗到那里去看望他。

《破僧事》接着叙述，提婆达多原来有了神通，后来因为做了恶事又失掉神通。又叙述提婆达多率领五百苾刍（比丘）在人间游行。这说明，提婆达多还是有追随者的。阿阇世王爱乐他，送给他五百车粮食，可以想见，二人已经成了好友。提婆达多千方百计地挑拨阿阇世与自己父亲的关系，终于使阿阇世把父王囚禁至死。提婆达多又一次一次地设计害他，终未得逞。《破僧事》最后利用阿阇世对世尊讲的一番话说明了晡剌拿的主张："无善恶业，无善恶报，无施与祀，无施祀业，无父母，无父母恩，无有此世他世，无有修道得圣果者，无有圣人，无罗汉果者，四大散已，无所依止，若有人言今世后世业因业果真实有者，皆是妄言。智慧所说，愚人所谈，二俱皆空。"这一段话明确无误地说明了晡剌拿的接近印度古代唯物论者的异端邪说。可是他是提婆达多的好友。从中也可以看到提婆达多思想之一斑。

三、论述中的矛盾

常识告诉我们，只有彻头彻尾讲实话的人才能在言语中没有矛盾。《破僧事》以及其他正统正宗的佛典，对提婆达多的叙述不是实话，而是有意地歪曲与诬蔑，因此必多矛盾，这是很自然的事情。

我在本文中着重指出了两大矛盾：第一个是叙述本身的矛盾；第二个是叙述的事实与以后历史的发展之间的矛盾。第一个矛盾中又包含着两个问题：一、提婆达多真正是一个人格卑鄙干尽了坏事的家伙吗？二、提婆达多真正是一个失道寡助众叛亲离缺少徒众的坏人吗？有一些问题我在上面行文时已稍稍点到过。现在再补充几个例子。《破僧事》及其他一些佛典的律部经典都讲到一件事：如来佛派亲信舍利弗或阿难，跟踪提婆达多到王舍城去，告诉那里的婆罗门及长者居士说，提婆达多是一个坏人。这有点像中国"文化大革命"中一些"造反派"的头子们常用的手段，用他们的话说就是：把某一个人"搞臭"。这样做，必须会说假话，会造谣诬蔑。不意几千年前印度的佛祖的徒子徒孙们就曾这样干过。我再举一个例子——实际上，上面已经谈到过——许多律部经典同《破僧事》一样，都记载着，提婆达多是拥有徒众的，至少有五百个。“五百”可能是一个象征的数字，说多就用“五百”，比如“五百罗汉”之类。总之，提婆达多是有徒众的，而且为数不少。徒众中不但有和尚，而且也有尼姑。

现在谈第二个大矛盾。如果提婆达多真正像《破僧事》和其他律部经典所说的那样坏的话，他活着下地狱，也是罪有应得的。可是后来的历史告诉我们的却是另外一个完全不同的事实。佛灭度将近一千年以后，五世纪初，中国的高僧法显在拘萨罗国舍卫城中竟然看到了提婆达多的信徒们，他们供养过去三佛，惟不供养释迦牟尼。又过了二百多年，唐代的高僧玄奘在《大唐西域记》卷十，羯罗拿苏伐剌那国条中写道：“别有三伽蓝，不食乳酪，遵提婆达多遗训也。”可见到公元七世纪，提婆达多一派的僧徒还在活动。“不食乳酪”一语值得注意。我在上面已经说到提婆达多所立“五法”中第一法就是“不食乳酪”。一个微不足道的宗教禁忌竟然有这样长、这样强的生命力，真不能不令人佩服！晚于玄奘几十年到了印度的、《根本说一切有部毗奈耶破僧事》的翻译者义净，在一条夹注中说：“在处皆有天授（按即提婆达多）种族出家之流。”可见其地区之广以及人数之众。可惜在以后的记载中就再也找不到这类的记述，提婆达多徒众的历史陷入渺茫之中了。

四、我的看法，几点结论

上面我简略地叙述了提婆达多同释迦牟尼的矛盾与冲突。最后提一提我的看法。我的总看法是：这不是两个人之间的恩怨，而是一场剧烈的“两条路线的斗争”。

（一）公元前六世纪北印度思想界的情况

我们首先要把眼光放远，不要只看到佛教内部，而要环视当时整个北印度意识形态领域内的矛盾与斗争。笼统说起来，当时的北印度，有点像差不多同时代的中国春秋和战国时代：百家争鸣，思想活跃。大体言之，可以分为东西两大思想体系：西方婆罗门思想体系，东方沙门思想体系。前者以外来的雅利安人为基础，崇信吠陀天启，坚持种姓制度，婆罗门至上，提倡祭祀，信仰多神中的一神，哲学思想主张梵我一如（天人合一），没有悲观思想，不主张苦行，基本上是入世的。后者看重苦行，从某种意义上来看，是无神论的，否定自我，主张非暴力（ahiṃsā），相信轮回业报。在一些重要的问题上，二者是根本对立的。

（二）沙门思想体系内部的情况

佛教、耆那教都属于新兴的沙门体系，这个体系内部的、最激烈的矛盾是正统佛徒与外道六师的矛盾。佛典中许多地方都能找到攻击谩骂六师的十分恶毒的言辞。

（三）佛教内部的情况

佛教原始时期的情况，也有矛盾与冲突，最突出的就是我在本文中所讲到的提婆达多与释迦牟尼的矛盾。对于这个矛盾的真相的说法，佛典中可谓既众说纷纭，又破绽百出，这一点我在上面已经谈过。真相究竟如何呢？我们应该公允地实事求是地加以分析。

（1）提婆达多五法的分析

我在上面已经详细地叙述了提婆达多所立的“五法”，在这里不再列举。在五法中，有二法值得注意：一个是苦行，一个是不食肉。苦行并没有明确规定，一些规定实际上与苦行是相通的。不吃肉则是明确规定的。在印度宗教史上、在印度佛教史上，这两个问题都是重要的问题；而偏偏在这两个问题上，提婆达多是同释迦牟尼对着干的。

（2）提婆达多思想的分析

苦行和吃肉属于律的范围。提婆达多与释迦牟尼的根本对立，不仅表现在律的方面，而更重要的是表现在教义方面。关于这方面，我在上面已经谈了一些。我在这里只着重举出一点，提婆达多主张："但有此生，更无后世。"提婆达多的好友，"外道六师"之一的晡剌拿，就是这样主张的。六师中另外一位名叫末加梨拘舍梨的"外道"也主张："无善恶报，无有今世，亦无后世。"可见他们之间"心有灵犀一点通"。我们现在可以用一张现成的标签贴在他们身上：唯物主义者。所有这些问题都是复杂的问题，详细分析请参阅我的原文。

（3）两条路线的根本对立

如果画龙点睛的话，"两条路线的斗争"是现成的说法。这个斗争，大概在释迦牟尼在世时确实发生过，以后为佛祖本人以及他的徒子徒孙们镇压了下去。但未能根本消灭，遂形成了佛教（或甚至不能称为"佛教"）的一股潜流，一千多年以后，此流还在潺潺地流动。如果真正写佛教史，不能忽视这一股潜流。中间还有一段有趣的插曲。梁僧佑《释迦谱·释迦从弟调达出家缘记》卷十说：提婆达多（调达）由于害佛，入了地狱，受大苦难，便发悔心，说了声："南无佛。"如来佛便说，他将来会成为辟支佛。在宗教斗争史上，不乏这种例子。印度教兴起以后，也把佛祖释迦牟尼请入自己的神殿，给他在印度教众神中安排了一个座位。

最后，我还要着重说一句：以后研究佛教史的学者，必须正视佛教开创时期这一场相当激烈的“两条路线的斗争”。

（四）我的结论

略。

5.《cīnī 问题——中印文化交流的一个例证》

我在上面一些地方已经说到过，我研究中印文化交流史，着眼在一个“交”字上。没有“交”字怎能成为“交流”呢？我的目的是反对一些学者的说法：在过去，中印文化交流只是单向直流，换句话说就是，只有印度影响中国，而中国则没有影响过印度。我认为，这不是事实。我之所以着眼“交”字，目的就在于纠正这种错误的看法。在这方面，我已经找到过一些具体的例证，写成了文章。这一篇关于 cīnī 的文章是其中之一。

cīnī 的意思是“中国的”，这一点明确无误，绝无可以怀疑的余地。可是偏有一位 W. L. Smith 先生写文章否定印度许多语言中称白糖为 cīnī 这事同中国有关。他挖空心思，故弄玄虚，大绕弯子，“拙”言惑众，来证明他的观点，结果自然是削足适履，捉襟见肘，前后矛盾，闪烁其词，危言并不能耸听，白搭一枝蜡。

学术探讨，空言无济于事。我们只能让历史事实来说话。历史事实是，根据马可·波罗的记述，元世祖时代，中国福建 Unguen（尤溪）地方已经从埃及人那里学会了炼制白糖的技术。所谓“白”是一个颇为模糊的词，有种种等级不同的“白”。过去中国一些医书上已经有“白糖”一词，决不会是纯白，不过较之红糖，颜色显得稍稍淡黄而已。元代的白糖也不会是纯白。到了明代，根据刘献廷《广阳杂记》的记载：“嘉靖以前，世无白糖，闽人所熬皆黑糖也。嘉靖中，一糖局偶值屋瓦堕泥于漏斗中，视之，糖之在上者，色白如霜雪，味甘美异于平日，中则黄糖，下则黑糖也。”大概泥土中的碱性发生了作用，使糖色变白。在中外科技史上，由于偶然性而产生的新发明，并不稀见。总之，中国明代已能制白糖，这是无法否定的事实。后来，我在我的《糖史》中有专章讨论此事。这是后话，暂且不表。

中国一旦能生产白糖，立即出口外洋。中国白糖运至日本，中国典籍和日本典籍中都有确切翔实的记载。中国白糖运至印度，也是十分顺理成章的事。这个事实，Smith 先生想否定是办不到的。传到了印度以后，印度人民无以名之，就名曰“中国的”（cīnī）。至于确定传入印度的时间和地点，我仍然用我的老办法：从语言上下手，也就是从 cīnī 这个字下手。由于资料不足，我只能利用 Smith 的现成的资料。他说 cīnī 这个字在印度孟加拉十六世纪时已经确立。他又推断，这个字十三世纪时已经出现。那么，根据这个情况，我们可以推断，十三世纪中国从埃及学制的白糖已经从泉州由海路运往印度。明代生产的更白的白糖十六世纪后又通过同一途径运至印度。这样一来，传入的地点问题也就连带解决了：是东天竺孟加拉。

根据目前的资料，仅能作这样的结论。

6.《传统文化与现代化》

传统文化代表文化的民族性，现代化代表文化的时代性。历史上的现代化（虽然当时还不会有这个名词），指当时的“现代化”，也可以叫时代化。现代化或“时代化”的目标是当时世界上文化发展已经达到的最高水平，现代化总是同文化交流分不开的。一方面大力吸收外来的文化，一方面对传统文化又进行批判和继承的工作，二者相辅相成，缺一不可。历史上任何正常发展的国家都努力去解决传统文化与时代化的矛盾。这个矛盾解决好了，文化就大大地前进一步；解决不好，则两败俱伤。只顾前者则僵化保守；只顾后者则邯郸学步。中国历史的经验值得借鉴。汉武帝时期，一方面努力保存传统文化；另一方面，又能够放眼世界，大量吸收外来的东西。在其后一段时期，情况依然未变。佛教就于此时传入中国。文化交流使汉代和中国以外的广大地区蒙受其利。在中国历史上，凡是国力强盛时，对外文化交流就进行得虎虎有生气。反之，在国力衰微时，则顾忌很多，好像一个人患了胃病，这也不敢吃，那也不敢碰，结果，对人来说是损害了健康；对国来说，则是阻碍了文化发展。在当代中国，解放初期，国家是健康的，对本国文化，实行批判继承；对外来文化也不一概拒绝。“文化大革命”时期，则是患严重“胃病”的时期。

7.《〈什么是比较文学〉序》

这是《什么是比较文学》一书的序言，篇幅极短；但是，我认为颇有意义，所以特辟此专节，议论一番。

比较文学，同近代中国的一些新学问一样，也是舶来品，而且历史并不太长。在不长的时间内，中国比较文学的研究已经开展起来了，建立了全国性研究会和一些地区性的研究机构，出版了全国性和地区性的刊物，老中青的研究队伍也逐渐形成了，一派繁荣兴盛的气象。但是，仔细评论起来，也不是一切皆好。一切新生事物都有一个成长过程，比较文学也决不会例外。根据我个人肤浅的看法，我们的缺憾是一不够普遍，二不够深入，我们的研究工作还有不少的空白点，有待于填补。

8.《要尊重敦煌卷子，但且莫迷信》

敦煌藏书被发现以后，形成了一门新学问“敦煌学”。敦煌卷子的价值，较之学者们推崇的宋版书，实有过之而无不及。但是，正如对宋版书一样，敦煌卷子应受到尊重，但是且莫迷信。我举了一个例子，唐代崔颢的《黄鹤楼》是千古绝唱，在敦煌卷子中也有这一首诗，但与我们通常的本子微有不同。第一句诗，敦煌本是“昔人已乘白云去”，通行本“白云”是“黄鹤”。最后一句诗，通行本是“烟波江上使人愁”，而敦煌本“烟波”则作“烟花”。仔细对比两个本子，恐怕大家都会承认，通行本要比敦煌本好，特别是“烟花”二字，放在这里十分不妥。

9.《唐太宗与摩揭陀——唐代印度制糖术传入中国的问题》

这原是一篇独立的论文，后编入《糖史》第二编，国际编的第五章。第四章“古代印度砂糖的制造和使用”，前面 1983 年的学术研究部分已经介绍过了。这一篇副标题是“唐代印度制糖术传入中国的问题”，可以说是它的续篇。

先将目次抄在下面：

d 艺术

e 科技

f 动植矿物

3 交通道路

第二节 印度制糖术传入中国

只看这个目次就能够知道，我是在广阔的文化交流的基础上来谈印度制糖术传入中国的，我这样做，当然有我的打算。我认为，中印文化交流，源远流长。专就印度文化传入中国而论，至晚肇始于汉代，中经魏晋南北朝，至唐则登峰造极。制糖术就是在这样的时代背景下传入中国的。

第一节 1 交通年表 上限是唐高祖武德二年（619 年），下限是武则天统治结束的长安四年（704 年），前后将近九十年。在人类历史上，九十年只不过是一瞬间；但是，在这样短的时间内，中印交通竟频繁到如年表排列的那样，可见两国间的关系密切到什么程度。这些来往都是有内容的，不仅仅是礼节性的，内容就是文化交流。

唐代中印文化交流的内容异常丰富，精神的东西有，物质的也有。而且从表面上看起来，几乎是“一边倒”的样子，好像只有印度的东西向中国流，中国的东西向印度流的情况则几乎不见。事情不可能竟是这个样子，之所以看起来是这个样子的原因很复杂。这个问题，我在上面已经谈过，下面还将谈到，这里暂且不谈。

我把中印文化交流的内容大体上归纳了一下，归纳成了目次中所写的那几项，不要求十分完备。我归纳的 a 宗教哲学、b 语言、c 文学、d 艺术、e 科技、f 动植矿物等项，几乎是人所共知、人所共见的。具体内容，我在这里不详细介绍。读者如有兴趣，请参阅本文原文。

因为本文讲的是制糖术，这本来也是属于文化交流的范围内的，为了突出它的重要性，我特意设了一个第二节，专门讲制糖术。这里我要多说上几句话。

中国在先秦时代就已经知道甘蔗，当时写作“柘”。但只饮蔗浆，还不知道制糖。汉代依然如此。后汉、三国时期起，“西国（极）石蜜”传入中国。所谓“西国”或“西极”，极可能指的是印度、波斯一带。稍后，中国就开始使用甘蔗制造砂糖，大概技术水平不会很高。到了唐初，公元七世纪，印度制糖技术，在长年发展的基础上，占世界领先地位。因此，被西域诸国尊称为“天可汗”的唐太宗才派人到摩揭陀（印度）去学习熬糖法。学回来以后，太宗“即诏扬州上诸蔗，柞沈如其剂，色味逾西域远甚”。意思就是，在颜色和口味方面，远远超过印度。颜色指的是白色。这本是常见的现象，中国古语说的“青出于蓝而胜于蓝”，指的也就是这种现象。

关于唐太宗派人到印度去学习熬糖法这件事，见之于所谓“正史”，可见其郑重之程度。从唐到宋，有许多书上都有这个记载，我在这里都略而不谈。有一个问题则必须谈一谈：《新唐书》二百二十一卷上《西域列传·摩揭它》说是“学熬糖法”。有的则说的是熬石蜜法。这应该怎样来解释呢？“糖”和“石蜜”是一？是二？这个问题看起来颇简单，实则很复杂。我省去那些烦琐的考证，只说一句：是两种东西。李时珍的《本草纲目》，对这个问题的提法，虽亦有可商榷之处，但他对糖和石蜜的区别，则是说得颇为清楚的。他说："以蔗汁过樟木槽，取而煎成。清者为蔗饧，凝结有沙者为沙糖，漆瓮造成，如石，如霜，如冰者，为石蜜，为糖霜，为冰糖也。"虽然是两种东西，实际上也是一种东西，区别在于生产程序有先后，生产工具有不同而已。

现在归结到我们的主题：唐太宗派人到印度去学习的究竟是"熬糖"法呢？还是"熬石蜜"法呢？这问题看似难以回答，实则，只要了解了上述《本草纲目》中所述的过程，则又十分简单。唐太宗派人学习的是全过程，既包含熬糖，也包括熬石蜜。诸书不同的记载，并不矛盾。

10.《〈中西比较文学教程〉序》

此篇收入《比较文学与民间文学》一书时，改名为《文学的经与纬》。

文中提到了闻一多的一篇文章：《女神之地方色彩》。文章说："一切艺术应该是时代的经线，同地方纬线所编织成的一匹锦。"从其中引发了我的一个想法：任何时代任何国家的文学（文化）都包含着两方面的因素：民族性和时代性。代表民族性的民族文学传统是历史形成的，可以算是经线；代表时代性的是民族文学随时代而异的现代化，是共时形成的，可以算是纬线。经与纬相结合就产生出了每一个时代的新文学。

我认为，闻一多的这一篇文章是中国比较文学史上的一篇重要文章。我进一步又指出了，我们当前研究比较文学的重要意义在于创造新中国的新文学，在于加强世界各民族之间的理解，为全体人类走向大同之域的理想服务。我还强调，前几年比较文学工作的重点在扩大队伍，成立组织，唤起学人们的注意和重视；今后的工作要在研究的深度上下工夫。大多是老生常谈，没有多少新见解。

11.《中国文化发展战略问题》

这是一篇报告的录音整理稿，非常长，涉及的问题也非常琐细而广泛。我主要讲了三个大问题：(1)“文明”与“文化”含义的异同；(2) 中国当前的社会情况；(3) 怎样开展文化交流，加强精神文明的建设，理顺各方面的矛盾关系，促进生产力的发展。简述如下：(1) 世界学者给“文明”或“文化”下的定义据说有几百个，这就等于没有定义。我想从另一个角度来界定二者：“文明”的对立面是“野蛮”；“文化”的对立面是“愚昧”。(2) 在人类历史上，生产力的发展至关重要。共产主义的最终目标是让大家共同过上好日子，这与生产力密切相关。眼前中国社会上不正之风严重，中国民族性的消极面依然广泛存在，这不利于生产力的发展。(3) 我主张，我们要开放，开放，再开放；拿来，拿来，再拿来；交流，交流，再交流。

12.《〈王力先生纪念论文集〉序》

我首先叙述了我同王力先生认识的过程，这个过程长达几十年；他是师辈，我是生辈。我认为他禀性中正平和，待人亲切和蔼，同他相处，使人如沐春风。对于他的学术成就，我归纳为八个字：中西融会，龙虫并雕。他的研究范围是语音学、汉语音韵学、汉语史、中国古文法、中国语言学史、汉语诗律学、中国语法理论、中国现代语法、同源字等等。他一方面继承了中国明清直至二十世纪二十年代中国大师的衣钵，另一方面又受过西方严格的科学的审析音韵的训练。因此，他的成就在某一些方面超过了中国旧时的大师。他本人也成为一个大师级的学者。这是讲“中西融会”。什么是“龙虫并雕”呢？他研究极深极专，但又不忘普及。这是许多老一代专家不肯做的事。最后，我谈到了中国知识分子爱国主义思想的根深蒂固，他们是世界上最好的知识分子，王力先生是其中佼佼者。

13.《为考证辩诬》

考证，亦称考据，在清代同义理、词章并列，是三门学问之一。当时并没有反对的人。到了二十世纪二十年代，胡适大搞考证，引起了一些人的责难。进入五十年代以后，考证交了华盖运，同批判胡适联系了起来。说什么胡适为了反对共产主义而引导青年钻入故纸堆中，专搞考证。在“以论代史”的荒唐年代，专门讲“论”，对“论”所从来的资料，则往往歪曲穿凿，削足适履。对材料的真伪和产生时代，往往不甚措意。而要达到鉴别材料的真伪和年代，考证是行之有效的办法。这似乎是常识中的一点知识，也为一些“以论代史”者所反对，所讥笑。有相当长一段时间，中国的学术停滞不前，而且还有倒退的现象，与这股歪风不无关系。更可笑的是有人反对所谓“烦琐的考证”。考证是否要“烦琐”，全由资料的性质而定。需烦琐则必烦琐，不需则否。不能由个人的主观愿望而定。

14.《为胡适说几句话》

在中国近代学术史上，胡适是一个享大名而又颇有争议的人物。由于他政治上的偏见和错误，解放后更是屡遭挞伐，成为一个“反面教员”。人们谈胡色变，他几乎成为一个“不可接触者”。他那句有名的话“大胆的假设，小心的求证”，本来是正确的，也受到了批判。又说他对国民党是“小骂大帮忙”，把他看得比中统和军统还要危险，还要坏。我认为，这都是极“左”思潮的产物。我曾同他共事几年，他是校长，我是系主任，见面的机会非常多。他的著作我几乎都读过。可以说我对他既有理性认识，又有感性认识。他对人和蔼可亲，保护学生，不遗余力，爱好政治而实为一个书呆子。

15. 《〈歌德与中国〉序》

一个人和一个民族最难得的是有自知之明。中国民族也是这样。在鸦片战争以前，中国最高统治者懵懵懂懂，以“天子自命”，视所有的外国都为夷狄。鸦片战争一声炮响，起了发聋振聩的作用，中国统治者们一变而成为贾桂，拜倒在洋大人脚下。鸦片战争前，德国的（其他西方国家也一样）哲人大都赞美中国文化，德国伟大诗人歌德就是其中之一。这情况在这本《歌德与中国》一书中有所阐述。中德两国人民读了以后，都会得到“启蒙”的作用。今天我国改革开放，目的是吸收西方的好东西，不是吸收西方的垃圾。我们中国人都应该有自知之明，对外国的东西不亢不卑，实事求是。细读这一本书，会有很大的好处。

16. 《〈比较文学概论〉序》

本文原是为陈惇、刘象愚所著《比较文学概论》所写的一篇序言，收入《比较文学与民间文学》一书时改今名。

在本文中我指出了比较文学日益成为显学。原因何在呢？我借用了本书中的一句话：比较文学的发展是一种历史的必然，是不以人的意志为转移的。在中国，比较文学研究的起步，略晚于其他一些国家。近几年来，我们急起直追，总算是赶上了世界潮流，成绩是卓著的。不过，我现在——就是写这本书的现在——想加上几句话。一方面要努力学习，一方面要努力创新，最重要的是要坚决、彻底、干净、全部地扬弃那种“贾桂思想”，切勿甘居“无声的中国”这样屈辱的地位。

1988 年

本年共写各种体裁的文章四十篇，其中可以归入学术研究一类的有二十三篇。下面分别加以论述：

1.《迦梨陀娑评传》

这看起来像是一部书，实际上只是一长文。共有下列的内容：一、名字的解释。迦梨是女神名，陀娑是奴隶，合起来就是“迦梨女神的奴隶”。二、生卒时间。众说纷纭，一般的说法是他大概生活在约 330—432 年的笈多王朝时期。三、时代特点。笈多王朝全盛时期，城市繁荣，商业兴盛，国内外交通方便，贸易发达。四、作品。有真有伪。一般认为真者有长篇叙事诗两部、长篇抒情诗一部、抒情小诗集一部（也有人认为伪）、戏剧两部，另有一部，真伪难辨。五、语言工具。主要是梵文，另有少量俗语。六、艺术风格。他笔下的梵文，淳朴而不枯槁，流利而不油滑，雍容而不靡丽，谨严而不死板。七、在国外的影响。影响极大，特别是剧本《沙恭达罗》更受到德国伟大诗人歌德等的交口赞誉。歌德和席勒曾考虑把它搬上德国舞台。八、在印度国内的影响。影响也是非常大的。印度许多语言都有《沙恭达罗》的译本。一直到最近，还有人用梵文原文上演此剧，可见此剧为印度广大人民所喜爱。九、迦梨陀娑与中国。他的抒情诗《云使》在几百年前就有了藏文译本，此译本至今尚存。至于汉文翻译介绍则比较晚，一直到新中国成立后才有从梵文译为汉文的著作，包括《沙恭达罗》、《云使》等等。本文的内容，上面已经谈到过。

2.《〈中国民族文学与外国文学比较〉序》

本文原为《中国民族文学与外国文学比较》一书的序言。收入《比较文学与民间文学》一书时，改名为《少数民族文学应纳入比较文学研究的轨道》。

这一改名，实际上是画龙点睛。因为，有一些比较文学家有一个论点：比较文学的研究只限于国与国之间。我本不是比较文学研究专家，没有读到过有这样论点的文章。但是，在深圳召开的一次比较文学研讨会上，有人向我提出了这个问题。我当时并没有过细地考虑问题的含义，率尔答曰：中国民族间文学的比较应该属于比较文学的范畴。后来，为《中国民族文学与外国文学比较》一书写序时，重新考虑了这个问题，认为自己率尔而答还是正确的。欧洲与中国不同，几乎都是单民族的国家。中国则是一个多民族——民族多到五十六个，而且还有可能增加——的国家，几乎等于一个欧洲。在这样的情况下，严格遵守欧洲学者的教条，等于“食洋不化”，是绝对不应该的。文中我还大力提倡中国民族文学间应积极进行比较的研究。

3.《〈印度社会述论〉序》

我先讲了世界上四个文化体系，可以归纳为两大体系。此时我还没有明确提出东西之分。对于这个问题，我在上面虽已多次讲过，但是此时还不像后来那样明晰，有点混乱。这是我对东西文化理解的一个过渡过程，值得注意。我把中印分列两大体系中，这是不准确的。对于中印文化的区别，我提了一些意见，也不见得很准确。比如说中国思想准确明了，印度则深邃混乱等等。我当时还没有明确的“天人合一”的想法。在这方面，中印是一致的。下面我讲到中印文化交流有极长的历史，到了近代，因受外来侵略者的压迫，交流几乎中断。新中国成立、印度独立以后，情况有了改变。文化交流又开始活跃。可惜我们两国对彼此的研究，又很不够。《印度社会述论》是一部应时的好书。

4.《从学习笔记本看陈寅恪先生的治学范围和途径》

在陈寅恪先生的遗物中，有二十多本笔记本，本不厚，是二三十年代德国常用的那种样式，我于1935年到德国时还使用过。这些是二十年代陈先生在德国柏林大学留学时所使用的。内容很庞杂，也颇乱，看样子像是先生上课时随手携带的。但是里面也并没有正式听课的记录，也不像是为积累写论文的资料而使用的。陈先生没有用德文写过任何论文。而且陈先生写论文积累资料的方式，不像一般学人常常使用的写卡片的办法，也不使用笔记本把有用的资料抄在里面，而是采用眉批的方式：读书时遇到有用的资料就写在书眉上，或者文前或文后的空白处，甚至在没有空白的时候，写在字里行间。比如《高僧传》、《新旧唐书》、元白诗、《世说新语》等等，都采用眉批的方式。从字迹上来看，有浓有淡，有正有歪，决不是出于一时。等到资料批够时，便从书上移到稿纸上，成为完整的论文。

但是，在上述二十几册笔记本上还没有见到这种现象。我们从中所能见到的，只是先生治学范围之广。这同他后来回国后所写的那一些有名的论文和专著中所显示的情况，是完全一致的。

5.《对当前敦煌吐鲁番学研究的一点想法》

近几年来，中国敦煌吐鲁番学研究有了长足的进步。在全世界思想文化界有了一个新动向，注意的人还不够多，即西方人对东方文化开始刮目相看了。西方经过两次世界大战，有识之士头脑开始清醒起来，他们认识到，只有东方文化能济西方文化之穷。我国从事敦煌吐鲁番学研究工作，研究重点之一就是东西方的文化。在这样的新形势下，我们肩上的担子不是轻了，而是更重了。我们必须跟上这个伟大时代的步伐。

6.《〈季羡林学术论著自选集〉自序》

这虽然不能算是一篇专门的学术论文，但是其中畅谈了我对学术和研究方法的看法，却有相当重要的意义。

首先，从自选的文章中可以看出，我偏爱考据。事实也确实是这样，我在上面的叙述中，已经多次谈到我对考据的重视，为考据辩护。在清代学者所划分的三门学问中，我最不喜欢义理。我认为，所谓“义理”跟做诗一样，各人谈各人的，公说公有理，婆说婆有理。

至于考据（考证），则是确确实实的东西，手仿佛能摸得着，眼仿佛能看得见，不能任人胡说八道。我天性喜欢这种东西。但是，我也不同意把考据的作用夸大得无边无际。我不同意一种说法，说发现一个字的古音等于发现一颗行星，这种说法是牵强的。在考证中，我最服膺胡适之先生的两句话：“大胆的假设，小心的求证。”这两句话是一个整体，决不能分割开来。不管是文科，还是理科，研究学问都必须先有假设。没有假设，新意何来？没有新意，则必然会固步自封，陈陈相因，学问焉得而进步？我个人认为，假设越大胆越好，胡思乱想，想入非非，都是可以允许的。但是，假设还不就是事实，而求证尚缺。求证则是越小心越好，无论小心到什么程度，都是应该赞赏的。必须上下左右，面面俱到；牛溲马勃，败鼓之皮，都能为你所用。经过反复推敲，细致琢磨，然后才能下结论。如果在求证时发现假设有问题，不管你认为你的假设有多么美妙，多么舍不得，也必须毅然决然加以扬弃。古今中外学术都有为了证实自己的假设而伪造数据或实验结果者，这是道德品质问题，必须予以最彻底的揭发和最严厉的谴责。

7.《纪念陈寅恪教授国际学术讨论会闭幕词》

我讲了三点意见：第一，大会是成功的。第二，对陈寅恪先生的学术和为人的看法大家基本一致。陈先生不标榜自己是马克思主义者。但是他的思想有朴素的唯物主义和朴素的辩证法，只能说是一个唯物主义者。第三，我们能从寅恪先生那里学到些什么？研究学问好比接力赛，青年要接陈先生手中的棒。但讲到“超越”前人，却要慎重。年轻人不能在任何方面一下子就能超越老人。我还讲了要向陈先生学习的几点。

8.《再谈考证》

这又是一篇谈考证的文章，目的在反对有人把考证学与清代文字狱联系起来的观点。我认为，考证学之兴是中国学术发展的规律促成的，是内因决定的，而不是由于文字狱等外因。我引证了梁启超《清代学术概论》中的观点。梁认为，考证学是中国几千年学术史上四大学术思潮之一，是由于学术思潮之盛衰兴替而形成的。

9.《论书院》

这是一篇比较长的文章，主要讲中国古代书院这个教育组织形式，在今天还有借鉴意义。我列了六点：（1）书院可以成为当前教育制度的补充；（2）书院可以协助解决老年教育问题；（3）书院可以发挥老专家的作用；（4）书院可以团结海内外的学者；（5）书院可以宣扬中国文化于海外；（6）书院可以保存历史资料。我感到，教育为立国之本。但是我国教育有极大困难，首先是经济困难。教育本来可以公私两条腿走路，我们却只有公家一条腿，如加上私人一条腿，允许私人办学院，则经济困难就可以缓解。办书院还可以比较充分地发挥已退休的老专家的潜力。

10.《西域在文化交流中的地位》

这原是一篇讲演用的稿子，讲完后归纳整理成现在这样一篇文章。没有多少深入的探讨，但能代表我对世界文化体系，特别是对西域在世界文化体系中的地位的看法，颇值得讲上一讲。有些观点，别的文章中也讲到过，稍有重复是不可避免的。

本文共分为四个部分：

一、西域的含义

“西域”这个名词，经常出现于中国古代典籍中；但是，含义并不是十分明确的。广义的“西域”包括中国以西，甚至以南的诸多国家和地区，连印度、尼泊尔等国都包括在里面。唐玄奘的《大唐西域记》可以为证。狭义的“西域”往往只指中国新疆一带。中国古代正史上，往往有“西域传”这样一章，从章中所列的地名中可以推测出“西域”的含义。

二、世界上四大文化体系

我是主张文化多源产生论的。在林林总总的世界大小国家中，几乎每一个国家，不管它的幅员是大是小，历史是长是短，几乎都对人类文化宝库做出了或大或小的贡献。如果归纳一下的话，我认为，人类文化共有四个体系：

（1）中国文化体系；（2）印度文化体系；（3）闪族伊斯兰文化体系；（4）希腊、罗马西方文化体系。如果再进一步归纳的话，这4个文化体系又可以分为两大文化体系，前三者为东方文化体系，后一者为西方文化体系。人类全部历史创造出来的就是东西两大文化体系，没有一个第三文化体系。

对于四个文化体系的详细介绍，我在这里一概省略。因为我在前面已多次谈到，在别的地方还会谈到。

三、西域在四大文化体系交流中的地位

谈到这个题目，我先讲一句有极大概括性的话：世界上四大文化体系交融汇流的地方在全世界只有一个，这就是狭义的“西域”，也就是中国的新疆。我在本文中分别介绍了各不同时代文化交融汇合的情况：（1）汉代；（2）三国两晋南北朝时期；（3）隋唐时代；（4）宋元时代；（5）明清时代。也由于上述的原因，详细的介绍一概从略。

四、结束语

我在其中讲了两个观点：第一个观点，我认为，中华文化博大精深，传了出去，对世界文化产生巨大的影响。另一方面，我们又善于吸收其他国家的文化，从而更丰富了自己的文化。但是，对我第一个观点，今天仍然以“天之骄子”自命的西方人未必会心甘情愿地承认。他们在潜意识中，认为只有他们才能创造出灿烂的文化，中国人是不可能的。这样的西方人，忘乎所以，连自己的历史，特别是侵略掠夺别人的历史，都忘得一干二净。但是，他们的祖先，在资本主义刚刚萌芽、殖民主义还没有抬头的时候，却说过一些实事求是公平合理的话，比如十六七世纪的英国哲人培根就曾大大地赞美过印刷术、火药和指南针的发明，而这三者都出于中国人之手。不幸的是，培根的不肖子孙、有的人把这些事实统统忘掉了。岂不大可哀哉！

我的第二个观点是：文化总是要交流的，文化又不能永远定于一尊，东西两大文化体系的关系是“三十年河东，三十年河西”。我说话是根据历史发展的事实的。可是直到今天，中国还有个别学者激烈地反对我这个观点。但是，我认为这不是一个理论问题，而是一个有待于未来历史发展来证明的事实问题。所以，我一不讨论，二不商榷，三更不辩论。将来有朝一日，历史的发展会指出谁是谁非。

11.《新博本吐火罗文 A（焉耆文）〈弥勒会见记剧本〉第 1.42 张译释》

这是一篇译释吐火罗文《弥勒会见记剧本》的文章。前面已经谈过几次，后面还将会谈到。因此，本文用不着再介绍。它只说明，我对这一部吐火罗文残卷的译释工作没有放松。

12.《文化交流的必然性和复杂性》

这是一篇讲座报告所使用的稿子。文化交流是我一生中最爱谈的题目之一，研究的时间颇长。这一篇报告很长，讲的问题也多。一、文化交流的必然性。我首先给“文化”下了个定义。又区别了“文明”和“文化”的含义。我主张文化产生多元论。多元文化一旦产生，必然交流。二、文化交流的复杂性。讲了三个小问题：(1) 研究的方法；我倾向于影响研究，认为平行研究难免玄乎。(2) 传统文化与文化交流；传统文化表现文化的民族性，文化交流表现文化的时代性。外国汉学家撰写的《中国晚清史》中所谓“历史继承”指的就是传统文化，其所谓“现实创造”指的就是文化交流。这与“体用之争”与“本末之争”也有联系。(3) 全盘西化；我们现在非西化不行，但决不能也不会全盘。下面我举了“糖”的交流，梵文śarkarā，印地文 cīnī，以及西方国家语言中的“糖”字，说明了交流的复杂。

13.《关于神韵》

我先补充说几句：本文发表以后，我接到一位有学问的读者的信，说“神”和“韵”在中国古代一些书中是分开讲的。这一点我在本文收入《比较文学与民间文学》时加的“补遗”中也可以看得出来。宋范温《潜溪诗眼》中谈的就全是“韵”。但是，在中国许多谈诗论画的书中，“神”、“韵”往往并提，看样子是形成了“神韵”一个词。我认为，这也未尝不可，大可不必“胶柱鼓瑟”，去勉强分开了。

在中国文学史上，“神韵”是一个常常出现的词，论诗，论画，论书法，甚至月旦人物，都使用它。到了王渔洋笔下，他论诗主“神韵说”，与袁子才的“性灵说”，翁方纲的“肌理说”，还有其他一些学说，并驾齐驱，成为中国文学史上一个著名的流派。

但是，“神韵”二字确切的含义究竟是什么呢？这有点像

“公说公有理，婆说婆有理”，哪一位诗人或理论家都没能够完全说清楚。连主“神韵说”的王渔洋，也没有能完全说明白。他用来说明“神韵”的，仍然不出严沧浪那些老话，什么“镜中之像”，“水中之月”，“羚羊挂角，无迹可求”，如此等等，仍然令人如丈二和尚，摸不着头脑。

我不是文艺理论专家，本应该本本分分，来一个“不求甚解”算了。但是，我好胡思乱想，有时候想入非非。对“神韵”这一个迷离模糊的词儿，我也曾长久胡思乱想过。这一篇论文就是我胡思乱想的结果。我想援引印度古代文论的说法，来解释中国的“神韵”。

中印文化交流，源远流长，交流的面非常广阔。但是在文艺理论方面却找不出十分确凿可靠的例子。有人主张谢赫六法受到过印度的影响，但此说并不为大家所承认。我对“神韵”一词同印度文论的比较研究，至多也不过是属于平行的研究一类，决不是什么影响研究。

印度古代文艺理论有长久的发展史，在世界文论中能自成体系，公元九世纪至十世纪是发展的全盛时期。九世纪出了一位文艺理论家欢增，写过一本著名的书，名曰《韵光》，把语法学家、逻辑学家和哲学家的分析方法运用到分析诗的形式和内容上来。十世纪又出了一位文艺理论家新护，他的名著是《韵光注》，继承和发展了欢增的理论。他从注重形式转到注重内容上来，创立了新的“诗的灵魂”的理论，也就是暗示的韵的理论，为印度古代文艺理论开一新纪元。

这个理论的轮廓大体是：词汇有三重功能，能表达三种意义：

一、表示功能　表示义（字面义，本义）；

二、指示功能　指示义（引申义，转义）；

三、暗示功能　暗示义（领会义）。

以上三个系列又可以分为两类：一是说出来的，包括“一”和“二”；二是说不出来的，包括“三”。在一和二，也就是表示功能和指示功能耗尽了表达能力之后，“三”的暗示功能就发挥作用。这种暗示就是所谓“韵”。这种暗示义，也可以称之为领会义，有赖于读者的理解力和想像力，可能因人而异，而且甚至因时因地而异。读者的理解力和想像力有极大的能动性，海阔凭鱼跃，天高任鸟飞。这种“韵”就是产生美感的原因。在审美活动过程中，审美主体的主观能动性发挥得越大，人们就越容易感觉到审美客体的美。印度文艺理论家喜欢举的例子是“恒河上的茅屋”，详细解释，这里从略。总之，在印度的文艺理论中，凡是说不出来的或者说出来的，具有暗示功能或领会功能的东西，就叫做“韵”。

在中国文艺理论中，有与印度极为相似的情况。因为中国文艺理论，不像欧洲那样进行细致入微或者接近烦琐的分析，也不像上述的印度式的分析，而是以形象的语言，给读者一个鲜明的印象。我前不久写过一篇《门外中外文论絮语》，讲的就是这个现象，这里不再详谈。中国古代文论中喜欢用“不著一字，尽得风流”、“羚羊挂角，无迹可求”、“空中之音，相中之色，水中之月，镜中之像”等等词句，来描绘说不出的或者无法可说的东西。这种做法同印度的暗示功能、暗示义或领会义，几乎完全相同。印度人称之为“韵”，我觉得，这就等于中国的“神韵”。

在本文中，接下去讲了中国一些书名和印度书名颇有类似之处。中国有《文心雕龙》、《法苑珠林》之类，而印度则有《文镜》、《情光》之类的书名，也颇含有一些暗示的意义，而西方书名则缺少这种现象。

14.《他们把美学从太虚幻境拉到了地面上》

世界上各种学问都有争论，但是美学的争论似乎更多。学者们仁者见仁，智者见智，各自是其是而非他人之所是。美学仿佛是处在太虚幻境里，令下界凡人莫测高深。根据我个人的经验，只有两位学者是例外，一个是朱光潜先生，一个是宗白华先生。他们讲美学讲得真切，讲得实在，令人读了明白。所以我说，他们把美学从太虚幻境里拉到了地面上。

羡林按：这是我几年前对中国美学研究的看法。最近我的看法有了突然的转变。我认为，中国美学家跟着西方同行走进了死胡同。我写过一篇《美学的根本转型》，下面再谈。

15.《祝贺〈外国语〉创刊十周年》

在祝贺《外国语》创刊十周年之余，我提出了一个十分重要的问题：我们要总结新中国成立后四十多年来外语教学的经验和教训。四十年来，我们在教学计划、教学法和教材三个方面付出了大量的劳动。但是，在这三个方面，几乎年年都有变动。旧的没有熟练，又来了新的。天天在学习、体会、讨论，无休无止。然而结果怎样呢？不怀偏见的人必须承认，现在大学生的外语水平比不上解放前。其故焉在？这是我们必须总结的，然而到现在还没有人去做。

16.《〈五卷书〉在世界的传播》

这是一篇讲《五卷书》在世界上流布情况的论文。同样的内容，我曾在1946年的一篇论文《梵文〈五卷书〉——一部征服了世界的寓言童话集》里讲过。在现在这篇论文里，我增添了一点新东西，这就是：我讲到了《五卷书》同德国学者的关系特别密切。第一个把梵文本译成了德文的，并写了一篇极长的导言追踪《五卷书》在世界上流布的情况的，是德国学者本发伊。这是十九世纪的事情。到了二十世纪，又有一位德国学者海特尔（Johaness Hertel）写了一部书，名叫《五卷书——它的历史和流布》。这里面不一定有什么内在的必然的联系，实际上只能是一个偶合，然而却不能不说是文学史上的一个有趣的偶合。

17.《关于吐火罗文〈弥勒会见记〉》

这篇文章颇长，讲了下列几个问题：一、吐火罗文剧本的情况；二、印度戏剧的发展；三、印度戏剧在中国新疆的传播；四、印度戏剧与希腊戏剧的关系；五、中国戏剧发展的情况；六、吐火罗文剧本与中国内地戏剧发展的关系。从标题中大体上可以看出本文的内容。最后，我对比了中国戏剧和印度戏剧的特点：（1）韵文和散文杂糅，二者同；（2）梵文俗语杂糅，中国有，但不明显；（3）剧中各幕时间、地点任意变换，二者同；（4）有丑角，二者同；（5）印剧有开场献诗，中国有跳加官；（6）大团圆，二者同；（7）舞台形式不同；（8）歌舞结合，同。

18.《吐火罗文A（焉耆文）〈弥勒会见记剧本〉与中国戏剧发展之关系》

关于吐火罗文A（焉耆文）《弥勒会见记剧本》，我已经写过一些文章，或译释此书，或介绍吐火罗文。这些我在上面都已有所叙述，下面还会讲到。现在这一篇论文内容与上面已经讲过的和下面将要讲到的都不一样。我主要讲这个剧本与中国戏剧发展的关系，只能算是一个假设。

我在本文中先讲了《弥勒会见记》吐火罗文本与回鹘文本的异同问题。后者系由前者译出来的，但是前者中的一些舞台术语，后者都没有。前者在书名中明明白白地使用了“剧本”二字，后者则没有，但也有暗示是剧本的地方。

下面我讲到印度戏剧的来源问题，与木偶剧的关系问题。它与古希腊戏剧也似乎有点联系，“幕”字在梵文中有几个字来表示，其中之一是 yavanikā，原意是“希腊的”。我又讲到，印度戏剧起源大概颇早；但是剧本则出现较晚，比古希腊要晚几百年。中国戏剧也有类似的情况，剧本出现极晚。最古的梵文剧本，未发现在印度本土，而发现在中国新疆。不管发现在什么地方，它总是印度的作品，这一点是不容怀疑的。同样发现在新疆的吐火罗文《弥勒会见记剧本》，则是另一种情况。吐火罗文虽然是印欧语系的语言；但是，残卷只发现在中国新疆，我们不能不说它是中国古代少数民族的文字；而用这种文字写成的剧本，也只能说是中国的剧本。

讲到中国戏剧起源的问题，王国维在《宋元戏曲考》中说：“歌舞之兴，其始于古之巫乎？”他接着又讲到俳优之兴远在巫之后，优多以侏儒为之，主要任务是插科打诨，与印度戏剧中必不可少的丑角，几乎完全相同。王国维在下面又说道：“盖魏、齐、周三朝皆以外族入主中国，其与西域诸国交通频繁，龟兹、天竺、康国、安国等乐皆于此时入中国，而龟兹乐则自隋唐以来相承用之，以迄于今。此时外国戏剧当与之俱入中国，如《旧唐书·音乐志》所载拨头一戏，其最著之例也。”我认为，这个意见很值得重视。它同吐火罗文《弥勒会见记剧本》有什么关系或联系，我现在还说不清楚。这是一个非常重要的问题，还需进一步研究探讨。

最后，我列出了一些印度古代戏剧和中国古典戏剧，特别是京剧之间的相似点，这些点我在上面已有所涉及：

（1）韵文和散文杂糅。

（2）雅语和俗语结合。在中国京剧中小丑和员外官员的话是不同的。

（3）剧中各幕时间与地点随意变换。

（4）都有丑角。

（5）印剧有开场献诗，华剧有跳加官。

（6）结尾大团圆。

（7）舞台，印剧方形，长方形，或三角形，华剧一般是四方形。

（8）歌舞结合。

以上都是我个人的想法。

19.《〈纪念陈寅恪先生诞辰百年学术论文集〉序》

陈寅恪先生是一代史学大师。据我的拙见，一代大师必须能上承前代之余绪，下开一世之新风，踵事增华，独辟蹊径，不能只拾人牙慧，墨守成规。寅恪先生正是这样的大师。他不但精于考证，而且重视义理。他常用佛家的“预流”二字，其含义也就是王静庵先生所说的“一个时代有一个时代的新学问”。先生还常说“发前人未发之覆”，这些他都身体力行。有一段时间，我们史学界盛行“以论代史”。这不是研究学问，而是践踏学问。如果大家都能学习寅恪先生的考证之学，必能纠正此弊。

20.《祝贺“齐文化专号”》

近几年来，在全国范围内多次掀起探讨文化问题的高潮。这是完全可以理解的。建设社会主义国家，只抓科技是不全面的；必须兼抓文化，才能算是两全其美。《文史知识》在这方面做出了好的榜样。它不仅抓一般文化，而且抓地域文化，只有这样，才能抓得更深入。“齐文化专号”就属于这一类。在过去，学者们往往笼统谈所谓“齐鲁文化”，其实细细推究起来，二者还是有区别的。齐文化的中心就在目前山东淄博市范围以内。无论是文献资料，还是考古发掘，都证明此地过去有水平相当高的独特的文化，值得我们去探讨。

21.《〈生殖崇拜文化论〉序》

赵国华著的《生殖崇拜文化论》，是一部非常精彩的书。他在书中提出了许多崭新的观点，反驳了许多前人的学说，发前人未发之覆。虽然还不敢说他的论点完全都能成立，但是他能持之有故，言之成理，令人耳目为之一新。许多具体的例子，我都不加以列举，请读者参阅赵国华原书。

我认为，赵国华最有意义的贡献，是他着重引用了恩格斯在《家庭、私有制和国家的起源》中的一段话：

> 根据唯物主义的观点，历史中的决定性因素，归根结蒂是直接生活的生产和再生产。但是，生产本身又有两种。一方面是生活资料即食物、衣服、住房以及为此所必需的工具

的生产；另一方面是人类自身的生产，即种的繁衍。

这是很有名的一段话，我们都读过。可惜受了某国的影响，亦步亦趋，只敢谈第一种生产，而不敢谈第二种生产，即人类自身的生产。赵书力纠此弊，提出了“生殖崇拜文化”的论点，大谈第二种生产。可他并没有忘记第一种生产。他反对西方一些学者的产食文化的理论，他说，他们没有意识到原始思维中食与生殖的关系，更没有认识到初民是将食服务于生殖的。

原始人民为什么崇拜生殖呢？赵国华的解释是出于对“社会生产力”和“社会意志”的考虑。我个人认为，这个论点是颇值得怀疑的。在那种最原始的生产条件下，靠食物采集或渔猎为生，“社会意识”恐怕是微乎其微的。我提出了一个解决办法：用本能来解释。孔子说：“食、色，性也。”“性”就是我们今天所谓的“本能”。“天命之谓性，率性之谓道，修道之谓教”就是这个意思。人的本能很多，“食”和“色”是其中最重要的。食，就是吃饭，目的是为了个体的生存。色，就是性交，生孩子，目的是为了个体的延续，为了传宗接代。二者相辅相成，缺一不可。为了不让任何一个生物的个体的本能无限制地发挥作用，造物主——如果有这么一个玩意儿的话——又往往制造一个个体的对立面——它的煞星，对它本能的发挥加以限制，否则任何一个生物都能够把地球塞满。总之，我的想法是：初民之所以努力生殖，之所以有生殖崇拜，与其说是出于“社会意志”，毋宁说是出于本能。

22.《我们的民族性出了问题》

民族性不是一朝一夕所能形成的，是逐渐积淀起来的。我们的民族性里面积淀了很多好东西，这是不言而喻的。但也积淀了一些不好的东西，这也是无法否认的。犯罪的情况，历代都有，如果现在有一点的话，那也用不着大惊小怪。可是，现在大规模地制造假农药、假种子、假化肥，一旦使用，为害极大，这决非小事。还有其他一些犯罪行为，如明目张胆地砍伐森林等等，贻害子孙，决不能等闲视之。鲁迅曾经指出的我们民族性的一些问题，至今在一些方面仍然存在。

23.《新博本吐火罗文 A（焉耆文）〈弥勒会见记剧本〉1.8、1.14、1.13 三张六页译释》

这是吐火罗文《弥勒会见记剧本》1.8、1.14、1.13 三张六页的译释。对这种译释，我在上面已经介绍多次，这里用不着再重复。

1989 年

这一年共写了长短不一、体裁各异的文章三十七篇，其中学术论文二十三篇。下面分别予以介绍：

1.《关于“奈河”的一点补充》

1988 年，在《文史知识》第 10 期上，项楚教授发表了一篇论文，讨论“奈河”的问题。旁征博引，对这两个字做了极为详尽的考证。项楚先生学问极博，而且学风也极为谨严。他的考证应该说是有极大的说服力的。但是中国俗话说：“智者千虑，必有一失。”项先生在这里也有了“一失”。我们知道，“奈河”是阴间地狱里的一条河，而“地狱”这个词在梵文里是 naraka，音译一般是“那若迦”，译为“奈落迦”，非无可能。根据中国词语的省略习惯，把“若迦”二字省掉，就成了“奈”河。“奈河者，地狱之河也。”这一点问题也没有。查日本学者中村元的《佛教语辞典》，他正是这样注解的。

2.《〈梨俱吠陀〉几首哲学赞歌新解》

印度最古老最神圣的经典《梨俱吠陀》中有几首一向被称作“哲学赞歌”的诗：《无有歌》、《生主歌》、《造一切者之歌》等，都是讲天地万物，包括人类在内，是怎样被创造出来的问题的。关于这个问题的幻想，其他民族也是有的。中国古书上“无极而太极”等等的说法，也是讲宇宙起源的。大概有了点文明的初民，都会有类似这样的幻想的。

对《梨俱吠陀》的这三首“哲学赞歌”的解释，古代的印度注释家都认为这是极为神圣的东西，没有哪一个敢用“性”的观点来解释。一直到了近代，两位日本学者和一位德国学者才提出，这些“哲学赞歌”讲的并不完全是哲学，而是讲性交活动。可惜他们浅尝辄止，没能深入。我在此文中进一步对这个问题加以阐述。我的阐述并不全面。我是有意这样做的，因为全面阐述将会费极长的篇幅，是我当时做不到的。我只从三首赞歌中选出了两个重要的带关键性的问题来加以阐述，提出了自己明确的而不是闪烁其词的观点。

一、“独一之彼”

这个词儿，除了见于上述三首《梨俱吠陀》“哲学赞歌”外，还见于其他一些赞歌中。在梵文中有不同的写法：ekaṃ，ekaḥ，tad ekaṃ，甚至只写作 tad。ekaṃ的意思是“一”，tad（tat）的意思是“这个”或“那个”。在印度哲学宗教中，这是一个异常神圣而含义又异常模糊的字。它究竟指的是什么东西？我上面已经说到，这三首“哲学赞歌”指的或者影射的是人类性交活动。这一点可无疑义。既然是性交活动，那么，所谓“独一之彼”指的就是男根。我列了一个表：

独一之彼 = 生主 = liṅga = 男根

liṅga 崇拜之风至今尚在印度流行。黑格尔在他的著作中也曾提到这一件事。

二、金胎与金卵

在《生主歌》中，第一颂出现了“金胎”，第七颂出现了“胎子”，第八颂出现了“众水”，第九颂出现了“大水”。讲的都是妇女生孩子的事情。“金胎”指的是“子宫”，“水”指的是“羊水”。这一些都无可怀疑。

总之，三首“哲学赞歌”讲的都是生殖崇拜。

3.《〈东方文化丛书〉总序》

这篇论文没有提出什么新的见解，其中的见解在上面讲述的许多论文中已经谈过。我首先讲到文化产生多元论；讲到汤因比的理论：任何文明（汤的用语）都有一个发生、发展、演变、衰退的过程；讲到文化交流的作用；讲到四个文化圈和东、西两大文明体系等等。我说，统治今天世界者是西方文化体系。这情况过去并没有过，今后也不会永远如此。今天我们的任务是，在学习西方文化的同时，必须努力了解东方文化。

这篇论文以后被转载于《读书》1990 年第 8 期，改名为《放眼宇宙识文化》；又被《中国比较文学通讯》1990 年第 3、4 期合期节录转载。

4.《从宏观上看中国文化》

我从那几年的“文化热”讲起。我的观点基本上是，人类历史上任何社会都不能专靠科技来支撑，精神文明和物质文明必须同步发展。也就是必须大力抓文化建设。

讨论中国文化，不能只看到眼前的情况。我们必须上下数千年，纵横十万里，目光远大，胸襟开阔，才能认清中国文化的全貌和真相。至于中国向西方学习，也就是我们平常所谓的“西化”，萌芽于明末清初，大盛于十九世纪末；到了今天，衣、食、住、行，从头到脚，好些地方已经“西化”了。西方资本主义统一了世界市场，形成了马克思和恩格斯所谓“世界文学”，至少是在文学创作形式上统一了全世界，中国也不例外。

这不是一件坏事，它是不可抗御的。但当然也产生了不良的影响。“崇洋媚外”的奴才心理，在一部分人身上滋长颇盛。一部分人任意贬低中国文化，认为外国的东西一切都好。要建设中国的社会主义社会，必须克服这种“贾桂思想”。我们一方面要向西方学习，学习一切对我们有利的东西，扬弃一切对我们有害的东西。另一方面要正确地、实事求是地认识和评价中国文化。

下面我又谈到文化多元产生论以及四个文化圈和两大文明体系的问题，这里从略。我又介绍了汤因比的《历史研究》和他的学说，上面已经讲到过，也从略。

我主要要讲的是，我们自己和西方一些人士，对待中国文化，缺乏历史眼光。他们只看到眼前，忘记了过去。他们以为中国从来就是这个样子，这是一种接近愚蠢的想法。在中国汉唐文化发展鼎盛的时代，西方一些今天文化昌明的民族，那时还处在蒙昧阶段。这件事我先不谈。但是，可惜的是，连欧洲人自己好像也把这个历史事实忘得精光了。实际上，一直到十九世纪二三十年代，中国人在欧洲人眼中还是有极高文化的民族。欧洲当时最伟大的德国诗人歌德在 1827 年 1 月 31 日同爱克曼谈话时，还对中国说出了最高赞誉的话。据我的看法，欧洲人改变对中国的观感是自 1840 年鸦片战争开始的。这一次战争是英国殖民主义者发动的。中国战败，割地赔款，从此天朝大国这一只纸老虎彻底被戳穿，声誉在欧洲人眼中一落千丈，一蹶不振了。连一些中国人自己也受到了传染，忘记了自己的历史，忘记了自己的文化，这是一个不折不扣的悲剧。但是，万事沧桑，万事万物无不随时变化，西方资产阶级文化也逐渐露出了破绽。这一点连一些西方人自己也并不讳言，这是我们中国人猛省的时候了。

5. 《〈佛教与中印文化交流〉后记》

这是一篇很短的小文章，但是其中所谈的问题，却决非不重要。

我主要谈了两个问题。一个是专著和论文，有一些出版社重专著，轻论文集。其实内行人都能知道，真正能及时地反映学术研究最新情况的并不是专著，而是论文。我谈的第二个问题是我的特殊的研究方法。我研究佛教混合方言，当然要细致分析和探讨这种语言本身的语法变化的特点。但是，最重要的是，我通过研究佛教梵语的变化来确定佛教部派，甚至大乘起源和流布的时间和地点。因为佛教梵语各具时代和地域的特点。我认为，这是我的一种特殊的研究方法。

6. 《文学批评无用论》

我以《红楼梦》为例，指出二百年来读过此书的人，不知道有多少亿了。但是根据红学专家的评论而读的人，恐怕绝无仅有，因此我说文学评论无用。但是红学作为一门独立的学问，还是很有意义的。探讨此书的思想和文字，各执一词，各树一帜，对于某一些读者，也会是有用的。

7.《〈敦煌吐鲁番学研究论文集〉序》

1988年，中国敦煌吐鲁番学会在北京召开了一次国际学术讨论会，到会的中外敦煌吐鲁番学者数十人，很多人在会上发表了论文。这一部论文集就是从发表的论文中选出来的。从中可以看出当时世界上这一门学问的研究水平。我在大会的开幕词中讲了两句话：敦煌吐鲁番在中国，敦煌吐鲁番学在世界，受到了与会者的一致赞同。因为，时至今日，学术已成了天下之公器，任何关起门来做学问的办法都行不通了。此外，最值得注意的是，一批青年中外学者脱颖而出，成果斐然，受到了不同国籍的老一代学者的赞扬。中外青年互相切磋琢磨，时有激烈争论，但个人友谊却随之而加深加固。这都说明，在我们这一门学问中，狭隘的民族感情已经为大公无私的、惟真理是务的国际合作精神所取代。这对于敦煌吐鲁番学在国际上、在不同的国家中的发展与进步，有着不可估量的重要意义。时代不断前进，希望在于未来。中外老一代的学人，看到这种情况，能不由衷地欢欣鼓舞吗？

8.《祝贺〈比较文学报〉创刊》

这是极短的一篇文章。内容主要讲，在中国，比较文学已逐渐成为显学，老、中、青三结合的研究队伍已经形成，大量的专著和论文已经出版，这一切都已引起了国际同行们的注意。

9.《巴利文》

这篇文章很长，但是严格说来，不能算是一篇学术论文，只是一篇概述，概述了巴利文的情况。共分三部分：语言、文献、语法。第一部分讲了巴利文的系属。它不是一个统一的语言，而是一个混合方言。第二部分讲文献，共有两类：（1）巴利藏；（2）藏外典籍。第三部分讲语法，这一部分最长。先讲语音，列出了字母，并指明，从语音变化来看，同梵文相比，巴利文处于俗语阶段。把巴利文的元音和辅音都介绍了一番。然后讲语法。这里面包括名词、形容词、副词和比较法、代词、数词、动词。在动词一节中讲了人称、时间、语态、语气。总起来看，巴利文动词变化离开梵文比名词变化还要远；新形式大量出现，双数几乎完全消失；中间语态也处在消失中；完成时只剩下一些残余；许多纡回构成形式占了重要地位；现在时使用范围扩大。

总之，这一篇文章只是一个概述。

10.《祝贺〈文献〉华诞十周年》

我最怕极“左”路线盛行时的理论性的杂志。这种杂志巍然俨然，调门很高。然而，只要政治风向一变，它们立即翻脸不认人，因此我就害怕。而《文献》却是被理论家们视为“资料性的”杂志。它老老实实地安于这个地位，既无石破天惊的宏论，又毫无哗众取宠之心，本本分分，朴实无华。这就是我爱它的原因。

11.《补遗〈关于神韵〉》

在 1988 年，我曾写过一篇《关于神韵》，上面已经加以介绍过。到了今天，我又写了这一篇“补遗”。应该感谢敏泽先生的一封信。他在信中通知我，钱钟书《管锥编》谈及宋范温的《潜溪诗眼》。此书中有论“韵”的地方。范说：“有余意之谓韵。”这颇有点像印度的“没有说出来的”，“暗示功能，暗示义，领会义”。

12.《〈中国比较文化论集〉序》

我用黑格尔的正、反、合的理论来解释中日两千年的文化交流的关系。1868 年前，日本向中国学习。1868 年后，中国也向日本学习了一些东西。从现在开始是“合”的阶段，两国互相学习，共同发展。关于“反”的阶段，可能有人不理解。实际上从十九世纪末至二十世纪初，中国向日本学习了大量的东西，包括许多名词和术语。

13.《新博本吐火罗文 A（焉耆文）〈弥勒会见记剧本〉第十五和十六张译释》

这又是一篇吐火罗文 A（焉耆文）《弥勒会见记剧本》的译释。

14.《〈历史研究〉三十五周年祝辞》

《历史研究》走过了三十五年，并不容易。现在有人竟然认为历史无用，这是完全站不住脚的。历史是非常有用的，不研究是不行的。今天建设有中国特色的社会主义，也非通中国历史不行。希望历史学者都能够扩大视野，开阔胸襟，放眼世界，面向未来，既有继承，又有发展，同时还要开发新的领域、新的课题。

15.《关于中国弥勒信仰的几点感想》

在佛教教义中，弥勒佛是未来佛，还没有出世，释迦牟尼才是现世佛。中国的汉族不是一个宗教性强的民族，信佛，信道，大都是马马虎虎，只要看道教庙里间或有佛像，佛教庙里也有道教的神，就一清二楚了。弥勒佛传到了中国以后，与布袋和尚相融合，成了几乎每座庙里必有的大肚弥勒佛，并不太受到佛教徒的尊敬。但是，在历史上，在政治上，这位佛爷常常受到利用。唐代的武则天就自称是弥勒转世，在一大堆尊贵的名号上又加上了“慈氏”二字。“慈氏”，梵文“弥勒”的汉译也。中国的老百姓中的革命者，起兵造反时也往往自称是弥勒佛下凡，以抬高自己的身价，迷惑别人。在中国历史上，这样的记述颇有一些。仅国祚极短的隋代，就发生了两次这样的事件，一在 610 年，一在 613 年。当然，利用其他神祇造反的记录，也有一些。

16.《中国佛教史上的〈六祖坛经〉》

在人类中，一部分人有宗教需要，一部分人则没有，宗教就是前者所创造出来而又推广出去的。宗教往往与物质生产活动和人的传宗接代有矛盾，但是宗教都有适应性。因此我对宗教发展找出了一条规律：用尽可能越来越小的努力或者劳动达到尽可能越来越大的宗教需要的满足。以佛教为例，小乘的修习方式专靠人努力，要累世修行才能得到解脱。到了大乘阶段，修习方式逐渐简化，不但人人皆能成佛，而且只需膜拜或诵佛号，就能达到目的，不妨碍人类的物质生产活动。到了后来，在渐悟的基础上又出现了顿悟，“放下屠刀，立地成佛”，天国的入门券便宜到无以复加了。顿悟的形成是在中国，关键人物是慧能，关键经典则是《六祖坛经》，全书宗旨是“顿悟见性，一念悟时，众生是佛”。

17.《梅特利亚》（附英译本）

这原是《吐火罗文 A（焉耆文）〈弥勒会见记剧本〉译释》那一部专著中的一章。因为觉得可以抽出来单独发表，便是现在这一篇论文。

在人们的日常用语中，常说“大肚子的弥勒佛”。在每一个佛教寺院中，他的塑像几乎都是不可缺少的。在汉译的佛典中，有两种译法，一个是“弥勒”，一个是“梅呾利耶”。“弥勒”的原文不是梵文，而是吐火罗文 A（焉耆文）。在吐火罗文 B（龟兹文）中是 Maitrāk，同时 A 和 B 都保留了梵文原文的形式，A 作 Maitreya，B 作 Maitreyee。德国学者 Andreas 说，在吐鲁番发现的中古波斯文残卷中，也有 Metrak 这个形式。至于“梅呾利耶”，则是梵文 Maitreya（巴利文 Metteya）的音译。

关键问题是 Metrak 和 Maitreya 的关系。前者是出自后者吗?研究这个问题的学者几乎都有这样的看法。他们想方设法来解释，为什么 Maitreya 能够变成 Metrak。细节请参阅我的论文，这里不详细叙述。

这些学者都能持之有故，言之成理，我不敢说他们都不正确。但是，我还是提出了我自己的一个解释方法。Sieg，Siegling 和 Schulze 的《吐火罗文语法》中谈到，词尾 - ik 加到什么字上，就变成了什么“者”，比如 A kākmart，意思是“威严”，加上语尾 - ik，变成了 kākmartik，意思就成了“威严者”，“具有威严的人”。这类的例子颇多，不再列举。我想，梵文 Maitreya，巴利文 Metteya，出自 Maitrī 这个字，意思是“慈悲”，所以“弥勒”的意译是“慈氏”。如果 Maitrī 后面加上语尾 - ik，变成 Metrak，这是完全可能的。

在这篇论文的后一半，我谈了一个问题：为什么在汉译佛典中，“弥勒”这个词出现得早于“梅呾利耶”以及与之类似的译法？我顺便说一句：“慈氏”这个意译的词出现得也很早，同“弥勒”差不多，次数略少于“弥勒”。其所以出现这种情况，原因并不复杂。印度佛典最初传入中国，不是直接的，而是通过古代中亚，包括今天中国的新疆的一些民族的媒介。这些民族的语言，我们今天已经知道一些，但还并不是全部清楚。吐火罗文 A 和 B 就是比较清楚的语言。最初汉译佛典中有许多词，比如“佛”等，就是通过吐火罗文译为汉文的。“弥勒”也属于这个范畴。这种情况，到了后来，连极有学问、梵汉兼通的高僧如唐朝的玄奘等，都已不甚了了。动辄以“讹也”来解释。其实哪里来的什么“讹”？不过来源不同而已。

18.《〈异文化的使者——外来词〉序》

这只是一篇序，并非专门的论文。在这里，我仍然重弹老调：文化交流是促进人类社会进步的主要动力之一。我们甚至可以说，没有文化交流，人类就没有进步，就没有今天世界上这样繁荣兴旺的景象。文化交流表现的形式很多，外来词在其中占一个重要的地位。外来词可以分为两大类：一类代表精神方面的，抽象的东西；一类代表物质方面的，具体的东西。佛、菩萨、耶稣教等属于前者；沙发、咖啡等属于后者。一部分外来词保留原来的音，上面这些例子都是。一部分则先音译，后改意译，比如电话，原译名为德律风。什么字保留原音？什么字改变？决定者是人民群众，所谓“约定俗成”。至于其中的标准或规律，我们研究得还很不够。

19.《说“嚏喷”》

打嚏喷（或喷嚏）是每个人都经常有的动作，是微不足道的。

然而古人和今人都似乎认为是不吉祥的。我年轻的时候，稍有点古风的人，见到小孩打喷嚏，便立刻说："长命百岁！"以祓除这个不祥。古代有专门讲打喷嚏的书。最初我没有想到，这竟是流行全世界的一种迷信。德国人听到小孩打喷嚏，立即说："健康！"英国人亦有此习。后读清魏源《海国图志》，见南部非洲，国王一打喷嚏，举朝举国皆同声应诺。又读佛经，见如来佛一打喷嚏，群僧皆言："长寿！"佛徒对喷嚏还有一些别的解释。打喷嚏这一件小事，竟然在古今中外都引起了重视。我个人认为，这不是各个地方单独发明的，而是流传的。对研究民俗学者来说，这是很有意义的。

20.《中国知识分子的爱国传统》

在中国，传统文化与爱国主义是密切相联的，因为爱国主义是传统文化的重要组成部分。我常说，中国知识分子（当然其他人也一样）是世界上最爱国的最好的知识分子。我这话是有充分根据的。存在决定意识，中国的历史存在决定了中国知识分子必定爱国。中国古代以汉民族为主的政权和国家自先秦起始终受到外部势力的威胁，如汉代的匈奴，唐代的突厥，宋代的辽金，近代则有西方帝国主义。有人说，匈奴等等的后裔现在已经成了中华民族的一部分，这是事实。但在当时却是威胁汉民族政权和国家的势力。我们不能把古代史近代化。如果这些人的说法能成立的话，则中国历史上就没有一个爱国者了。岳飞、文天祥等也只能算是内战的牺牲者，这岂不是荒唐透顶吗？

21.《再谈"浮屠"与"佛"》

我个人觉得这是一篇相当重要的论文，是上面介绍过的几十年前写的《浮屠与佛》那篇论文的续篇。

产生于尼泊尔和印度的佛教传入中国，是中国历史上以及中外文化交流史上的一件大事。我的第一篇论文是企图解决这个问题的一个尝试。从五十年后的今天来看，我当年的构思和解决方式都是正确的。只有汉文“佛”字是浊音而吐火罗文 pät 与 pud 是清音二者难以相容，当时认为是个大难题，及今视之，不过是庸人自扰而已。

我有一个习惯，也许可以说是一个好习惯吧，我一旦抓住一个学术问题就终生不忘。佛经梵语中 - aṃ > u，o 的现象，不定过去词的问题等等，都是例证。“浮屠”与“佛”也算是一个。我在上面说到 pät、pud 是清音而“佛”字是浊音，我认为是个难题。虽经周祖谟先生勉强解决，但我总是耿耿于怀。四十多年后，我终于找到了正确的而不是勉强的解决办法，所以就写了这一篇论文，而且单刀直入，就从解决那个难题开始。

下面对这一篇论文的内容加以简要叙述：

一、“佛”字对音的来源

在 1947 年的那一篇论文中，我被清音与浊音纠缠住，脱不了身。实际上，当时我眼前就有一个回鹘文的 but，是浊音，我却似乎视而不见。可见我当时掌握的材料确实有限。我顺便说一句，当时有关这个问题的材料，世界学术界掌握的也不多。四十多年以后，我写《再谈“浮屠”与“佛”》时，材料已经大大地增多。我现在抄一个表在下面：

大夏文	buddha 变为 bodo，boddo
拜火教经典的中古波斯文（巴列维文）	buddha 变为 bwt

摩尼教安息文	buddha 变为 bwt/but/
摩尼教粟特文	buddha 变为 bwty，pwtyy
佛教粟特文	buddha 变为 pwt
达利文	buddha 变为 bot

这个表一目了然。这些文字大致可以分为两系：一系是大夏文，梵文 buddha 在这里仍保留两个音节，这就是汉文“浮屠”二字的来源。一系基本上只有一个音节，这就是汉文“佛”字的来源。这一系的字几乎都是浊音，只有佛教粟特文 pwt 是清音。但是，根据 H. W. Bailey 的解释，这也不成问题。

四十多年前的一个问题，四十多年后终于圆满地解决了。

二、从“浮屠”与“佛”的关系推测佛教传入中国的途径和时间

在这一节中，我主要分析了《四十二章经》。

解决了清音和浊音问题之后，我就进一步去探讨佛教传入中国的途径和时间。我在 1947 年的论文中曾对这个问题提出了自己的看法。值得欣慰的是，那些看法，除了说佛教是直接从印度传来中国这一点以外，其余的都经受住了四十多年的考验，证明都是正确的。

经我反复考虑，我认为，关键是《四十二章经》。我于是就集中精力探讨与此书有关的问题。

（一）《四十二章经》与大月支　《四十二章经》的真伪是有争论的。梁启超疑其为伪，汤用彤信其为真。汤先生还认为，此经有两个译本，又认为，佛教入华当在永平之前，而永平求法的传说是可信的。汉明帝派使者到大月支求浮屠经时，大月支民经

迁徙到了大夏。此时大月支早已皈依了佛教。

（二）《四十二章经》原本语言　《四十二章经》原本是什么语言写成的呢？我在 1947 年的那篇文章中只说是中亚一种俗语，因为当时资料不够，谁也说不明白。到了今天新的资料发现多了，对于这个问题能够进一步说点比较肯定的话了。详细考证，请参阅原文。我在这里只把我的结论写出来，我的结论是：汉使者在大夏翻译的《四十二章经》原文是大夏文。

（三）支谦等译经的语言问题　《四十二章经》的语言既已推定，连带提出来的是后汉、三国时期最早的译经大师所译佛典的原来的语言问题。支谦、安世高等所译佛典原来的语言是什么呢？

我从梁《高僧传》中找到了一些资料，经我加以分析考证，我认为，支谦等译经所据原本，语言不是梵文，而是中亚新疆一带的吐火罗文或伊朗语系的语言。

（四）几点想法　下列几点想法，实际上就是我这一篇论文的暂时的结论。

（1）1947 年文章中提出的佛教直接从印度传入中国的论点不能成立了。但是我设想的佛教传入两阶段说仍然能够维持。我用公式来表示：

①印度→大夏（大月支）→中国

buddha→bodo，boddo，boudo→浮屠

②印度→中亚新疆小国→中国

buddha→but→佛

这两个阶段都不是直接的。

（2）我这篇论文解决了印度佛教传入中国的两个大问题：时间和途径。不敢说这就是定论，我只相信，虽不中，不远矣。

22.《敦煌吐鲁番文书研究笔谈》

这是极短的一篇文章，主要讲1988年我曾说过两句话："敦煌吐鲁番在中国，敦煌吐鲁番学在世界。"当时受到在座者的赞赏，后来又得到了事实的证明。学术乃天下之公器，各国学者间应广通声气，同声相求。

23.《吐火罗文和回鹘文〈弥勒会见记〉性质浅议》

我先列举了德国出版的三本关于《弥勒会见记》的著作。此书的吐火罗文A本和回鹘文本在新疆多次发现。1974年冬季在焉耆县七个星千佛洞又发现吐火罗文A本四十四张，八十八页。这些残卷经我解读，已译为英文（1998年在德出版）。我就本书的性质解答了下列几个问题：

一、是创作呢？还是翻译？

不是创作，也不全是翻译，而是编译。

二、内容是什么？

是一部佛典，基本上是小乘的；但已有大乘思想的萌芽。

三、体裁是什么？

这是本文探索的重点。

本书在形式上同印度古代的故事集，比如《五卷书》之类，没有差别。但是吐火罗文A本自称为"戏剧"，文中间或有戏剧术语。回鹘文本没有这一些，却在每章前标出场地名。所有这一切都说明本书是一个剧本，但是，这种剧本同我们所熟悉的西方和中国的剧本是不同的。W. Winter认为，吐火罗文剧本包括叙述和表演两部分。一个讲故事者和一个表演者互相配合。A. von Gabain 说，回鹘文本是为了朗诵用的。Victor H. Mair 讲到了看图朗诵的办法。H. Lüders 认为，śaubhika 的意思是“解释者”，是玩皮影戏的人，是朗诵者。朗诵和表演结合了起来，就形成了印度的戏剧。中国西藏有一个民间剧种，根据图画来说唱佛教故事，有点像内地的“玩洋片的”。Winter 等人都讲到，吐火罗文剧本与西藏剧有类似之处。最后，我还指出了一点：新疆这地方偏爱戏剧。

1990 年

本年共写各类文章三十七篇，出版论文集《佛教与中印文化交流》。可以算做学术论文的共有二十六篇。下面分别加以介绍：

1. 《新疆古代民族语言中语尾－aṃ > u 的现象》

我在上面曾说到，我有一个抓住问题不放的习惯。这一篇论文又是一个证明。1944 年我在德国用德文写过一篇同样内容的论文，刊登在哥廷根科学院集刊上，曾遭到一些学者的非议；可是他们又打自己的嘴巴，承认了我的结论。这种学者真令人哭笑不得。从那以后，我又找到了大量的证据，证明我的结论是无法动摇的。我于是就在相距将近五十年以后，写成了这一篇论文。

在这篇论文的前半部分，我列举了几位反对我的结论的外国学者：比利时的 Étiennc Lamotte，德国的 Heinz Bechert 和美国的 Franklin Edgerton。对于最后一位，我在 1958 年所写的《再论原始佛教的语言问题》中和 1984 年所写的《中世印度雅利安语二题》中已经进行了反驳。现在，既然又谈到这个问题，难免旧事重提，把 Edgerton 所著的 Grammar 中的有关章节重新翻腾出来，一一加以论断。只有一点，我到现在还不明白：Edgerton 最后既然承认了在 -aṃ > o，u 的语法现象上我是对的，为什么又不把自己在上面那一些反对的话删掉了呢？这不等于自己吐出来的唾沫自己又舔进嘴里去了吗？

闲言少叙，书归正传。我写过了上述几篇论文以后，仍然随时留心 -aṃ > o，u 的现象。1988 年我在给蒋忠新用拉丁字母转写的梵文本《妙法莲华经》所写的序中，也列举了此经中出现的 -aṃ > o，u 的例子，证明了 Bechert 所说的《法华经》中无此音变现象的错误。后来，我又在 Ronald E. Emmerick 所著的《于阗文与图木舒克文》一文中发现了不少 -aṃ > u 的现象，我们才知道，-aṃ > o，u 的现象决不仅仅限于印度古代西北方言；在于阗文和图木舒克文中，这个现象同样存在，而且覆盖率极大，从名词、代名词，一直到数词、动词等都有。在印度雅利安语和伊朗语二者的古代语言中，都没有这样的音变现象，可见这现象是晚出的，而且出现的时间基本相同。从地域上来看，这个音变现象都发生在从印度西北部直至中国新疆的广大地区。总之，我的结论同将近半个世纪以前完全一样：-aṃ，-aṃ > o，u 是音变，既不存在变格问题，也不存在变性问题。至于一些学者坚持抓住不放的 m. c.（由于韵律的关系）的理论，拿来应用到于阗文和图木舒克文上，简直是荒唐可笑了。

2.《广通声气博采众长》——《走向世界文学的桥梁》序

这是给山东学者刘波主编的《走向世界文学的桥梁》一书所写的序。内容主要谈当今中国比较文学界的喜与忧。喜，因为参加的人多起来了。忧，因为发表的文章肤浅者多，而深刻有见地者少。救之之方是广通声气，努力学习。

3.《〈抗倭演义（壬辰录）研究〉序》

中、日、朝、韩立国于东亚大陆垂数千年，其间关系有友好的一面，也有磕磕碰碰的一面，《壬辰录》讲的就是后者。日本侵朝不止这一次。我认为，到了今天，我们四国人民在正视历史的同时，更应该向前看，看到我们共同的未来。我们都应该继承我们历史上文化交流的好传统，在目前形势下继续交流文化，互通有无，睦邻友好，和平共处。

4.《读日本弘法大师〈文镜秘府论〉有感》

我从日本弘法大师的《文镜秘府论》中悟到了现在的《中国文学史》论诗歌的偏颇。诗歌必讲韵律，韵律就与音乐接近。近代西方的一些诗人主张诗歌音乐化。中国“齐梁文学”的“永明体”也有类似的主张。他们想使诗歌“八音协畅”，听起来铿锵有致，能增强诗歌的感人性。当然，他们并不是主张把诗歌写成乐谱。这是不可能的，也是没有必要的。

5.《〈世界名诗鉴赏辞典〉序》

这一部辞典选的不是一般的诗，而是名诗。汉译文又大部分选的是名译。真可谓珠联璧合。我认为，这样做，至少可以达到两个目的：一个是可供欣赏，能够给不通外文的读者以美的享受。另一个是可供借鉴，意思就是为中国的新诗作者提供参考，使他们在创作中能够吸纳新鲜的营养。近年来在中国外国文学的译本并不走俏，独诗歌翻译为例外。其中原因，我曾百思不解，最终豁然开朗。我想到中国古人所说的“诗无达诂”，是非常有道理的。诗，不但指中国诗，也指外国诗。“无达诂”，意思就是理解因人而异。这不有点迷离模糊吗？然而妙就妙在这个“迷离模糊”上，它能增加美感。

6.《对开好中国比较文学会第三届年会的两点意见》

我的两点意见是：一、提高学术研究水平。我认为，近几年来，我国比较文学有了长足的进步。但是，认真钻研、艰苦努力还不够，好文章不多。不要把比较文学看得太容易，把它看得难一点，更有好处。二、加强团结。比较文学的摊子铺大了，重要的问题就是要团结，不要讲位置分配学、座次学等等。领导班子要年轻化，年老的该退就退。

7.《谈中外文化交流》

这是一篇座谈会上的发言稿。大意是：在文化交流方面，东、西各有自己的“拿来主义”，我们拿来西方文化中优秀的东西，同时又继承发扬我们自己的优良的文化传统。不但西方物质的东西我们要学，精神方面的好东西我们也要学。过去，我们从印度拿来了佛教，经过我们的改造，创造了禅宗，至今在世界上还有影响。我反对“全盘西化”论，因为，事实上办不到，理论上讲不通。崇洋与排外，都是不对的。亚洲“四小龙”的经济腾飞，可能都与中国儒家思想有关。在现代化的进程中，儒家思想可能有所作为。我们不能守株待兔，坐等西方人来拿我们的好东西，我们也可以主动送去。这里指的当然不是领土等，而是文化。

8.《比较文学之我见》

这篇短文谈的是我对所谓“比较文学危机”的看法。比较文学确有“危机”，外国的我不讲，只讲中国的。原因我认为是有人把比较文学看得太容易。这一点我在上面已经谈过。我在这里引了六七十年前陈寅恪先生的一段话：“盖此种比较研究方法，必须具有历史演变及系统异同之观念。否则古今中外，人天龙鬼，无一不可以相与比较。荷马可比屈原，孔子可比歌德，穿凿附会，怪诞百出，莫可追诘，更无所谓研究之可言矣。”真是一针见血之言。

9.《玄奘〈大唐西域记〉中“四十七言”问题》

玄奘《大唐西域记》的《校注》问世以后，颇得国内外专家们的好评。但是注中仍有错误，原文“详其文字，梵天所制，原始垂则，四十七言”，关于“四十七言”的注就是一个例子。注者把梵文现有的四十七个字母——元音十四个，辅音三十三个——写在注中，数目相符，焉得有讹？外国注者也犯了同样的错误而不自觉。但是，实际上，这是不正确的。经我后来的探讨，“四十七言”应该是：

元音十二个：a ā i ī u ū e ai o au aṃ aḥ

辅音三十五个：

喉音 k kh g gh ṅ

颚音 c ch j jh ñ

舌（顶）音 ṭ ṭha ḍ ḍha ṇ

齿音 t th d dh n

唇音 p ph b bh m

遍口音（超声）十个：

y r l v ś ṣ s h llaṃ kṣa

详情请参阅原文。

10.《〈菩萨与金刚〉——泰戈尔散文之我见》

我认为，中国加入世界文学行列，自五四运动前夕鲁迅的《狂人日记》始。从那以后，介绍外国文学之风大煽。最初介绍最多的莫过于印度的泰戈尔。泰戈尔既是一个伟大的文学家，又是一个伟大的哲学家；他融哲理于文学创作之中，形成了自己独特的风格。他虽然生长在一个富于幻想的民族中，他的文学创作也继承了这个传统；但是他终其一生并没有把自己关在一个象牙之塔中，而是关心国内外大事，是一个真诚的爱国主义者和国际主义者。他毕生同情中国，当日寇侵华时，他拍案而起，写出了义愤填膺的诗篇，鞭挞日本军国主义分子。他同情弱小者，歌唱世界大同。所以我说，泰戈尔无论是做人，还是为文，都表现出既是慈目菩萨，又是怒目金刚。

11.《对于X与Y这种比较模式的几点意见》

既然是谈比较文学，当然要比较，这是天经地义，未可厚非。但是，有的人比较得太滥，几乎达到了“无限可比性”的程度。这种“拉郎配”式的比较，多半肤浅，比了等于没有比，这无助于比较文学的发展，只能形成比较文学的“危机”。要作比较研究，必须更加刻苦钻研，更加深入到中西文学的深层，剖析入微，触类旁通，才能发前人未发之覆，得出令人信服的结论。我曾多次劝告年轻的比较文学者们，要把比较文学看得难一点，更难一点，越看得难，收获就越大。

12.《祝贺〈学林〉创刊四百期》

“学林”是上海《文汇报》的一个副刊。我长期是《文汇报》

的忠实的读者，“学林”我当然是经常读的。1991 年 1 月 6 日，“学林”第 400 期出刊，上面有许多学者的祝词，我的祝词也滥竽其中。但这篇短文是 1990 年写的，所以列入此年。文中表达了我对一种报纸特点表现在何处的意见。我认为是表现在地方新闻和副刊上，因为政治和经济新闻，每张报纸都必须刊登的，无从见其特点。我觉得，“学林”的风格清新庄重。

13.《从中国文化特点谈王国维之死》

关于王国维自沉的原因，有不同的说法。他自己说是“义无再辱”，陈寅恪先生则说与文化衰落有关。我多年不能理解寅恪先生这个观点。后来我读了许多学者关于中国文化特点的论著，他们大都认为中国文化重点在讲人，是人文主义精神。我恍然若有所得。陈先生说中国文化的精神是三纲六纪，君臣关系是三纲之一，这样一来，王先生自沉的原因就很容易同中国文化挂上钩了。

14.《〈达·伽马以前中亚和东亚的基督教〉汉译本序》(《达·伽马以前中亚和东亚的基督教》林悟殊编译)

在这一篇“序言”中，我首先表明了我对中德这两位同行学者（原作者及编译者）间合作的欣慰。接着我就说明了我的一些想法。首先是我认为：没有文化交流，人类文化就不会有进步，而宗教传播，也是文化交流中的重要部分。中国历史上几个大的外国宗教的传入，都能够说明这个问题。其次我想到：中亚及中国新疆是人类历史上几大文明体系和几大宗教大规模地汇流的惟一的一个地方。但是探讨这个问题并不容易，除了考古田野工作外，还要有大量的历史资料。后者只有中国可以提供，因此，必须有中西合作，才能取得令人满意的成绩。

15.《一点希望》——庆祝《文艺理论研究》创刊十周年

世界上古今文艺理论能自成体系者共有四家：中国、印度、古希腊、近代欧美。四者间有同有异，而同大于异，其间颇多相通之处。时至今日，我们要想研究中国古代文论，提高研究水平，必须兼通四者。有比较才能有鉴别，有鉴别才能深入探讨，而水平即在其中矣。

羡林按：这是我几年前的看法。到了今年，1997年，我的看法有了改变，后面再谈。

16.《〈丝绸之路贸易史研究〉序》（《丝绸之路贸易史研究》李明伟等著）

横亘欧亚大陆的丝绸之路，是历史长河中东西文化交流的大动脉。如果没有这样一条大动脉，今天欧亚许多国家，包括中国在内的发展会是什么样子，简直无法想像。我在很多文章中都讲到，世界上有四大文化体系，这四个体系的文化汇流地只有一个，这就是中国的新疆及其毗邻的国外一些地区。对丝绸之路的研究，虽然我们古代史籍中对这个地域的政治、经济、文化、宗教等的记述特详，却是起步较晚的，晚于欧、美、日的一些学者。最近几十年来，我们急起直追。这一部《丝绸之路贸易史研究》就是成果之一。在某些方面，我们取得了成绩。但总起来看，还必须努力。

17.《〈东方趣事佳话集〉序》（《东方趣事佳话集》薛克翘主编）

文化交流是促进人类社会进步的动力之一。但是，学习西方，也必须看东方。看东方，至少有两种看法，一个是在学术上深入探讨，这可以说是阳春白雪。但是，光有阳春白雪还是不够的，还必须有下里巴人。把东方的趣事佳话搜集起来，编纂成书，供广大读者阅读，从中学习一些有用的东西。这二者如鸟之两翼，缺一不可。

18.《〈世界华侨华人词典〉序》（《世界华侨华人词典》周南京主编）

我在这篇序中谈到，文化交流是促进人类社会发展的重要因素，而专就中国同外国而论，华侨和华人又是促进中外文化交流的重要因素。中国华侨史是一部触目惊心的伤心史。在旧社会，我们国内灾患频仍，民不聊生，中国劳动人民，特别是闽、粤等沿海省份的劳苦大众，被迫背乡离井，飘洋过海，到达美洲诸国、南洋群岛诸国，以及欧、亚、非一些国家，为西方的新兴的资本主义的原始积累，流汗流血，有的甚至过着奴隶般的生活。这就是华侨的来源。但同时他们也把中华文化传向四方。到了今天，祖国强大了，华侨的地位在当地也相应地改变了。这就是华侨最爱国的原因。

19.《论〈儿郎伟〉》（《庆祝饶宗颐教授七十五岁论文集》）

“儿郎伟”，敦煌卷子中有一些以此为名的歌辞，唐代和宋代一些作家作品中也有这种歌辞。这三个字究竟是什么意思呢？中外研究者意见有点差异，但是倾向有意义者多，换句话说，认为“儿郎”就是“年轻人”。我个人不同意这种看法，认为“儿郎”只是音，而没有意义。我找了很多例子，处于“儿郎伟”地位的三个和声字，第二个字，同“郎”字一样都是来母字。

20.《〈吐鲁番研究专辑〉序》

“吐鲁番学”是指研究新疆地区甚至新疆以外一些地区的文化

的学问，冠之以“吐鲁番”，只能算是一个代表。陈寅恪先生说，“敦煌学”是中国一部“伤心史”。“吐鲁番学”也一样。意思是说，这一门学问最初中国学者几乎没有任何发言权；外国学者则喧宾夺主，此所谓“伤心”也。但是，最近十几年以来，情况有了翻天覆地的变化。在这个研究范围内，中国的老、中、青三代学者都茁壮成长起来了，过去不能做的工作，现在能做了。汉、维两族都有了自己的“吐鲁番学”的学者，我们真可以扬眉吐气了。这个势头真如旭日东升，方兴未艾。

21. 《〈印度古代文学史〉前言》（《印度古代文学史》季羡林主编）

这是一篇简短的前言，主要说明：这一部书是协作的产物。原来想写的是一部《印度文学史》，我们共同协作，用了几年的时间。等到最后集稿时，负责近现代部分的作者忽然临阵脱逃，置我们于尴尬情况之中，临时决定改名为《印度古代文学史》，及时问世。

“前言”中发了一点牢骚，说一股欧洲中心论的邪气弥漫中国社会，外国文学界亦然。有的人总瞧不起东方文学，包括印度文学在内。这种推崇西洋的歪风，至今未息。

22. 《二十一世纪：东西文化的转折点》

一个世纪末并不一定意味着人类社会发展的一个转折点。但是，十九世纪和二十世纪的世纪末却确有这个意味。英国史学家汤因比主张，每一个文明（文化）都有一个诞生、成长、兴盛、衰微、灭亡的过程，哪一个文明也不能永垂不朽。专就东、西文化而论，我主张“三十年河东，三十年河西”。现在，辉煌了二三百年的西方文化已经是强弩之末，它产生的弊端贻害全球，并将影响人类的生存前途。西方有识之士也看到了这一点。因此，我就提出了一个大胆的假设，现在这个世纪末可能就是由西向东的转折点。

23.《〈比较文学与民间文学〉自序》（《比较文学与民间文学》季羡林著）

这一项实际上包括两篇“自序”。第二篇写于 1986 年，是给中国民间文艺出版社写的，它本来准备出版这一部书，后来由于众所周知的原因，把稿子压了几年，书终于没出成。北京大学出版社慨然毅然接受了出版的工作。第一篇“自序”就是给北京大学出版社写的。这一部书终于出来了。

在第二篇“自序”里，我讲了在比较文学研究中，我赞成影响研究，而不欣赏平行研究。因为前者摸得着看得见，而后者则往往玄乎其玄，有时候甚至捕风捉影，胡说一通，让赞成者无从赞成，反对者无法反对。我对“义理”一类的东西是敬鬼神而远之。

第一篇“自序”则说明了我为什么把第二篇“自序”原封不动保留下来的原因。我在上面一节中介绍的我的观点，即使再写一篇新序，也不会改变，索性把原序保留下来，免得麻烦。我在这一篇新序中，还感谢了帮我编选这一部分的，我的几十年的老助手李铮先生。最后发表了一点感慨，说自己成了陶渊明的信徒。

24.《梵语佛典及汉译佛典中四流音ṛ ṝ ḷ ḹ问题》

这是一篇异常重要的论文，也是我生平写的文章中自己比较满意的一篇。

研究印度佛教史、中国佛教史、朝鲜和日本佛教史，特别是佛教密宗、悉昙都是必须认真探讨的课题。我们中国学者过去注意不够。我偶尔注意到了这个问题，发生了极大的兴趣，立下宏愿大誓，要想写一本专著。但是，从我的年龄和精力来看，这个愿望是难以实现了。结果只写成了现在这一篇论文。

我先把本文内容目次写在下面：

我在这里首先要声明，“目次”中的“五、所谓中天音旨”，暂时不见于此文中。因为时间紧迫，而这一章又异常难写，所以我临时抽掉。过了几年以后，我又重整旗鼓，写了一篇《所谓中天音旨》，作为独立的论文发表了，其实是应该归入这一篇论文的。

现在想要介绍这一篇论文的内容，感到有极大的困难。一则所谈问题过于专门，过于冷僻，论证过于琐细，过于周折。二则对于对此问题没有颇精湛研究的学者必如丈二和尚摸不着头脑，岂非大煞风景吗？想了半天，想出了一个取巧的办法，只介绍“一、问题的提出”和“六、关键所在”，其余一概省略。我还是希望有兴趣的学者们能够耐下心来，把原文读一遍。下面先介绍“一、问题的提出”。

最初的原因是，我读唐慧琳《一切经音义》卷二十五《大般涅槃经》注中关于悉昙章的一段话，对悉昙产生了兴趣，特别是其中关于四流音的叙述，与我平常的理解不同，这更引起了我的好奇心，想探讨一番。后来又收到了俞敏先生的著作《俞敏语言学论文集》和饶宗颐先生的《悉昙学绪论中印文化关系史论集·语文篇》二书，读后甚有收益。其后又读了荷兰学者高罗佩（R. H. Van Gulik）的著作 Siddham 和日本学者马渊和夫的《日本韵学史の研究》等等著作，又有所收获。我的主要精力还是放在阅读日本古代僧人关于悉昙的著作上。经过长期阅读和考虑，我逐渐发现，ṛ ṝ ḷ ḹ 这四个流音元音在梵文字母中有特殊地位和意义，在梵文佛典中是如此，在汉译佛典中也是如此。根据我的看法，四流音元音涉及印度语言史、印度佛教史、小乘与大乘的矛盾、梵文同俗语的矛盾，等等。因此，我决定先专门写一论文谈谈四流音问题。

我在上面已经说到，我无法全面介绍此文。介绍完了“问题的提出”以后，二、三、四这三章都不介绍，都请有兴趣者自己去看。现在接着介绍“六、关键所在”。

（一）四字的特殊性　这四个流音元音同其他字母是不一样的。《悉昙藏》中讲了一个故事：一个外道（婆罗门）教一个国王学梵文，“以王舌强，故令王诵此字”。别的书中也有类似记载。这四个字是童蒙所不习学，“世所稀用”。

（二）语言矛盾　佛祖释迦牟尼是反婆罗门教的，从而也反对使用它的语言梵文。他游行说教使用的是一种或多种俗语。后来时移势迁，俗语不得不逐渐梵文化起来，到了古典大乘，就全部使用梵文了。可列一个公式：

俗语→梵文化的混合梵语→梵语。

佛教的对立面婆罗门教一直使用梵文。政府部门有一个阶段也使用梵语。后来俗语又抬头。到了公元后笈多王朝时期又来了一个“梵文复兴”。也可列一个公式：

梵语→俗语→梵语。

（三）慧琳和昙无谶的矛盾　根据我的考证，二人的矛盾是三重性的：沙门与婆罗门的矛盾，大乘与小乘的矛盾，俗语与梵语的矛盾。

到了慧琳时代，印度佛教的经堂语是梵语。慧琳自认为是站在大乘立场上的；但他不理解佛典语言的发展规律，也不理解佛祖释迦牟尼的“语言政策”，矛盾因此而产生。如果不了解这个背景，则无法理解，慧琳何以对一个看似微不足道的问题竟然大动肝火，高呼：“哀哉！已经三百八十余年，竟无一人能正此失！”

介绍完了，我再重复一遍：四流音问题极为复杂，牵涉的面极广，我不可能详细介绍。只好让读者好似碰到神龙，见首不见尾了。

25.《再谈东方文化》(《续补》)

这一篇论东方文化的文章，没有什么新观点，仍然是我那一套“三十年河东，三十年河西”，西方分析，东方综合的所谓“理论”。如果有点新东西的话，那就是我引用了金吾伦《物质可分性新论》。他主张物质不是无限可分的。我又引用了周文斌介绍西方一门新兴科学“浑沌论”时写的一段话。我觉得，“浑沌论”的思想带有东方综合的色彩。

26.《〈纪念陈寅恪先生百年诞辰学术论文集〉序》

这是一篇很长、很重要的文章，其中阐述了我对寅恪先生比较全面的了解。简要内容如下：一、“预流”问题；二、继承和发扬乾嘉考证学的精神，吸收德国考证学的新方法；三、为中国文化所化之人：(一) 中国文化的内涵，(二) 外来文化与本土文化，(三) 文化与气节；四、爱国主义问题。从这些简单的标题上也可以看出我对寅恪先生全面的看法。总之，我认为寅恪先生是一位有坚实的中国文化的基础，又深通西方文化的精神，能“预流”，有强烈的爱国主义，有气节的为中国文化所化的一代宗师。在学术研究上，多发前人未发之覆，开辟新天地。

1991 年

本年共写各类文章二十四篇，其中可称为学术论文的有十四篇。

1. Translation from the Tocharian Maitreyasamiti-nāṭaka One Leaf (76 YQ 1.30) of the Xinjiang Museum Version（刊于《塚本户祥教授还历纪念论文集》中）

这是一篇吐火罗文A（焉耆文）《弥勒会见记剧本》一张两页的译释。这样的文章过去已经写过一些，用不着再加以解释。这一篇是用英文写成，在国外发表的。

2.《〈中国古典文学在国外〉序》

我一向主张，文化交流是促进人类进步的重要条件之一，文学方面的交流当然也包括在里面。在这方面我们曾做过一些有益的工作，但是，我总觉得，工作中有极大的偏颇之处。说明白了就是：研究外国文学影响中国者多，而研究中国文学影响外国者少。这不利于真正的文化交流，也不利于外国人，特别是文学家或文学研究者对中国文学的了解。它会给外国老百姓提供不真实的信息，助长他们的“自大狂”。对中国老百姓来说，则容易助长我们的自卑心理，二者都是有害无益的。宋柏年教授长期从事中国古典文学的研究，卓有建树。他又长期从事中国文学对外国文学的影响的研究。其成绩就表现在《中国古典文学在国外》这一部书中。这样一部书纠正了我上面提到的外国文学研究中的偏颇，值得重视。

3.《〈北大亚太研究〉序言》

亚洲太平洋地区是世界上关键地区之一，从各方面来看，都是如此。世界上四个大的、独立的、历史悠久的、影响广被的文化体系，都与亚太地区有关。因此研究这个地区的政治、经济、文化等，有特别重要的意义。北京大学的亚非研究所，在全国高校中，是设备比较齐全、研究队伍比较能成龙配套、课程开设比较完备的研究机构。过去在培养学生方面、在研究成果方面，都有比较大的成绩和贡献。一年多以前北京大学成立了亚洲太平洋地区研究中心，承担起协调全校各有关系、所的工作，统筹安排，已做出了一些成绩。在校外，我们应当团结各有关院校的教学和研究机构，取长补短，互通有无，交换信息与资料，共同前进。我们既前瞻，又回顾，全国一盘棋。在这个基础上，再同世界各国的同行们团结协作，必能取得更大成绩。

4.《〈神州文化集成〉总序》

为了把“弘扬中华民族优秀文化，发扬爱国主义”这个口号化为行动，中国文化书院的同仁们和一位企业家联合，推出了一套《神州文化集成》。这一篇论文就是我的总序。

论文虽长，但提出来的新论点却不多，多一半都是我以前讲过的。我说，观察中国文化应当有“上下五千年，纵横十万里”的精神，不能只就中国论中国，只就眼前论中国。这样做，有如瞎子摸象，摸不到全貌。

紧接着，我谈了世界上四个文化体系，归纳起来，又只有东、西两大文化体系。东、西之差，关键在于思维方式：东主综合，而西主分析。综合主要是有整体概念和普遍联系的概念。这在医学上表现最为鲜明。西方是“头痛治头，脚痛治脚”，而中医则往往是头痛从脚上去治。这种情况也表现在语言上、表现在绘画上。这一篇“总序”的内容大体上就是这样。

5.《〈文学解读与美的再创造〉序》

古今中外的文艺理论书籍，我都读过一些。二十世纪三十年代初，我在清华大学听朱光潜先生的“文艺心理学”，获益良多。后来由于治学方向转变，没有继续研读下去。今天再读介绍西方最新文艺理论的书，就如读天书一般。在当代西方文艺理论派别中，德国的接受美学寿命较长。龙协涛这一部书介绍的就是接受美学。

6.《〈一七八三年孟加拉的农民起义〉序》

印度是一个缺乏历史著作的国家，对于农民起义也不重视，到了现代才有研究者，这一部书就是一个例证。

7.《“高于自然”和“咏物言志”——东西方思想家对某些名画评论的分歧》

这一篇文章虽不长，却很重要。我讲的是中、西的两幅画。西方的是荷兰大画家吕邦斯的一幅风景人物画：阳光从对面的方向照射过来，但是一丛树的影子却投向看画者的对立的那一边去。这是违反自然的；但是人们却发觉不出来。歌德说这是“高于自然”。中国的一幅画是唐王维的“雪中芭蕉”；雪与芭蕉不能并存，这也是违反自然的。陈允吉教授的解释是“咏物言志”。中、西的解释的角度是不同的。

8.《在“孙子兵法与企业经营管理国际研讨会”上的讲话》

这是一篇即席讲话，虽然很长，但却没有什么新意见。我讲了四个问题：一、东方文化与西方文化；二、东方文化和西方文化的思想基础；三、文化是不是能够永存？四、孙子兵法与企业管理以及现代战争。

9.《〈中国女书集成〉序》

我对中国女书毫无通解，但是为本书编者赵丽明博士苦干和冒险的精神所感动，所以才写了这一篇序。虽然写了，也只能发空论。旧日中国女子在社会上层层的压迫下，几乎都是文盲，乡下大多数女子连个名字都没有。但是，她们也是有思想、有感情的，她们也想把这些思想、感情表露出来；又苦于不识字，没有表露工具，于是就在一个极小的地区，发明和使用了所谓“女书”。这在中国是一个极为罕见的现象。

10.《六字真言》

“六字真言”是流行于中国西藏等地区信仰喇嘛教的民族中的一个咒语。汉族亦有。音译是：“唵嘛呢叭咪吽”，意思是：“唵！摩尼宝在莲花中。”明朝永乐年间，一位翰林竟然说：六字真言说的是“俺把你哄”。可见此公之庸陋。根据古籍记载，六字真言相当古老。其起源地大概不是像人们想像的那样是西藏，而是印度孟加拉地区。

11.《〈朝鲜学论文集〉序》

朝鲜学指朝鲜和韩国的传统文化的研究。朝鲜学是东方文化研究的一个重要组成部分。东方文化是东方各国，不论国大国小，共同创造的。中国、印度、日本等等国家都有一份，朝鲜和韩国当然也有一份。古代高丽僧人对佛教在东亚的传布出过力量，对佛教传入日本，也起过重要作用。今天的韩国对中国的孔子和儒家都很敬重。

12.《漫谈古书今译》

弘扬中华民族的优秀文化这口号提出以后，古书今译之风顿盛。但是，我认为，并不是每一部古书都能今译的，今译应该有一个限度。纯粹讲义理的古籍，今译出来，对读者还可能有用。文学作品，特别是诗歌，既有思想内容，又有修辞、藻饰，甚至声调等等，如果译为白话文，则原文韵味尽失，这绝对是不可取的。后来，我这种想法更发展了，认为今译是破坏古书的最好的办法。

13.《佛教的倒流》

我个人认为，这也是一篇重要的论文。它谈的问题，过去几乎是没有人系统地涉及过的。

佛教是从印度传入中国的，后来在中国发展的基础上，又部分传回到印度，我把这种现象称之为“倒流”。在世界宗教史上，“倒流”的现象是绝无仅有的。对于佛教的“倒流”，我在文中举了一些例子。元念常集《佛祖历代通载》卷十讲到永嘉禅师著《证道歌》，由梵僧带回印度，“彼皆亲仰，目为《东土大乘经》”。

最著名的一个“倒流”的例子是隋代智者大师（智顗）。宋赞宁《高僧传》卷二十七《含光传》说到，有一个印度僧人再三叮嘱含光，把智顗的著作译成梵文，传到印度。

赞宁是一个极有眼光、极有头脑的高僧。他给《含光传》写了一个“系”。这是一篇极有意义的文章。“系”首先肯定中国佛教有倒流的现象，他举的例子是梁武帝萧衍所撰《涅槃》、《般若》、《金光明》等经一百三卷，传入印度。“系”里提到了：“唐西域求《道经》，诏僧道译唐为梵。二教争‘菩提’为‘道’，纷拏不已，中辍。”实际上并没有“中辍”，这问题下面再谈。“系”接着讲，西域是佛法的根干，东夏是枝叶。但是，把枝叶植入土中，也能生根干，榕树（尼拘律陀树）就是如此。“东人敏利，验其言少而解多。西域（天竺）之人淳朴，证其言重而后悟。西域之人利在乎念性，东人利在乎解性。无相空教出乎龙树，智者演之，令西域仰慕。中道教生乎弥勒，慈恩解之，西域罕及。”赞宁在这里提出了中国同印度的相异之处，值得我们深思。

下面我谈到菩提达摩和梁的关系，又谈翻译《道德经》的问题。《含光传·系》说是“中辍”。但是，经过我仔细核对《新唐书》、《旧唐书》、《佛祖统纪》、《集古今佛道论衡》、《续高僧传·玄奘传》等书关于此事的记载，我认为，尽管佛道两家在翻译《道德经》时发生了多么激烈的争论和对抗，书还是翻成了，只是“序胤”未翻。至于玄奘的梵文是否传至印度，则我们毫无证据来肯定或否定了。

下面我又根据《含光传·系》中关于印度念性、中国解性举的两个例子智顗和玄奘，仔细对比和分析了我搜集到的资料，进一步对中国这两位“倒流”的高僧做了更细致的叙述。

先谈智顗，所谓智者大师。“系”里讲，龙树在印度创立了大乘空宗，即所谓“无相空宗”。我在论文中简短地勾勒了一下印度佛教大乘发展的情况。在这里，我想顺便改正台湾版的《季羡林佛教学术论文集》（东初出版社）第 489 页第 12 行的一个严重的排版错误：“公元十二世纪”应改为“公元后二世纪”。其他发展情况，我现在都略而不重复。总之是智顗在中国发展了印度龙树的空宗理论。根据许多佛教典籍的记载，智顗用力最勤的是弘扬空宗宝典《妙法莲华经》。他写了几部阐释《法华经》的著作，比如《妙法莲华经玄义》、《妙法莲华经文句》等，发展了空宗的理论。有的书上说他“灵山亲承”，也就是他在当年灵山会上亲耳聆听了如来讲《法华经》。这当然只是神话，毫不足信。智顗在中国对大乘空宗的发展“倒流”了印度，是不足为怪的。

再谈玄奘。关于玄奘翻译《道德经》的经过，上面已经谈到过。这里专谈玄奘在印度留学时的一些活动。他在印度归纳起来可以说是做了三件事。第一件事是调和空有。他的印度老师戒贤是信奉有宗的，玄奘当然会传承此说，但他也并不完全摒弃空宗。在认识真理方面，他只不过是认为空宗比有宗低一个阶段。他用梵文写了一篇《会宗论》，共三千颂，就是企图融会空、有两宗的。第二件事情是他摧破了佛教小乘正量部的理论。第三件事情是制服了外道对佛教的恶毒攻击，写了一篇《制恶见论》，共千六百颂。此外他还写了一篇《三身论》。所有这些著作都没有流传下来。玄奘在印度的所作所为，实际上也是“倒流”现象的另外一种表现形式。

14.《〈季羡林佛教学术论文集〉自序》

《季羡林佛教学术论文集》于1995年在台湾出版，这篇文章是此书的“自序”。内容首先讲我对考证情有独钟。我研究佛教语言同研究佛教史紧密结合起来。研究大乘佛教起源问题，也必须同语言分析结合。现在全世界上已出的佛教史数量不算少；但是，真正令人满意的却如凤毛麟角。在研究佛教史方面，中国有得天独厚的条件。汉译《大藏经》和藏译《大藏经》是研究佛教的瑰宝。“近水楼台先得月”，我们应当充分利用这个瑰宝。目前，在大陆和台湾，都有一批学有素养的佛学研究者，这是我们的希望之所在。

1992年

本年共写各类文章四十一篇，其中可以算是学术论文的有十五篇。下面分别加以介绍：

1.《作诗与参禅》

这可以算是一篇想入非非的文章。

我对作诗与参禅都不是内行里手，而且我在上面已经多次说过，我对“义理”有不少的偏见，我不喜欢这种公说公有理，婆说婆有理的玩意儿。可现在自己怎么也搞起这一套来了呢？道理我说不清楚。可能是因为我自己好奇思怪想，又看别人总说不到点子上，所以便自己下了海动起手来。

作诗与参禅的关系，在中国文学史上、美学史上、艺术史上、思想史上，都是一个相当重要的问题。我对于这个问题涉猎过一点，有一些想法；可我决不是内行。对自己的想法我也没有多少自信。别人关于这个问题的文章连篇累牍，我也看不出什么眉目来。索性把自己的想法，不管多么荒唐、多么不着边际，写了出来，“疑义相与析”。

我谈了以下几个问题：

一、中国古籍中对诗禅关系的看法

二、诗与禅的不同之处

三、诗与禅的共同之处

四、禅与中国山水诗

五、言意之辨

（一）言意之辨

（二）一个印度理论

（三）中国语言文字的特点

我在下面不按章节把论文大意综述一下。

作诗是全世界共有的活动，而参禅则只限于中国、韩国、日本等几个国家。禅宗，虽然名义上来自印度，实则是中国的创造。参禅活动一开始，立即影响了中国的诗歌创作。唐代许多著名诗人，如王维等，诗中洋溢着禅意，是众所周知的。唐宋文艺理论著作，如唐司空图的《诗品》、宋严羽的《沧浪诗话》等等，都富于禅境禅意，也是大家所公认的。宋韩驹有一句诗："学诗当如初学禅。"最明确地说明了诗禅关系。

诗与禅有共同之处，也有不同之处。禅宗最初是主张"不立文字"的，而诗则必立文字。这是最显著的不同之处。而共同之处则是太多太多了。首先是"悟"或"妙悟"。"悟"这个字为中国所固有。《说文》："悟，觉也。"专就佛家而谈，"悟"到的东西是"三法印"：诸行无常，诸法无我，一切皆苦。释迦牟尼在菩提树下金刚座上大觉大悟悟到的，以及后来初转法轮时所宣讲的不外就是这些东西。这些都是小乘的思想，到了大乘阶段——我在这里补充一句：佛教传入中国的基本上都是大乘——佛徒又进一步提出了"空"的思想。这种"空"的思想对中国禅宗产生了极大的影响。我们甚至可以说，没有"空"的概念，就不会有中国禅宗。这种思想对中国诗歌创作和理论也产生了极大的影响。上面提到的几部书，以及王维等诗人的创作，无不蒙受其影响。

接着我论述了禅与山水诗的关系。我认为，悟"无我"，或者悟"空"，必须有两个条件，一个是个人心灵中的悟性，一个是幽静的环境。前者不言自明，后者却需要一点解释。禅有小乘禅与大乘禅之别。中国禅宗初祖达摩属于大乘禅，修行的禅法，名曰壁观。达摩大概认为，修这样的禅必须远离尘世，因此他遁隐嵩山少林寺。达摩以后的禅宗诸祖都与山林有关。在禅宗正式建立之前，山水诗的开创者和集大成者谢灵运，虔信大乘空宗的顿悟说。他把山水诗同佛教思想融合了起来。到了唐代，王维等人的山水诗，蕴涵着深沉的禅趣。宋代和宋代以后，山水诗仍然存在而且发展。

在最后一段，我谈了“言意之辨”。这是中外哲学史上的一个重要问题，至今还不能说已经得到了满意的解答。我从陶东风的《中国古代心理美学六论》中引用了拉康的理论，又引用了一个印度理论，企图对这个问题做一点满意的解释。最后我提出了中国汉语言文字的特点问题，即它的模糊性，来解释“言不尽意”的现象。我提到最近几十年在美国出现的模糊理论；我认为，这个理论应用到汉语研究上，应用到作诗与参禅的问题上，是颇能够解决一些困难或者困惑的。

2.《〈唐·吐蕃·大食政治关系史〉序》

中国古代史籍中关于西域的记载量多而质高，大大地有助于这方面的研究。但是汉文古典文献非常难读，外国学者常出现讹误。今天中国的青年学者，尽管有不少的优点，但古典汉文的造诣往往有所不足。对西域的研究，中国清代已有学者注意到了；但不通古代西域语言，很难谈到什么创获。最近十几年来，情况有了改变，一批通西域古代语言的年轻学者已成长起来，这是我们希望之所在。

3.《东方文化与东方文学》

我首先讲东方文化，仍然是我那一套：世界上有四大文化体系，四者又可分为东、西两个更大的文化体系。其差异的基础是东西方思维模式之不同，东综合而西分析。二者的关系是：三十年河东，三十年河西，哪一个文化也不能“万岁”。然后我又讲东方文学，特别是汉语文学。中国诗可以不讲人称，不用时态，读者可以根据自己的经验构成一幅图画，有绝对的自由，因而获得更大的美的享受。这有点模糊，但其妙处就在于模糊。这与东方的典型的综合思维模式有关。西方人想学习，是办不到的。西方最近几十年新兴的模糊学和浑沌学等，我认为是西方思想向东方思想靠拢的迹象。至于今后如何发展，非我所能讨论的。

4.《飴餳糖》

这是拙著《糖史》第一编，国内编的第一章。下面介绍《糖史》时合并介绍。

5.《〈犹太百科全书〉序》

犹太民族是一个有天才的民族，历代出过许多伟大的科学家、文学家、艺术家、革命家等等。但它又是一个多灾多难的民族，几千年来漂泊全球。中国开封也曾有过犹太移民。中国人民对犹太人抱有同情，但是，由于在这方面出书太少，中国人对犹太人了解得很不够。现在这一部《犹太百科全书》可以弥补这个缺憾了。

6.《对于〈评申小龙部分著作中的若干问题〉的一点意见》

学术讨论甚至争论，都应当摆事实，讲道理，而不应扣帽子。只因申小龙讲了句："当代语言学的钟摆正摆向东方。"就引起了伍铁平、范俊军两位先生拍案而起，并且罗织到"到了二十一世纪，西方文化将逐步让位于东方文化"这个说法。试问这几句话何罪之有？竟蒙伍、范两位先生赐以"大国或者叫大东方沙文主义思想"的大帽子。我称这种行为为"拜倒在西方语言学脚下的、崇洋媚外的民族虚无主义"。这种"贾桂思想"是我们当前学术界的大敌，必须克服之。

7.《〈朝鲜学——韩国学与中国学〉序》

我不通朝鲜——韩国语文，但一生与两国打交道。中国的朝鲜族是一个优秀的民族，对中华民族大家庭具有向心力。在历史上，朝鲜半岛也出现过分分合合的局面；在文化交流方面也做出过贡献，唐代有很多高丽僧赴印度留学。他们一方面吸收中国佛学，另一方面又把佛教传入日本。后来他们又传入了宋明理学，并加以发扬光大。儒学在韩国至今仍有影响。

8.《佛典中的“黑”与“白”》

1948 年我写过一篇短文：《佛教对于宋代理学影响之一例》，讲的是朱子教人用白豆和黑豆来“系念”，起一善念，则投白豆一粒于器中，起恶念则投黑豆。这个方法实际上来自佛典。这一个小例子证明，宋代理学不但在大的方面，也就是哲学思想方面受到了佛教的影响，就是在小的方面也受到了影响。后来我翻阅佛典，陆续发现了很多相同或相似的例子。在《摩诃僧祇律》、《十诵律》、《根本说一切有部毘奈耶》等律中，我都找到了。它们用的是黑白筹（竹片），不是黑白豆，使用的目的不是“系念”，而是裁决。可是黑代表恶业或其他恶的东西，白代表善业或其他善的东西，则与朱子完全相同。

9.《在“〈日本学者研究中国史论著选译〉出版座谈会”上的发言》

这是在一次座谈会上发言的记录稿，是即席发言的产物。内容约略是：现在研究任何一门学问，都是国际性的，汉学也不能例外。中国学者研究汉学，近水楼台，有其有利之处。但是，外国的汉学家往往有新角度和新观点，能获得独到的成功。在这方面，法国汉学家的成就得到举世的公认。而日本汉学家由于有悠久的传统，其成就更必须刮目相看。现在比较大规模地加以汉译，此举值得欢迎。

10.《〈中国古典文学名著白话精缩〉序》

在五四运动以前，许多中国古典的长篇小说不能进入“神圣的”中国文学史的殿堂，现在能进入了。可是处在当前这样信息爆炸的环境中，生活速度加快，人们很难找出时间去读百多万字甚至几百万字的长篇小说。这实在是一件十分令人遗憾的事情。过去曾有人尝试过用缩写本——有人称之为“洁本”——的办法，来克服这个困难，好像不十分成功。现在两个出版社邀请了一些大学教授和中青年作家，将八部家喻户晓的长篇小说，改写为每部二十万字的白话本。我相信，这一套书是会成功的。它对弘扬中华文化，提倡爱国主义会有帮助的。

11.《历史研究断想》

历史，特别是古代史研究中的一些结论，都只是暂时的假设，决不是结论。原因是：（1）研究的指导思想随时在变；（2）研究的手段也随时在变；（3）新材料的发现越来越多。考古发掘工作对历史研究有巨大贡献，新疆考古工作是一个典型的例子。内地的考古发掘工作也具有同样的重要意义。比如原来认为甲骨文是中国最古的文字，现在，根据考古发掘的结果，我们能够知道，在甲骨文之前，中国文字已有很长的历史。

12.《〈汤用彤先生诞生一百周年纪念论文集〉序》

在中国学术史上，每一个时代都诞生几位大师，他们标志出这一个时代学术发展的新水平，代表着学术发展的新方向。到了中国近代，情况依然如此，但却有了新情况。俞曲园与章太炎为师兄弟。他们之间却有了一条鸿沟：俞能镕铸今古，章除了能镕铸今古外，还能会通中西。章以后几位大师莫不皆然。汤用彤先生就在这些大师之列。先生的《汉魏两晋南北朝佛教史》问世已有六十年，尚无有能出其右者。先生对魏晋玄学的研究也达到了一个高峰。在人品道德、待人接物方面，他也是我们的楷模。

13. 《“天人合一”新解》

对我来说，这算得上是一篇重要的文章。我在上面以及在其他许多地方，都说过我不大喜欢义理。在这一篇论文之前，我忍不住也写过一些谈义理的文章，但篇幅大都不长，内容也不成体系。从这一篇论文起，我谈义理的文章多了起来，有的篇幅也比较长。是不是我对义理改变了态度，喜欢起来了呢？对这个问题，我自己也有点说不清楚。毋宁说，我对义理，想法多于喜悦。我爱好胡思乱想，有些想法实在是想入非非，我自己也不敢喜欢；有些想法，则自己也觉得颇有道理。别人越是反对，我越是反思，却觉得自己越来越正确。报刊杂志上的一些文章和一些消息，别人也许不屑一顾，有的我却视如珙璧，因为它证明了我的看法和想法路子是正确的。“老年忽发义理狂”，对我一生的学术研究是重要的。我甚至狂妄地想到，有朝一日，我这些想法的意义和价值甚至会超过我在考证方面所做出的贡献。至于究竟怎样，只有等待未来事态的发展来证实了。

我在下面介绍一下这篇文章的主要内容。

“天人合一”是中国哲学史上的一个主要命题，几乎所有的古代哲学家都对此有自己的解释，有自己的见解，没有哪两个哲学家的见解是完完全全一样的。我在本文开始时也简略地介绍了这方面的情况。我首先介绍了儒家，然后介绍道家、墨家、吕不韦等等。要想详细介绍，我没有那么多时间，也认为没有必要。现在有的学者，在介绍“天人合一”时，这家，那家，这派，那派，连篇累牍，淋漓尽致，想借此以炫学。其实，对内行人来说，这并不难，只要多翻几本《中国哲学史》，多查几部古书，就绰有余裕。即使再撒上一点“洋胡椒粉”，也无济于事。

我自称是“天人合一新解”。既曰“新解”，必非旧说，你再引上一百个哲学家，也与我无干。即使古代某一个哲学家的见解与我的相似，也只是偶合，决非抄袭。

我也随顺流俗，介绍了一下中国古代的“天人合一”思想；孔子、子思、孟子、董仲舒、宋代理学、老子、庄子、墨子、《吕氏春秋》等等，都介绍了一点。我又介绍了印度的“梵我一如”的思想。对当代的哲学家，比如冯友兰、侯外庐，甚至杨荣国，我也加以介绍。

对我写这篇论文启发最大的是钱穆。他一生最后一篇文章《中国文化对人类未来可有的贡献》我全文抄录。我的“新解”，其灵感就是从这一篇文章得来的。钱先生并没有明确的结论，他只讲，“天人合一”是“中国传统文化思想之归宿处”。“中国文化对世界人类生存之贡献，主要亦即在此。”他说，自己已年老体衰，思维迟钝，无力对此再作阐发，惟待后来者之继续努力。我不揣谫陋，对钱先生的提示提出一个“新解”。

我认为，在历史上，世界人类共创造了两大文化体系，一东一西。其间根本区别来源于思维模式之不同，东方主综合的思维模式，西方主分析的思维模式。“天人合一”的思想就是东方思维的最具有代表性的表现。我理解的“天”是指大自然，“人”指我们人类。人与自然应该成为朋友，不应当像西方那样要“征服自然”，视大自然为敌对者。当今世界上许多弊端，比如生态平衡被破坏，物种灭绝，环境污染，臭氧层出洞，如此等等，无一不与西方工业革命以后“征服自然”的思想和行动有关。在将来，我们必须以东方文化之优点“天人合一”的思想济西方文化之穷，人类庶不致走上绝路。东、西文化关系的特点是“三十年河东，三十年河西。”

14.《〈“伊朗学在中国”学术讨论会论文集〉序》

伊朗学研究在中国起步较晚，但进步颇快，对其原因我做了两个解释。第一，伊朗同中国一样，有极为古老的又极为辉煌的迄未中断的文化传统。古代波斯对世界文化宝库做出了巨大的贡献，出过伟大的诗人菲尔多西；在医学、哲学和自然科学等领域内，成就巨大，影响了全世界。第二，伊朗同中国有极悠久的文化交流的历史。即以糖一项而论，中国汉末出现的所谓“西极（国）石蜜”，很可能就来自伊朗和印度。这在南北朝许多正史中都有记载。

15.《〈韩国学论文集〉新序》

这一篇我名之曰“新序”，有别于以前为《朝鲜学论文集》写的那一篇序。内容仍然讲，到了二十一世纪，包括韩国文化在内的东方文化，将重现辉煌，把全人类的共同文化推向一个新的高峰。我在这里不仅谈了文化，也谈了经济。中、韩、日等国的一些学者有一个不约而同的共同的看法，即二十一世纪世界经济文化中心将是亚太地区，再缩小一点范围，将是中、韩、日三国的金三角地带。经济学家从经济发展的速度方面明确无误地论证了这个问题。

1993 年

本年共写文章三十一篇，数量不算太多。文章中可以算做学术论文的共有十五篇。下面分别加以介绍：

1.《所谓“中天音旨”》

前面 1990 年学术研究部分，介绍我在当年写过的一篇论文《梵语佛典与汉译佛典中四流音 ṛ ṝ ḷ ḹ 问题》时，我曾提到，本文的第五段的题目是“所谓中天音旨”。但在写作过程中感到，文章已经够长，而关于“中天音旨”这一段的材料又特别多；因此临时决定，这一段先不写，等以后再补上。现在介绍的这一篇文章，就是偿宿愿之作。本应与上文合在一起的，但既然已经独立了，就让它独立下去吧。

本文一开始就用了颇长的一段话，介绍了《梵语佛典与汉译佛典中四流音 ṛ ṝ ḷ ḹ 问题》的大体轮廓。接着就引用了玄奘和智广的说法，说明中天音旨的重要性。

接着我就论证了中天音旨的一些问题。我先将章节目录抄在下面：

（一）中天竺在佛徒心中的地位

1. 众佛诞生地

2. 神仙说中印度话

3. 大乘诞生地

（二）中天竺语发音的特点

1. 中天音兼于龙宫

2. 鼻音

（三）四流音在中天的地位及其发音特点

（四）中天音同余国音的关系

（五）汉音与吴音　中国与印度

我在下面把主要内容介绍一下，不再分章节。印度古代佛徒相信，中天竺乃众佛诞生地，众神都说中印度话，而且大乘也起源于此。他们不可能有“佛教混合梵语”的概念。他们知道，天竺语言有中天、南天、北天、东天、西天、胡地之别；但他们认为，借用玄奘的话来说：“而中印度特为详正，辞调和雅，与天同音，气韵清亮。”其中的含义是什么呢？

当时的佛教徒相信：“中天音兼于龙宫。”其中当然有幻想、迷信的成分。《悉昙要诀》说：“夫人有刚柔异性，言音不同，斯则系风土之气，亦习俗所致也。今案此意云：龙性刚，故其音浊欤？北天风强，故其音亦浊欤？南天风柔气温，故其音柔清欤？”总之，音之清浊是由于风土和习俗之不同。

下面，我经过详细的分析和论证，证明中天音的特点是鼻音。我从日本玄照撰《悉昙略记》中抄了一个完整的梵文字母汉译音表，证明了我这个说法。表很长，不便抄录。读者如有兴趣，请自行参阅。

接着我谈了“四流音在中天的地位及其发音特点”。慧琳是激烈地排斥四流音元音的，唐代日本僧人的著述中也多有排斥之者。可是在我抄录的那个字母表中，四流音元音却赫然与其他梵文并列，这是梵文的特点之一。原因大概是，此时梵文在佛教中已经取得了正统的垄断的地位。密宗或其他宗的经典都用梵文写成。连大师如玄奘者也不了解，古代佛典有一些是用俗语或佛教混合梵语以及中亚古代语言写成的这个情况。

最后我论述了汉音和吴音的关系以及中国和印度的对比。唐代的日本僧人非常重视二者的区别。他们所谓吴音，含义是清楚的；所谓“汉音”则指中国北方的音。他们认为，中天音似汉音，南天音似吴音。《悉昙三密钞》说：“然中天音并以汉音得呼梵音，若以吴音不得梵音。其南天音并以吴音得呼梵音，若以汉音不得梵音。”原因可能是，唐代佛教密宗大盛，诵念咒语，必须十分准确，否则就会影响咒语的神力。所以日本和尚才这样重视汉吴之分。

2.《中国古史应当重写》

中国过去写历史，基本上都是黄河文化或北方文化中心论。但是，事实上，早在先秦时期楚文化或南方文化，或长江文化，就已经发展到了很高的水平。近年来，考古发掘出来的编钟被称为“世界第八奇迹”。即以《楚辞》论，没有一个长期发展的背景，是不可能出现的。总之，写中国历史必须包括南方。中国历史必须重写。

3.《〈东方文学名著鉴赏大辞典〉序》

新中国建立以来，中国研究外国文学的学者，约略可以分为两大“阵营”：一个是综合大学外语系和外国语大学的老师们组成的；一个是由中文系教外国文学课的教师组成的。二者各有优缺点：前者外语水平高而文艺理论和汉语水平往往较低；后者文艺理论和汉语水平高而外语水平则较低，甚至不能通解。两个“阵营”如能协作，则能互助互补，其结果必有极可观者。四十多年的历史证明了，两者是能愉快地协作的。由此产生了许多水平比较高的大学外国文学的教材和研究专著。这一部《东方文学名著鉴赏辞典》就是双方协作的结果。作者两个“阵营”里的学者都有，因此这一部辞典的学术水平得到了可靠的保证。

4.《〈人学大辞典〉序》

人类自称为“万物之灵”，这话不能说没有道理；但这道理是颇为有限的。人生于世，必须正确处理好三个关系：(1) 人本身的关系，人体解剖我们能够做到；但是，一遇到神经问题、气功问题等等，便束手无策。(2) 人与人的关系，也就是社会关系。(3) 人与大自然的关系。后二者我们都没能处理好；处理不好，则对人类生存前途有不利的、甚至致命的影响。

5.《关于“天人合一”思想的再思考》

我在上面 1992 年 13 中介绍了我的《“天人合一”新解》，其中颇有遗漏：引古人的著作有遗漏；引今人的著作也有遗漏，因而写了这一篇《再思考》，意在弥补该文中存在的缺憾。

在“补充”部分，我补充了：

(1) 宋代大哲学家张载的学说，把他的《西铭》全部抄录下来。

(2) 日本的资料，主要是仓泽行洋的论述。

(3) 朝鲜的资料。我列举了一批程朱理学的代表人物，比如李穑、郑梦周、郑道传等等。我特别介绍了权近的关于“天人合一”的学说。

统观我的《新解》和《再思考》两篇文章，中、印、日、朝（韩）等主要东方国家，都有“天人合一”的思想，这现象很明确，很值得重视。我说，“天人合一”思想是东方思想的特征，不是没有根据的。

下面我介绍了李慎之先生的一篇文章：《中国哲学的精神》。慎之先生说，原来他认为我们的意见“大相径庭”，后来又发现“我们的看法原来高度一致”。但是一致中还有不一致的地方。我现在专谈不一致。首先，在对西方科学技术的副作用问题的看法上，我们不一致。他认为我看得太多，我认为他看得太少。其次，在东西方文化融合的问题上，我们的意见也不一致。从人类历史上来看，文化一旦产生，必然就会融合。我当然不会反对融合，问题是“怎样融合?”他的论点似乎是东、西文化对等地融合。我则认为，融合有主次之分。过去的融合，以西方为主；二十一世纪的融合则必以东方为主。这就是我经常说的“三十年河东，三十年河西”。对于这两句话，慎之先生激烈地反对，屡屡形诸文字。然而，回顾一下东、西文化融合的历史，回顾一下汉唐时期中国文化在世界上的地位，事情就一清二白，皎若天日了。最后还有一点分歧。李先生认为，西方科技所产生的弊端，只要西方科技进一步发展就能够铲除。我认为，这是不可能的。西方科技，如不改弦更张，则越发展，弊端也会越多。语云“解铃还得系铃人”，这话在这里用不上。

下面我介绍了郑敏教授的一篇文章《诗歌与科学：世纪末重读雪莱〈诗辨〉的震动与困惑》。文章介绍了英国浪漫诗人雪莱对工业发展恶果的预言。诗人真不愧是预言家，在西方工业正蓬勃发展的时候，诗人却预言到它将来的恶果。到了今天，预言已经变成了现实，郑敏教授“震动”，我们也“震动”。诗人对这些工业弊端或灾害开出的药方是诗与想像力，再加上一个爱。对这个药方，我不发表意见。我也有我自己的药方是：正确处理好人与大自然的关系，宣传“天人合一”（我的新解）的思想，西方要向东方学习。我又讲了东西方有两种不同的思维方式。郑教授文章中讲到，西方新兴解构主义吸收了一些东方思想，比如“道”等等。

在这篇文章的最后，我补充了一点中国少数民族关于“天人合一”的思想，说明在中国范围内有这种思想的不限于汉人。

6.《〈清代海外竹枝词〉序》

“竹枝词”是一类文学作品的总名，其产生地我觉得可能是四川东部巴渝一带地区。最初流行于民间，后来为文人学士所采用。内容和形式都生动活泼，给人一种新鲜感觉。它可能与带有点浪漫主义色彩的《楚辞》有一些联系，与北方的《诗经》颇异其趣。所谓“海外竹枝词”是指中国诗人用竹枝词的体裁和情趣歌咏在外国所见所闻的事物的。我写有关中印关系的文章时，就曾引用过清尤侗的《外国竹枝词》。

7.《〈孟加拉国政治与经济〉序》

孟加拉，明初几部记载南洋或“西洋”情况的书中译为“榜葛剌”，是当时南亚次大陆文化最昌明、经济最繁荣的地区，同中国往来最频繁，交流成果最丰富。一直到近现代，孟加拉国以及印度的西孟加拉邦，仍然是人文荟萃之地。孟加拉国建国后，同中国的关系一向友好，是我们的友好邻邦。

8.《漫谈文学作品的阶级性、时代性和民族性》

这是一篇颇短的文章，然而却提出了一个过去不大有人敢明目张胆地提出来的问题。我从诸葛亮的《出师表》、李密的《陈情表》和韩愈的《祭十二郎文》三篇古文出发，谈到了文学的阶级性、时代性和民族性。这些性质都是不能否定的。可为什么这三篇文章，还有其他许多篇文章，以及李杜的诗，一直到今天还为广大读者所爱读而且读后受到感动呢？这证明，在那“三性”之上还巍然高踞着一个人性。

9.《〈文学语言概论〉序》

所谓“文学语言”，不出两途：一曰修辞，一曰风格，后者尤难于前者。古代以及现代散文大家，大都有自己鲜明的风格。在眼前的散文文坛，我认为，可以分为两派：一曰搔首弄姿派，一曰松松散散派。前者刻意雕琢，后者故意或非故意松垮，我皆难以接受。

10.《〈东方文学史〉序》

这一部《东方文学史》长达一百二十万言，在中国是空前的一部，在世界上也是少有的。

我的这一篇序，比起我在1986年为《简明东方文学史》写的那一篇颇长的“绪论”来，对东方文学有了不少新的看法；但是，同我最近一些年来所写的谈东、西文化的同和异的文章相比，则没有什么新东西。我在这里讲的仍然是东西方思维模式不同。我宣扬的仍然是东方的“天人合一”的思想。

11.《〈关于“天人合一”思想的再思考〉的一点补充》

写完了《关于“天人合一”思想的再思考》一文后，接到韩国东国大学吴亨根教授的信，信中说：《大乘起信论》中的“色心一如”的思想，还有僧肇的“天地与我同根，万物与我一体”，这都是东洋思想的最极致。我把吴教授的意思补充上去。

12. 《在郑和研究国际会议开幕式上的致词》

郑和，在中国和世界历史上都是一个伟大人物。云南有郑和，是云南的骄傲。研究郑和，不出三途：出使目的、出使次数和所产生的影响。我个人认为，应多研究其结果、其影响，对目的和动机不必过分探求。从今天的国际形势看起来，郑和实已成为中国与南洋和西洋国家友谊的象征。

13. 《再谈 cīnī》

cīnī 这个字在印度许多语言中义为“白砂糖”，它的原意是“中国的”。可见“白砂糖”是从中国传入印度的。W. L. Smith 写文章反对此说。我于 1987 年写文章驳之。后来我在《明史》三百二一卷“榜葛剌”条找到了证据，这里说，孟加拉“百工技艺悉如中国，盖皆前世所流人也”。我认为，“百工技艺”中就包括制白砂糖术。这问题我在《东方文化集成》、《文化交流的轨迹——中华蔗糖史》中有详细论述，可参阅。这一个小例子说明，中印文化交流决不是“一边倒”的。

14. 《〈南亚政治发展研究〉序》

中国同南亚诸国都可以说是近邻，在历史上文化交流频繁。中国史籍中关于这些国家的记载，对研究这些国家的历史有无法估量、无法代替的重要意义。可惜自欧风东渐，许多国家沦为殖民地。中国同它们的文化交流几乎中断。近几十年来，情况有了好转。这一部书对我们了解南亚情况极有帮助。

15.《国学漫谈》

自从《人民日报》1993年8月16日发表了《国学，在燕园中悄然兴起》以后，在全国一部分学人中，特别是青年学生中，颇引起了轰动。这不是没有原因的。我认为，原因就在于“弘扬中华民族的优秀文化”这个口号的提出。这个口号顺乎人心，应乎潮流，它说到了人们的心坎上。“国学”的目的，我理解，就是从事探讨研究中华文化优秀之处究竟何在？国学决不是发思古之幽情，而是与现在和过去有密切联系，又与未来有密切联系。我们现在常讲建设有中国特色的社会主义，“中国特色”表现在什么地方呢？决不会仅仅表现在科技上。因为，即使中国科技能在世界上占第一位，同别的国家相比，也只是量的差别，而决不是什么“特色”。特色只能表现在哲学、宗教、文学、艺术、伦理、道德、经营、管理等方面。我称前者为“硬件”，后者为“软件”。“软件”中的许多学问都包含在国学范围以内。其次，国学还能帮助我们弘扬中华民族的爱国主义传统。说到爱国主义，我们就必须分清“正义的爱国主义”，也就是被侵略被屠杀的国家或民族的爱国主义。而在另一方面，侵略人、屠杀人，也就是奴役别国人民的所谓“爱国主义”是邪恶的非正义的“爱国主义”。中国的爱国主义从古至今，都属于前者。国学的好处还可以举出一些来，现在暂且不举了。但是，世界上离奇的事情之多是颇令人吃惊的。竟有人对国学研究大唱反调，真不知是何居心！我现在再补上一句：有人竟说搞国学是对抗马克思主义的。我除了摇头叹息之外，还能说些什么呢？

总结

我本来还想继续写下去的，一直把《自述》写到今天。但是，事与愿违，近半年来，屡次闹病，先是耳朵，后是眼睛，最后是牙，至今未息。耄耋之人，闹点不致命的小病，本来是人生常事，我向不惊慌。但却不能不影响我的写作，进度被拖了下来，不能如期完成。“期”者，指敏泽先生给我定下的期限：今年（1997）年底，其他诸位写同样题目的老先生，据说都有成稿，至少都有“成竹”，只有我另起炉灶。我不愿拖大家的后腿，偏又运交华盖，考虑再三，只好先写到 1993 年了。

另外还有一个原因。我性与人殊，越是年纪大，脑筋好像越好用，于是笔耕也就越勤。有一位著名作家写文章说，季羡林写文章比他读得还快。这当然有点溢美地夸大。实际上，他读到的所谓“文章”都是我的余兴，真正用力最勤的这部回忆学术研究历程的《自述》，除了我自己以外，世界上还没有第二人读到。我不是在这里“老王卖瓜”，我只想说明，从 1993 年到今年 1997 年这四年中我用中外文写成的专著、论文、杂文、序、抒情散文等等，其量颇为可观，至少超过过去的十年或更长的时间。

总之，我不过想说明，无论从身体状况上来看，还是从写作难度上来看，甚至从时间限制上来看，我只能暂时写到眼前的程度，暂时写到 1993 年，剩下的几年，只有俟诸异日了。

说句老实话，我从来压根儿没有想到写什么“自述”。但是，敏泽先生一提出他的建议，我立即一惊，惊他的卓见；继则一喜，喜他垂青于我。我不敢用“实获我心”一类的说法，因为我心里原本是茫然、懵然，没有想到这一点。最后是“一拍即合”，没有费吹灰之力，立即答应下来。

我一生都在教育界和学术界里“混”。这是通俗的说法。用文雅而又不免过于现实的说法，则是“谋生”。这也并不是一条平坦的阳关大道，有“山重水复疑无路”，也有“柳暗花明又一村”。回忆过去六十年的学术生涯，不能说没有一点经验和教训。迷惑与信心并举，勤奋与机遇同存。把这些东西写了出来，对有志于学的青年们，估计不会没有用处的。这就是“一拍即合”的根本原因。

紧跟着来的就是“怎样写”的问题。对过去六十年学术生涯的回忆，像一团纠缠在一起的蜘蛛网，把我的脑袋塞得满满的，一时间很难清理出一个头绪来。最简单易行的办法就是，根据自己现在回忆所及，把过去走过的学术道路粗线条地回顾一下，整理出几条纲来，略加申述，即可交卷。这样做并不难，我虽已至望九之年，但脑筋还是“难得糊涂”的。回忆时决不会阴差阳错，张冠李戴。但是，我又感到，这样了草从事，对不起过去六十年的酸甜苦辣，于是决意放弃这个想法。

经过了反复思考，我终于想出了现在这个办法。这样做，确实很费精力。自己写过的许多文章，有的忘得一干二净，视若路人。我在这里不能不由衷地感谢李铮、令恪、钱文忠等先生细致详尽地编纂了我的著译目录。特别是李铮先生，他几十年如一日，细心整理我的译著。没有这几位朋友的帮助，我这一部《自述》

是无论如何也写不出来的。

我现在就根据他们提供的目录，联系我自己的回忆，把我过去六十年所走过的道路描画出几条轨迹来，也把本书之所以这样写的理由写了出来。下面分项加以解释。

本书的写法

关于本书的写法，经过考虑，我采用了以著作为纲的写法。因为，不管在不同时期自己想法怎样，自己的研究重点怎样，重点是怎样转移的，以及其他许许多多的问题，最终必然都表现在自己写的文章上。只要抓住文章这一条纲，则提纲而挈领，纲举而目张，其他问题皆可迎刃而解了。

我的学术研究的特点

特点只有一个字，这就是：杂。我认为，对于“杂”或者“杂家”应该有一个细致的分析，不能笼统一概而论。从宏观上来看，有两种“杂”：一种是杂中有重点，一种是没有重点，一路杂下去，最终杂不出任何成果来。

先谈第一种。纵观中外几千年的学术史，在学问家中，真正杂而精的人极少。这种人往往出在学艺昌明繁荣的时期，比如古希腊的亚里士多德，文艺复兴时期的达·芬奇，以及后来德国古典哲学家中的几个大哲学家。他们是门门通，门门精。藐予小子，焉敢同这些巨人相比，除非是我发了疯，神经不正常。我自己是杂而不精，门门通，门门松。所可以聊以自慰者只是，我在杂中还有几点重点。所谓重点，就是我毕生倾全力以赴，锲而不舍地研究的课题。我在研究这些课题之余，为了换一换脑筋，涉猎一些重点课题以外的领域。间有所获，也写成了文章。

中国学术传统有所谓“由博返约”的说法。我觉得，这一个“博”与“约”是只限制在同一研究范围以内的。“博”指的是在同一研究领域内把基础打得宽广一点，而且是越宽广越好。然后再在这个宽广的基础上集中精力，专门研究一个或几个课题。由于眼界开阔，研究的深度就能随之而来。我个人的研究同这个有点类似之处；但是我并不限制在同一领域内。所以我不能属于由博返约派。有人用金字塔来表示博与约的关系。笼统地说，我没有这样的金字塔，只在我研究的重点领域中略有相似之处而已。

我的研究范围

既然讲到杂，就必须指出究竟杂到什么程度，否则头绪纷繁，怎一个“杂”字了得！根据我自己还有一些朋友的归纳统计，我的学术研究涉及的范围约有以下几项：

1. 印度古代语言，特别是佛教梵文
2. 吐火罗文
3. 印度古代文学
4. 印度佛教史
5. 中国佛教史
6. 中亚佛教史
7. 糖史
8. 中印文化交流史
9. 中外文化交流史

10. 中西文化之差异和共性

11. 美学和中国古代文艺理论

12. 德国及西方文学

13. 比较文学及民间文学

14. 散文及杂文创作

这个分类只是一个大概的情况。

学术研究发展的轨迹——由考证到兼顾义理

清儒分学问为三门：义理、辞章、考据。最理想的是三者集于一人之身，但这很难。桐城派虽然如此主张，但是，他们真正的成就多半在辞章一门，其他两门是谈不上的。就我个人而言，也许是由于天性的缘故，我最不喜欢义理，用现在的说法或者可以称为哲学。哲学家讲的道理恍兮惚兮，以我愚钝，看不出其中有什么名堂。哲学家公说公有理，婆说婆有理，天底下没有哪两个哲学家的学说是完全一样的。我喜欢实打实，摸得着，看得见的东西。这是我的禀赋所决定的，难以改变。所以，我在三门学问中最喜爱考证，亦称考据。考据，严格说来，只能算是一个研究方法，其精髓就是：无证不信，“拿证据来”，不容你胡思乱想，毫无根据。在中国学术史上，考据大盛于清朝乾、嘉时代，当时大师辈出，使我们读懂了以前无法读的古书，这是它最大的贡献。

在德国，实证主义的研究方法，其精神与中国考据并无二致，其目的在拿出证据，追求真实——我故意不用“真理”二字——，然后在确凿可靠的证据的基础上，抽绎出实事求是的结论。德国学术以其“彻底性”（Gründlichkeit）蜚声世界。这与他们的民族性不无联系。

至于我自己，由于我所走过的学术道路和师承关系，又由于我在上面讲到的个人禀性的缘故，我在学术探讨中、在潜移默化中受到了中、德两方面的影响。在中国，我的老师陈寅恪先生和汤用彤先生都是考据名手。在德国，我的老师 Prof. Sieg 和 Prof. Waldschmidt 和后者的老师 Prof. H. Lüders，也都是考证巨匠。因此，如果把话说得夸大一点的话，我承受了中、德两方面的衣钵。即使我再狂妄，我也不敢说，这衣钵我承受得很好。在我眼中，以上这几位大师依然是高山仰止，景行行止。我一生小心翼翼地跟在他们后面行走。

可是，也真出乎我自己的意料，到了晚年，“老年忽发少年狂”，我竟对义理产生了兴趣，发表了许多有关义理的怪论。个中因由，我自己也尚不能解释清楚。

我的义理

我在上面提到的我一生所写的许多文章中都讲到我不喜欢义理，不擅长义理。但是，我喜欢胡思乱想，而且我还有一些怪想法。我觉得，一个真正的某一门学问的专家，对他这一门学问钻得太深，钻得太透，或者也可以说，钻得过深，钻得过透，想问题反而缩手缩脚，临深履薄，战战兢兢，有如一个细菌学家，在他眼中，到处是细菌，反而这也不敢吃，那也不敢喝，窘态可掬。一个外行人，或者半外行人，宛如初生的犊子不怕虎，他往往能看到真正专家、真正内行所看不到或者说不敢看到的东西。我对于义理之学就是一个初生的犊子。我决不敢说，我看到的想到的东西都是正确的；但是，我却相信，我的意见是一些专家绝对不敢想更不敢说的。从人类文化发展史来看，如果没有绝少数不肯受钳制，不肯走老路，不肯固步自封的初生犊子敢于发石破天惊的议论的话，则人类进步必将缓慢得多。当然，我们也必须注意常人所说的“真理与谬误之间只差毫厘”、“真理过一分就是谬误”。一个敢思考敢说话的人，说对了了不得，说错了不得了。因此，我们决不能任意胡说八道。如果心怀哗众取宠之意、故作新奇可怪之论，连自己都不信，怎么能让别人相信呢？我幸而还没有染上这种恶习。

总之，我近几年来发了不少“怪论”，我自己是深信不疑的，别人信不信由他，我不企图强加于人。我的怪论中最重要的是谈中、西文化同异问题的。经过多年的观察与思考，我处处发现中、西文化是不同的。我的基本论点是东西方思维模式不同：东综合而西分析。这种不同的思维模式表现在许多方面。举其荦荦大者，比如在处理人与大自然的关系问题上，西方对自然分析再分析，征服再征服。东方则主张“天人合一”，用张载的话来说就是：“民，吾同胞；物，吾与也。”结果是由西方文化产生出来的科学技术，在辉煌了二三百年，主宰了世界，为人类谋了很大的福利之后，到了今天，其弊端日益暴露；比如大气污染，臭氧层出洞，环境污染，淡水资源匮乏，生态平衡破坏，新疾病层出不穷，如此等等，哪一个问题不解决都能影响人类生存的前途。这些弊端将近二百年前英国浪漫诗人雪莱就曾预言过，如今不幸而言中。这些东西难道能同西方科技的发展分得开吗？

令人吃惊的是，到了今天，竟还有少数学者，怀抱“科学”

的上方宝剑，时不时祭起了“科学”的法宝，说我的说法不“科学”，没有经过“科学”的分析。另外还有个别学者，张口“这是科学”，闭口“这是科学”，来反对中国的医学，如针灸、拔罐子等等传统医疗方法。把中国传统的东西说得太神，我也无法接受；但是实践是检验真理的惟一标准，经过国内外多年的临床应用，证明有些方法确实有效，竟还有人视而不见，听而不闻，死抱住他所谓的“科学”不放，岂不令人骇异吗？

其实，这些人的“科学”，不过是西方的主要在近代发展起来的科学。五四运动时，中国所要求的“赛先生”者就是。现在事实已经证明了，这位“赛先生”确实获得了一部分成功，获得了一些真理，这是不能否认的。但是，通向真理的道路，并不限于这一条。东方的道路也同样能通向真理。这一个事实，才刚露出了端倪，还没有被广大群众所接受，至于后事如何，二十一世纪便可见分晓。

一些具体的想法

同我在上一节谈到的“我的义理”有一些联系的是我的一些具体的想法，我希望这些想法能变为事实。

我在下面把我目前所想到的一些具体的问题和做法加以简略的介绍：

一、关于汉语语法的研究

世界语言种类繁多，至今好像还没有一个为大家所公认的“科学”的分类法。不过，无论如何，汉语同西方印欧语系的语言是截然不同的两类语言，这是无论谁也无法否认的事实。然而，在我们国内，甚至在国外，对汉语的研究，在好多方面，则与对印欧语系的研究无大差异。始作俑者恐怕是马建忠的《马氏文通》。这一部书开创之功不可没，但没能分清汉语和西方语言的根本不同，这也是无法否认的。汉语只有单字，没有字母，没有任何形态变化，词性也难以确定，有时难免显得有点模糊。在五四运动期间和以后一段时期内，有人就想进行改革，不是文字改革，而是语言改革，鲁迅就是其中之一，胡适也可以算一个。到了现在，“语言改革”的口号没有人再提了。但是研究汉语的专家们的那一套分析汉语语法的方式，我总认为是受了研究西方有形态变化的语言的方法的影响。我个人认为，这一条路最终是会走不通的。

汉语有时显得有点模糊，但是，妙就妙在模糊上。试问世界上万事万物百分之百地彻底地绝对地清楚的有没有？自从西方新兴科学“模糊学”出现以后，给世界学人，不管是人文社会科学家，还是自然科学和技术科学家，一个观察世间错综复杂的现象的新的视角，这对世界文化的进步与发展是大有裨益的。

因此，我建议，汉语语法的研究必须另起炉灶，改弦更张。

二、中国通史必须重写

从历史上一直到现在，在世界民族之林中，最重视历史的民族是中华民族。从三皇五帝一直到今天的中华人民共和国，在长达几千年的时间内，我们都有连续不断的历史的文字记录，而且还不止有一种，最著名的是“二十四史”，这是举世闻名的。我们每一个朝代都有断代史。正史之外，还有杂史。至于通史这种体裁，古代我们也有，司马迁的《史记》、司马光的《资治通鉴》

都有通史的性质。我们决不敢说，这些史籍中所记录的全是事实，那是根本不可能的。但是，中华民族是一个颇为实事求是的，没有多少想入非非的不着边际的幻想的民族，却也是大家所公认的。

近代以来，一些学者颇写了一些《中国通史》之类的著作。根据丰富的历史资料，而观点则见仁见智，各不相同。这是很自然的事。这些书不同程度地受到了读者的欢迎。新中国成立后，大力提倡学习马克思主义。这事情本身应该说是一件好事，可惜的是，五六十年代我们所学的相当一些内容是“苏联版”的、带有“斯大林的印记”的。在这种情况下，我们的人文社会科学的研究，其中当然包括历史研究，都受到了感染。专以中国通史而论，历史分期问题议论蜂起，异说纷纭，仅“封建社会起源于何时”这一个问题，就争论不休，意见差距超过千年，至今也没有大家比较公认的意见，只好不了了之。我真怀疑，这样的争论究竟有什么意义。再如一些书对佛教的谩骂，语无伦次，连起码的常识和逻辑都不讲。鲁迅说，谩骂不是战斗。它决不能打倒佛教，更谈不到消灭。这样的例子，我还可以举出一些来，现在先到此为止吧。

在当时极“左”思想的指导下，颇写出了几本当时极为流行的《中国通史》，大中小学生学习的就是这样的历史。不管作者学问多么大，名气多么高，在教条主义流行的年代，写出来的书绝对不可能不受其影响，有时是违反作者本意的产品。有人称之为“以论代史”，而不是“以论带史”。关键在于一个“论”字。这是什么样的“论”呢？我在上面已经指出来过，这是带有前苏联印记的“论”，而不一定是真正马克思主义的“论”。历史研究，贵在求真，决不容许歪曲历史事实，削足适履，以求得适合某种教条主义的“论”。

因此，我主张，中国通史必须重写。

另外还有一些情况，我们必须注意，一个是中国历史长短的问题，一个是中国文化发源地广袤的问题。关于第一个问题，我们过去写通史，觉得最有把握的是，最早只写到商代，约公元前十七世纪至十一世纪，在《古史辨》派眼中，夏禹还只是一条虫，遑论唐虞，更谈不到三皇五帝。这样我们的历史只有三千多年，较之埃及、巴比伦，甚至印度，瞠乎后矣。硬说是五千年文明古国，不是硬吹牛吗？然而，近年来，由于考古工作的飞速进步，夏代的存在已经完全可以肯定，也给禹平了反，还他以人形。即以文字发展而论，被称为最古的文字的甲骨文已经相当成熟，其背后还必有一段相当长的发展的历史。我们相信，随着考古发掘工作进一步的发展，中国的历史必将更会向前推断，换句话说，必将会更长。

至于中国文化发源地的广袤问题，过去一般的意见是在黄河流域。现在考古发掘工作告诉我们，长江流域的文化发展决不可轻视。有的人甚至主张，长江早于黄河。不管怎样，长江流域也是中国文化发源地之一。这只要看一看《楚辞》便可明白。没有一个比较长期的文化积淀，《楚辞》这样高水平的文章是产生不出来的。长江流域以外，考古工作者还在南方许多地区发现了一些文化遗址。这一切都说明，过去只看到黄河流域一个地方，是不够的。今天我们再写历史，决不能再走这一条老路。

因此，我主张，中国通史必须重写。

三、中国文学史必须重写

在二十世纪以前，尽管我们的正史和杂史上关于中国文学的记载连篇累牍，可是专门的中国文学史却是没有的。有之，是自二十世纪初期始，可能受了点外来的影响。在新中国成立前的几十年中，颇出了一些《中国文学史》，书名可能有一些不同，但内容却是基本上一样的，水平当然也参差不齐。连《中国文学批评史》也出了几种。

新中国成立以后，四五十年来，更出了不少的文学史，直至今日，此风未息。应该说，对学术界来说，这都是极好的事情，它说明了我国学术界的繁荣昌盛。

但是，正如可以预料的那样，同上面讲到的《中国通史》一样，《中国文学史》的纂写也受到了极“左”思潮的影响。中国的极“左”思潮一向是同教条主义、僵化、简单化分不开的。在这种思想左右下，我们中国的文学史和文艺理论研究，无疑也受到前苏联很大影响。五十年代，我们聘请了一些苏联文艺理论专家来华讲学。他们带来的当然带有苏联当时的那一套教条，我们不少人却奉为金科玉律，连腹诽都不敢。前苏联一个权威把极端复杂的、花样繁多，然而却又是生动活泼的哲学史上哲学家的学说，一下子化为僵死、呆板、极端简单化了的教条。可在一段相当长的时期内，这就是我们研究中国文学史以及中国历史上文艺理论的一个指针。在这样的情况下，文学史和文艺理论的研究焉能生动活泼、繁荣昌盛呢？

在外来的影响之外，还有我们自己土产的同样贴上了马克思主义标签的教条主义的东西。不错，文学作品有两个标准，政治标准和艺术标准。但却不能只一味强调政治标准，忽视艺术标准。在其时，一般的中国文学史家，为了趋吉避凶，息事宁人，就拼命在第一条标准上做文章，而忽视了这个第二条艺术性标准。翻看近四五十年来所出版的几部部头比较大、影响比较大的《中国文学史》或者有类似名称的书，我们不难发现，论述一个作家作品的政治性或思想性时，往往不惜工本，连篇累牍地侃侃而谈，主要是根据政治教条，包括从前苏联来的洋教条在内，论述这位作家的思想性，有时候难免牵强附会，削足适履。而一旦谈到艺术性，则缩手缩脚，甚至了了草草，敷敷衍衍，写上几句倒三不着两的话，好像是在应付差事，不得不尔。

根据我个人的浅见，衡量一部文学作品的标准，艺术性绝对不应忽视，甚至无视，因为艺术性是文学作品的灵魂。如果缺乏艺术性，思想性即使再高，也毫无用处，这样的作品决不会为读者所接受。有一些文学作品，思想性十分模糊，但艺术性极高，照样会成为名作而流传千古，李义山的许多无题诗就属于这一类。可惜的是，正如我在上面说过的那样，近几十年来几乎所有的文学史，都忽视了作品艺术性的分析。连李白和杜甫这样伟大的诗人，文学史的作者对他们的艺术风格的差异也只能了草地说上几句话，很少有言之有物、切中肯綮的分析，遑论其他诗人。

这样的文学史是不行的。因此，我主张，中国文学史必须改写。

四、美学研究的根本转型

在中国古代，美学思想是丰富多彩的，但比较分散，没有形成体系。“美学”这一门学问，在某种意义上来看，可以说是一个

“舶来品”，是受到了西方影响之后才成立的。这一个事实恐怕是大家所公认的。新中国建立以后，有一段时期，美学浸浸乎成了显学，出了不少人才，出了不少的书；还形成了一些学派，互相争辩，有时候还相当激烈。争论的问题当然很多，但是主要集中在美的性质这个问题上：美是主观的呢？还是客观的？抑或是主客观相结合的？跟在西方学者后面走，拾人牙慧，不敢越雷池一步，结果走进了死胡同，走进了误区。

何以言之？按西方语言，“美学”这个词儿的词源与人的感官（sense organ）有关。人的感官一般说有五个，即眼、耳、鼻、舌、身。中国和印度等国都是这样说。可是西方美学家却只讲两官，即眼与耳。美术、绘画、雕塑、建筑等属于前者，音乐属于后者。这种说法实际上也可归入常识。

可是，中国美学家忘记了，中国的“美”同西方不一样。从词源学上来讲，《说文》：“美，羊大也。”羊大了肉好吃，就称之为“美”。这既不属于眼，也不属于耳，而是属于舌头，加上一点鼻子，鼻子能嗅到香味。我们现在口头上时时都在讲“美酒”、“美味佳肴”等等，还有“美食城”这样的饭店。这些在西方都不能用“美”字来表述。西方的“美”不包括舌头和鼻子。只要稍稍想一想，就能够明白。中国学者讲美学，而不讲中国的“美”，岂非咄咄怪事！我说，这是让西方学者带进了误区。

现在，中国已经有了一些美学家谈论美学转型的问题。我认为，这谈得好，谈得及时。可惜这些学者只想小小地转一下型，并没有想到彻底走出误区，没有想到我在上面提到的那一些带根本性的问题。

我从二十世纪三十年代起就陆续读过一些美学的书，对美学我不能说是一个完全的外行。但是浅尝辄止，也说不上是一个真正的内行，只能说是一个半瓶醋。常识告诉我们，只有半瓶醋才能晃荡出声。我就是以这样的身份提出了一个主张：美学必须彻底转型，决不能小打小闹，修修补补，而必须大破大立，另起炉灶。

五、文艺理论在国际上“失语”问题

近七八十年以来，在世界范围内，文艺理论时有变化，新学说不时兴起。有的延续时间长一点，有的简直是“蟪蛄不知春秋”，就为更新的理论所取代。我常套用赵瓯北的诗句，改为“江山年有才人出，各领风骚数十天”。可是，令人奇怪的是，在国际文艺论坛上的喧嚣闹嚷声中，独独缺少中国的声音，有人就形象地说，中国患了“失语症”。

难道我们中国真正没有话可说吗？难道国际文艺理论的讲坛上这些时生时灭的“理论”就真正高不可攀吗？难道我们中国的研究文艺理论的学者就真正蠢到鸦雀无声吗？非也，非也。我个人认为，其中原因很多；但是最主要的原因之一是，我们有一些学者过多地屈服于“贾桂思想”，总觉得自己不行；同时又没有勇气，或者毋宁说是没有识见，去回顾我们自己有悠久历史传统的、水平极高的旧的文艺理论宝库。我们传统的文艺理论，特别是所使用的“话语”，其基础是我在上面提到的综合的思维模式，与植根于分析的思维模式的西方文艺理论不同。我们面对艺术作品，包括绘画、书法、诗文等等，不像西方文艺理论家那样，把作品拿过来肌擗理分，割成小块块，然后用分析的“话语”把自己的意见表述出来。有的竟形成极端复杂的理论体系，看上去令人目眩神摇。

我们中国则截然不同，我们面对一件艺术品，或耳听一段音乐，并不像西方学者那样，手执解剖刀，把艺术品或音乐分析解剖得支离破碎；然后写成连篇累牍的文章，使用不知多少抽象的名词，令读者如堕入五里雾中，最终也得不到要领。我们中国的文艺批评家或一般读者，读一部文学作品或一篇诗文，先反复玩味，含英咀华，把作品的真精神灿然烂然映照于我们心中，最后用鲜明、生动而又凝练的语言表达出来。读者读了以后得到的也不是干瘪枯燥的义理，而是生动活泼的综合的印象。比方说，庾信的诗被综合评论为“清新”二字，鲍照的诗则是“俊逸”二字，杜甫的诗是“沉郁顿挫”，李白的诗是“飘逸豪放”；其余的诗人以此类推。对于书法的评论，我们使用的也是同一个办法，比如对书圣王羲之的书法，论之者评为“龙跳天门，虎卧凤阙”，多么具体凝练，又是多么鲜明生动！在古代，月旦人物，用的也是同样的方式，不赘述。

我闲常考虑一个问题：为什么在中国文学批评史上，除了《文心雕龙》、《诗品》等少数专门著作之外，竟没有像西方那样有成套成套的专门谈文艺理论的著作？中国的文艺理论实际上是历史悠久，内容丰富，而又派别繁多，议论蜂起的。许多专家的理论往往见之于《诗话》（《词话》）中，不管什么“神韵说”、“性灵说”、“肌理说”、“境界说”等等，都见之于《诗话》中；往往是简简单单的几句话，而内容却包罗无穷。试拿中国——中国以外，只有韩国有《诗话》——《诗话》同西方文艺理论的皇皇巨著一比，其间的差别立即可见。我在这里不作价值评判，不说哪高哪低，让读者自己去评论吧。

这话说远了，赶快收回，还是谈我们的“失语”。我们中国文艺理论并不是没有“语”，我们之所以在国际上失语，一部分原因是欧洲中心主义还在作祟，一部分是我们自己的腰板挺不直，被外国那一些五花八门的“理论”弄昏了头脑。我个人觉得，我们有悠久雄厚的基础，只要我们多一点自信，少一点自卑，我们是大有可为的，我们决不会再“失语”下去的。但是兹事体大，决不会是一蹴而就的事，我们必须付出艰苦的劳动，多思考，勤试验，在不薄西方爱东方的思想指导下，才能为世界文艺理论开辟一个新天地。任何掉以轻心的做法都是绝对有害的。

重视文化交流

对于文化产生的问题，我是一个文化产生多元论者。换句话说就是，文化不是世界上哪一个民族单独创造出来的。世界上民族众多，人口有多有少，历史有长有短；但是基本上都对人类文化有所贡献，虽然贡献大小不同，水平也参差不齐。而且，我认为，文化有一个特点：它一旦被创造出来，自然而然地就会通过人类的活动进行交流。因此，文化交流，无时不在，无地不在。它是推动人类社会前进的主要动力之一。

我对文化交流重要性的议论，在我的很多文章中和发言中都可以找到。我对中外交流的研究，其范围是相当广的，其时间是相当长的。我的重点当然是中印文化交流史，这与我的主要研究课题——印度古代的佛教梵语——有关。我的研究还旁及中国与波斯和其他一些国家的文化交流。就连我多年来兀兀穷年搞的貌似科技史之类的课题，其重点或者中心依然是文化交流史。

佛教梵语研究

我在德国十年学习期间，主要精力就用在学习梵文和巴利文上。Prof. Waldschmidt 给我的博士论文题目是研究佛教梵语的，有人也称之为“混合梵文”或“偈陀语言”。这是一种基本上是梵文但又搀杂了不少古代方言的文字。在小乘向大乘过渡的期间，或者在我称之为“原始大乘佛教”的期间，许多佛典都是用这种文字写成的。有的佛典原来是用纯粹方言写成的。随着“梵文的复兴”以及一些别的原因，佛典文字方言成分逐渐减少，而梵文成分则逐渐增多，于是就形成了所谓“佛教梵语”。在这些方言中，东部方言摩揭陀语占有很大的比重。于是，有的学者就推测，最初可能是用古代东部半摩揭陀方言纂成了“原始佛典”（Urkanon）。有人激烈反对这种说法；但是，依我之见，这种假设是合情合理的，反对者的花言巧语是一点也没有用处的，是徒劳的。

我研究这种语言有我独特的特点，我不仅仅是为分析语法现象而分析，我有我的目的，我是尝试着通过语言现象来探寻一部经典的产生时代和地区。根据我个人的经验，这是行之有效的办法，而且是证据确凿的，别人想否定也是不可能的。印度古代有众多方言，既云方言，必然具有地域性，而且这地域性表现得十分明显；阿育王在印度许多地方树立的石碑和石柱，上面的铭文明确无误地指明了方言的地域性，是最有价值的参照资料。

先师陈寅恪先生以国学大师，特别是考证大师，蜚声国内外士林。但是，明眼人都能在陈师著作的字里行间窥探出其中蕴涵的义理。考证的目的在于求真求实，而真实又是历史研究的精髓。对史料不做考证求实的工作而妄加引用，或歪曲原意，或削足适履，不管有意还是无意，都是不道德的行为，为真正有良心的学者所深恶痛绝。寅恪先生的义理，内容极为丰富，笼统言之，不外中国文化的本质、中国文化的衍变、中国文化的传承、文化与民族的关系等等，总之是离不开中国文化的。以我愚钝，窃不自量力，也想在自己的语言形态变化的踏踏实实的考证中寓一点义理，义理就是我在上面讲的佛教历史的演变，以及部派的形成与传承等等。

我在1940年和1941年在德国哥廷根大学获得哲学博士学位。为什么我写成了两年呢？因为当时第二次世界大战正在激烈进行，我的导师Prof. Waldschmidt被征从军。因此，我的博士答辩共举行了两次：一在1940年，一在1941年，这是极为少见的现象。这一点我从来没有讲过，我现在在这里补充说明一下。获得学位后，由于战事关系，我被迫留在哥廷根大学教书；同时仍然集中全力，在极端艰苦的条件下，从事佛经梵语的研究；发表过几篇我自认颇有分量的论文，我今天未必再能写得出来。第二次世界大战结束后，如果我继续留在哥廷根大学教书，或者赴英国剑桥大学去教书，那么，我的佛经梵语研究一定还会继续下去的，我自信在这方面还能有所发现，有所创造的。但是，人是无法真正掌握自己的命运的，我回到了祖国，来到了北京大学，一转眼就过了半个世纪。由于受到资料和信息的限制，我的佛经梵语研究无法继续下去，只好顺应时势改了行。我在科学研究方面是一个闲不住的人，我尝试了很多研究领域，成了一名“杂家”。现在追忆起来，有一个问题我自己也无法回答：是我留在欧洲在学术上发挥作用大呢？还是回到国内来发挥作用更大？一般的看法是后者发挥作用更大。我虽然还没有对自己的生命划句号的计划；但自己毕竟已经到望九之年，这个问题留待后人去回答吧。

关于佛教梵语的研究，我在前面“负笈德意志”部分的“梵文和巴利文学习”中已经有所涉及，请参考。

吐火罗文

关于我学习吐火罗文的过程，我在前面“负笈德意志”部分的“吐火罗文的学习”中已经做了相当详细的叙述，请读者参考。我在前面“负笈德意志”部分对 Parallelversionen zur tocharischen Rezension des Puṇyavanta-Jātaka 这篇论文的叙述中也涉及这个问题，也请读者参考。

我在这里做一些必要的补充。

统观我在将近六十年中学习和研究吐火罗文的历史过程，大约可以分为三个阶段：

一、在德国哥廷根的学习阶段

这一阶段在上面已经叙述过，这里不再重复。

二、回国后长达三十多年的藕断丝连的阶段

1946 年回国以后，在吐火罗文研究方面，我手头只有从德国带回来的那一点点资料，根本谈不到什么研究。五六十年代，在极“左”思想肆虐的时期，有“海外关系”，人人色变。我基本上断绝了同德国以及其他国家的联系，偶尔有海外同行寄来吐火罗文研究的专著或者论文，我连回信都不敢写。我已下定了决心，同吐火罗文研究断绝关系。但是，在思想中，有时对吐火罗文还有点恋旧之感，形成“藕断丝连”的尴尬局面。

三、八十年代初接受委托从事在新疆焉耆新发现的《弥勒会见记剧本》（缩写为 MSN）的解读和翻译工作的阶段

八十年代初，新疆博物馆李遇春馆长亲自携带着 1975 年在新疆焉耆新出土的吐火罗文残卷，共四十四张，两面书写，合八十八页，请我解读。我既喜且忧。喜的是同吐火罗文这一位久违的老朋友又见面了；忧的是，自己多少年来已同老友分手，它对我已十分陌生，我害怕自己完成不了这一个任务。这个情况，我在前面已经比较详细地讲过了。总之，我一半靠努力，一半靠运气，完成了委托给我的任务。从那以后，我对吐火罗文的热情又点燃了起来，在众多的其他方面的写作和研究任务中，吐火罗文的研究始终占有一席之地。从 1983 年开始，我就断断续续地用汉文或英文发表我的吐火罗文 A《弥勒会见记剧本》的转写、翻译和注释。我使用的方法，利用的资料和帮助我的朋友们，我都在 1983 年的第一篇这一类的文章中一一说明了。请参阅，这里不再重复。到了现在，也就是我写这一篇“总结”的时候，1997 年 12 月，我对吐火罗文 A《弥勒会见记剧本》所应做的工作，已经全部结束。一部完整的英译本，明年（1998 年）上半年即可在德国出版，协助我工作的是德国学者 Prof. Werner Winter 和法国学者 Georges Pinault。这一部书将是世界上第一部规模这样大的吐火罗文作品的英译本，其他语言也没有过。这在吐火罗文研究方面有重大的意义。我六十年来的吐火罗文的学习和研究工作，也就可以说是划上了一个完美的句号了。

《糖史》

我对科技史懂得不多，我之所以走上研究糖史的道路，可以说大部分是出于偶然性。与其说我对糖史有兴趣，毋宁说我对文化交流更有兴趣。

糖是一种微末的日用食品，平常谁也不会重视它。可是“糖”这个字在西欧各国的语言中都是外来语，来自同一个梵文字śarkarā。这充分说明了，欧美原来无糖，糖的原产地是印度。这样一来，糖一下子就同我的研究工作挂上了钩。于是我就开始注意这个问题，并搜集这方面的资料。后来，又由于一个偶然的机会，一张伯希和从敦煌藏经洞拿走的，正面写着一段佛经，背面写着关于印度造糖法的残卷，几经辗转，传到了我的手里。大家都知道，敦煌残卷多为佛经，像这样有关科技的残卷，真可谓是凤毛麟角，绝无仅有。从伯希和起，不知道有多少中外学人想啃这个硬核桃，但都没有能啃开，最后终于落到我手中。我惊喜欲狂，终于啃开了这个硬核桃。详情我在前面已经写过，请参看，这里不再重复。

时隔不久，我又写了一篇《蔗糖的制造在中国始于何时》的论文。这篇文章的意义，不在于它确定了中国制造蔗糖的时间，而在于它指出中国在唐代以前已经能够自制蔗糖了。唐太宗派人到印度去学习制糖法，不过表示当时印度在制糖技术的某一方面有高于中国之处。中国学习的结果是，自己制造出来的糖“色味逾西域远甚”。文化交流的历史往往如此。在以后的长时间内，中印在制糖方面还是互相学习的。下面还要谈到这个问题。

到了1982年，我又写了一篇《对〈一张有关印度制糖法传入中国的敦煌残卷〉的一点补充》。补充不牵涉重大问题。到了1983年，我写了一篇《古代印度砂糖的制造和使用》。促成我写这篇文章的原因是德国学者O. von Hinüber的一篇关于古代印度制糖术的文章。von Hinüber的文章引用了一些佛典中的资料，但显得十分不够。我于是也主要使用汉译佛典中的资料，写成此文；资料比德国学者的文章丰富得多了，我们对于古代印度制糖术的了解也充实得多了。到了1987年，我又写了一篇文章《cīnī问题——中印文化交流的一个例证》，讲的是中国白砂糖传入印度的问题。糖本是一件小东西，然而在它身上却驮着长达一千多年的中印两国文化交流的历史。同年，我还有一篇文章《唐太宗与摩揭陀——唐代印度制糖术传入中国的问题》。文章的内容上面已经屡次提到，这里不再重复。我在这篇文章里只是更有系统地、更深入地、更详尽地叙述传入的过程而已。

上面提到的这一些文章，加上以后所写的一些文章，我都搜集了起来，准备结集成一部《糖史》。据我所知，迄今世界上只有两部完整的《糖史》，一本是von Lippmann的，一本是Deerr的，一德一英，我在上面都已经提到过。二书的写法不尽相同，德文的谨严可靠，材料也丰富，英文的则差一点。二书都引用过中国资料，英文的引用时错误多而可笑，可见作者对中国以及中国材料是颇为陌生的。我的《糖史》既然后出，应当做到“后来居上”。至于我做到了没有，则不敢说。反正我除了参考以上两书外，有些东西我不再重复，我的重点是放在中国蔗糖史上，在我的《糖史》成书时，编为上编，国内编。我不讲饴糖，因为在饴糖制造方面不存在国际交流的问题。我的第二个重点是文化交流，在蔗糖制造方面的国际交流。这方面的文章在成集时，我编为下编，国际编。上编已收入我主编的《东方文化集成》中，改名为《文化交流的轨迹——中华蔗糖史》，已于1997年由经济日报出版社出版；将来出《季羡林文集》时，仍恢复原名：《糖史　上编　国内编》。

我现在想讲一讲我写《糖史》搜集资料的情况。写文章引用别人的著作甚至观点，是决不可避免的，但必须注明出处，这是起码的学术道德，我决不敢有违。如果想开辟一个新领域，创造一个新天地，那就必须自找新材料，偷懒是万万不容许的。我自知不是大鹏，而只是一只鷦鷯，不敢作非分想，只能低低地飞。即使是大鹏，要想开辟新天地，也必付出巨大的劳动，想凭空“搏扶摇羊角而上者九万里”，其结果必然是一个跟头栽下来，丢人现眼，而且还是飞得越高，跌得越重。搜集资料，捷径是没有的，现有的引得之类，作用有限。将来有朝一日，把所有的古书都输入电脑，当然会方便得多。可是目前还做不到。我只有采用一个最原始、最笨、可又决不可避免的办法，这就是找出原书，一行行，一句句地读下去，像砂里淘金一样，搜寻有用的材料。我曾经从1993年至1994年用了差不多两年的时间，除了礼拜天休息外，每天来回跋涉五六里路跑一趟北大图书馆，风雨无阻，寒暑不辍。我面对汪洋浩瀚的《四库全书》和插架盈楼的书山书海，枯坐在那里，夏天要忍受书库三十五六摄氏度的酷暑，挥汗如雨，耐心地看下去。有时候偶尔碰到一条有用的资料，便欣喜如获至宝。但有时候也枯坐半个上午，把白内障尚不严重的双眼累得个“一佛出世，二佛升天”，却找不到一条有用的材料，嗒然拖着疲惫的双腿，走回家来。经过了两年的苦练，我炼就一双火眼金睛，能目下不是十行，二十行，而是目下一页，而遗漏率却小到几乎没有的程度。

我的《糖史》就是在这样的情况下写成的。

抓住一个问题终生不放

根据我个人的观察，一个学人往往集中一段时间，钻研一个问题，搜集极勤，写作极苦。但是，文章一旦写成，就把注意力转向另外一个题目，已经写成和发表的文章就不再注意，甚至逐渐遗忘了。我自己这个毛病比较少，我往往抓住一个题目，得出了结论，写成了文章；但我并不把它置诸脑后，而是念念不忘。我举几个例子。

我于1947年写过一篇论文《浮屠与佛》，用汉文和英文发表。但是限于当时的条件，其中包括外国研究水平和资料，文中有几个问题勉强得到解决，自己并不满意，耿耿于怀者垂四十余年。一直到1989年，我得到了新材料，又写了一篇《再谈“浮屠”与“佛”》，解决了那一个悬而未决的问题，心中极喜。最令我欣慰的是，原来看似极大胆的假设竟然得到了证实，心中颇沾沾自喜，对自己的研究更增强了信心。觉得自己的“假设”确够“大胆”，而“求证”则极为“小心”。

第二个例子是关于佛典梵语中 -aṃ > o 和 u 的几篇文章。1944年我在德国哥廷根写过一篇论文，谈这个问题，引起了国际上一些学者的注意。有人，比如美国的 F. Edgerton，在他的巨著《混合梵文文法》中多次提到这个音变现象。最初坚决反对，提出了许多假说，但又前后矛盾，不能自圆其说，最后，半推半就，被迫承认，却又不干净利落，窘态可掬；因此引起了我对此人的鄙视。回国以后，我连续写了几篇文章，对 Edgerton 加以反驳。但在我这方面，我始终没有忘记进一步寻找证据，进一步探索。这些情况我在上面的叙述中都已经谈到过。由于资料缺乏，一直到了 1990 年，上距 1944 年已经过了四十六年，我才又写了一篇比较重要的论文《新疆古代民族语言中语尾 - aṃ > u 的现象》。在这里，我用了大量的新资料，证明了我第一篇论文的结论完全正确，无懈可击。

例子还能举出一些来，但是，我觉得，这两个也就够了。我之所以不厌其烦地谈论这个问题，是因为我看到有一些学者，在某一个时期集中精力研究一个问题，成果一出，立即罢手。我不认为这是正确的做法。学术问题，有时候一时难以下结论，必须锲而不舍，终生以之，才可能得到越来越精确可靠的结论。有时候，甚至全世界都承认其为真理的学说，时过境迁，还有人提出异议。听说，国外已有学者对达尔文的“进化论”提出了不同的看法。我认为，这不是坏事，而是好事，真理的长河是永远流逝不停的。

搜集资料必须有竭泽而渔的气魄

对研究人文社会科学的人来说，资料是最重要的。在旧时代，虽有一些类书之类的书籍，可供搜集资料之用，但作用毕竟有限。一些饱学之士主要靠背诵和记忆。后来有了索引（亦称引得），范围也颇小。到了今天，可以把古书输入电脑，这当然方便多了。

但是已经输入电脑的书，为数还不太多，以后会逐渐增加的。到了大批的古书都能输入电脑的时候，搜集资料，竭泽而渔，便易如反掌了。那时候的工作重点便由搜集转为解释，工作也不能说是很轻松的。

我这一生，始终从事人文社会科学的研究工作。我搜集资料始终还是靠老办法，笨办法，死办法。只有一次尝试利用电脑，但可以说是毫无所得，大概是那架电脑出了毛病。因此我只能用老办法，一直到我前几年集中精力写《糖史》时，还是靠自己一页一页地搜寻的办法。关于这一点，我在上面已经谈到过，这里不再重复了。

不管用什么办法，搜集资料决不能偷懒，决不能偷工减料，形象的说法就是要有竭泽而渔的魄力。在电脑普遍使用之前，真正做到百分之百的竭泽而渔，是根本不可能的。但是，我们至少也必须做到广征博引，巨细不遗，尽可能地把能搜集到的资料都搜集在一起。科学研究工作没有什么捷径，一靠勤奋，二靠个人的天赋，而前者尤为重要。我个人认为，学者的大忌是仅靠手边一点搜集到的资料，就茫然做出重大的结论。我生平有多次经验，或者毋宁说是教训，我对一个问题做出了结论，甚至颇沾沾自喜，认为是不刊之论。然而，多半是出于偶然的机会，又发现了新资料，证明我原来的结论是不全面的，或者甚至是错误的。因此，我时时提醒自己，千万不要重蹈覆辙。

总之，一句话：搜集资料越多越好。

我的考证

我在上面叙述中，甚至在“总结”的“学术研究发展的轨迹——由考证到兼顾义理”中，都谈到了考证，但仍然觉得意犹未竟，现在再补充谈一谈“我的考证”。

考证并不是什么神秘的东西，把它捧到天上去，无此必要；把它贬得一文不值，也并非实事求是的态度。清代的那一些考据大师，穷毕生之力，从事考据，给我们带来了极大的好处；好多古书，原来我们读不懂，或者自认为读懂而实未懂，通过他们对音训词句的考据，我们能读懂了。这难道说不是极大的贡献吗？即使不是考据专家，凡是从事人文社会科学研究工作的学者，有时候会引征一些资料，对这些资料的真伪迟早都要进行一些必要的考证工作。这些几乎近于常识的事情，不言自喻。因此，我才说，考证不是什么神秘的东西，而且考证之学不但中国有，外国也是有的。科学研究工作贵在求真，而考据正是达到这个目的的手段，焉能分什么国内国外？

至于考证的工拙精粗，完全决定于你的学术修养和思想方法。少学欠术的人，属于马大哈一类的人，是搞不好考证工作的。死板僵硬，墨守成规，不敢越前人雷池一步的人，也是搞不好考证的。在这里，我又要引用胡适先生的两句话：“大胆的假设，小心的求证。”假设，胆越大越好。哥白尼敢于假设地球能转动，胆可谓大矣。然而只凭大胆是不行的，必须还有小心的求证。求证，越小心越好。这里需要的是极广泛搜集资料的能力，穷极毫末分析资料的能力，坚韧不拔、锲而不舍的精神，然后得出的结论才能比较可靠。这里面还有一个学术道德或学术良心的问题，下一节再谈。

在考证方面，在现代中外学人中，我最佩服的有两位：一位是我在德国的太老师 Heinrich Lüders，一位是我在中国的老师陈寅恪先生。他们两位确有共同的特点。他们能在一般人都能读到的普通的书中，发现别人看不到的问题，从极平常的一点切入，逐步深入，分析细致入微，如剥春笋，层层剥落，越剥越接近问题的核心，最后画龙点睛，一笔点出关键，也就是结论；简直如“石破天惊近秋雨”，匪夷所思，然而又铁证如山。此时我简直如沙漠得水，酷暑饮冰，凉沁心肺，毛发直竖，不由得你不五体投地。

上述两位先生都不是为考证而考证，他们的考证中都含有“义理”。我在这里使用“义理”二字，不是清人的所谓“义理”，而是通过考证得出规律性的东西，得出在考证之外的某一种结论。比如 Heinrich Lüders 通过考证得出了，古代印度佛教初起时，印度方言林立，其中东部有一种古代半摩揭陀语，有一部用这种方言纂成的所谓“原始佛典”（Urkanon），当然不可能是一部完整的大藏经，颇有点类似中国的《论语》。这本来是常识一类的事实。然而当今反对这个假说的人，一定把 Urkanon 理解为“完整的大藏经”，真正是不可思议。陈寅恪先生的考证文章，除了准确地考证史实之外，都有近似“义理”的内涵。他特别重视民族与文化的问题，这也是大家所熟悉的。我要郑重声明，我决不是抹煞为考证而考证的功绩。钱大昕考出中国古无轻唇音，并没有什么“义理”在内；但却是不刊之论，这是没有人不承认的。类似的例子还可以举出不少来，足证为考证而考证也是有其用处的、不可轻视的。

但是，就我个人而言，我的许多考证的文章，却只是手段，而不是目的。比如，我考证出汉文的“佛”字是 put，but 的音译；根据这一个貌似微末的事实，我就提出了佛教如何传入中国的问题。我自认是平生得意之作。

学术良心或学术道德

“学术良心”，好像以前还没有人用过这样一个词，我就算是“始作俑者”吧。但是，如果“良心”就是儒家孟子一派所讲的“人之初，性本善”中的“性”的话，我是不信这样的“良心”的。人和其他生物一样，其“性”就是“食、色，性也”的“性”；其本质是一要生存，二要温饱，三要发展。人的一生就是同这种本能作斗争的一生。有的人胜利了，也就是说，既要自己活，也要让别人活，他就是一个合格的人。让别人活的程度越高，也就是为别人着想的程度越高，他的“好”，或“善”也就越高。“宁要我负天下人，不要天下人负我”，是地道的坏人，可惜的是，这样的人在古今中外并不少见。有人要问：既然你不承认人性本善，你这种想法是从哪里来的呢？对于这个问题，我还没有十分满意的解释。《三字经》上的两句话“性相近，习相远”中的“习”字似乎能回答这个问题。一个人过了幼稚阶段，有意识地或无意识地会感到，人类必须互相依存，才都能活下去。如果一个人只想到自己，或都是绝对地想到自己，那么，社会就难以存在，结果谁也活不下去。

这话说得太远了，还是回头来谈“学术良心”或者学术道德。学术涵盖面极大，文、理、工、农、医，都是学术。人类社会不能无学术，无学术，则人类社会就不能前进，人类福利就不能提高；每个人都是想日子越过越好的，学术的作用就在于能帮助人达到这个目的。大家常说，学术是老老实实的东西，不能搀半点假。通过个人努力或者集体努力，老老实实地做学问，得出的结果必然是实事求是的。这样做，就算是有学术良心。剽窃别人的成果，或者为了沽名钓誉创造新学说或新学派而篡改研究真相，伪造研究数据。这是地地道道的学术骗子。在国际上和我们国内，这样的骗子亦非少见。这样的骗局绝不会隐瞒很久的，总有一天真相会大白于天下的。许多国家都有这样的先例。真相一旦暴露，不齿于士林，因而自杀者也是有过的。这种学术骗子，自古已有，可怕的是于今为烈。我们学坛和文坛上的剽窃大案，时有所闻，我们千万要引为鉴戒。

这样明目张胆的大骗当然是绝不允许的。还有些偷偷摸摸的小骗，也不能不引起我们的戒心。小骗局花样颇为繁多，举其荦荦大者，有以下诸种：在课堂上听老师讲课，在公开学术报告中听报告人讲演，平常阅读书刊杂志时读到别人的见解，认为有用或有趣，于是就自己写成文章，不提老师的或者讲演者的以及作者的名字，仿佛他自己就是首创者，用以欺世盗名，这种例子也不是稀见的。还有有人在谈话中告诉了他一个观点，他也据为己有。这都是没有学术良心或者学术道德的行为。

我可以无愧于心地说，上面这些大骗或者小骗，我都从来没有干过，以后也永远不会干。

我在这里补充几点梁启超在他所著的《清代学术概论》中谈到的清代正统派的学风的几个特色："隐匿证据或曲解证据，皆认为不德。""凡采用旧说，必明引之，剿说认为大不德。"这同我在上面谈的学术道德（梁启超的“德”）完全一致。可见清代学者对学术道德之重视程度。

此外，梁启超上书中还举了一点特色：“孤证不为定说。其无反证者姑存之。得有续证，则渐信之。遇有力之反证则弃之。”可以补充在这里，也可以补充在上一节中。

勤奋、天才（才能）与机遇

人类的才能，每个人都有所不同，这是大家都看到的事实，不能不承认的。但是有一种特殊的才能一般人称之为“天才”。有没有“天才”呢？似乎还有点争论，有点看法的不同。“文化大革命”期间，有一度曾大批“天才”，但其时所批“天才”，似乎与我现在讨论的“天才”不是一回事。根据我六七十年来的观察和思考，有“天才”是否定不了的，特别在音乐和绘画方面。你能说贝多芬、莫扎特不是音乐天才吗？即使不谈“天才”，只谈才能，人与人之间也是相差十分悬殊的。就拿教梵文来说，在同一个班上，一年教下来，学习好的学生能够教学习差的而有余。有的学生就是一辈子也跳不过梵文这个龙门。这情形我在国内外都见到过。

拿做学问来说，天才与勤奋的关系究竟如何呢？有人说“九十九分勤奋，一分神来（属于天才的范畴）。”我认为，这个百分比应该纠正一下。七八十分的勤奋，二三十分的天才（才能），我觉得更符合实际一点。我丝毫也没有贬低勤奋的意思。无论干哪一行的，没有勤奋，一事无成。我只是感到，如果没有才能而只靠勤奋，一个人发展的极限是有限度的。

现在，我来谈一谈天才、勤奋与机遇的关系问题。我记得六十多年前在清华大学读西洋文学时，读过一首英国诗人 Thomas Gray 的诗，题目大概是叫《乡村墓地哀歌（Elegy）》。诗的内容，时隔半个多世纪，全都忘了，只有一句还记得："在墓地埋着可能有莎士比亚。"意思是指，有莎士比亚天才的人，老死穷乡僻壤间。换句话说，他没有得到"机遇"，天才白白浪费了。上面讲的可能有张冠李戴的可能；如果有的话，请大家原谅。

总之，我认为，"机遇"（在一般人嘴里可能叫做"命运"）是无法否认的。一个人一辈子做事，读书，不管是干什么，其中都有"机遇"的成分。我自己就是一个活生生的例子。如果"机遇"不垂青，我至今还恐怕是一个识字不多的贫农，也许早已离开了世界。我不是"王半仙"或"张铁嘴"，我不会算卦、相面，我不想来解释这一个"机遇"问题，那是超出我的能力的事。

满招损，谦受益

这本来是中国一句老话，来源极古，《尚书·大禹谟》中已经有了，以后历代引用不辍，一直到今天，还经常挂在人民嘴上。可见此话道出了一个真理，经过将近三千年的检验，益见其真实可靠。

这话适用于干一切工作的人，做学问何独不然？可是，怎样来解释呢？

根据我自己的思考与分析，满（自满）只有一种：真。假自满者，未之有也。吹牛皮，说大话，那不是自满，而是骗人。谦（谦虚）却有两种，一真一假。假谦虚的例子，真可以说是俯拾即是。故作谦虚状者，比比皆是。中国人的“菲酌”、“拙作”之类的词，张嘴即出。什么“指正”、“斧正”、“哂正”之类的送人自己著作的谦词，谁都知道是假的；然而谁也必须这样写。这种谦词已经深入骨髓，不给任何人留下任何印象。日本人赠人礼品，自称“粗品”者，也属于这一类。这种虚伪的谦虚不会使任何人受益。西方人无论如何也是不能理解的。为什么拿“菲酌”而不拿盛宴来宴请客人？为什么拿“粗品”而不拿精品送给别人？对西方人简直是一个谜。

我们要的是真正的谦虚，做学问更是如此。如果一个学者，不管是年轻的，还是中年的、老年的，觉得自己的学问已经够大了，没有必要再进行学习了，他就不会再有进步。事实上，不管你搞哪一门学问，决不会有搞得完全彻底一点问题也不留的。人即使能活上一千年，也是办不到的。因此，在做学问上谦虚，不但表示这个人有道德，也表示这个人是实事求是的。听说康有为说过，他年届三十，天下学问即已学光。仅此一端，就可以证明，康有为不懂什么叫学问。现在有人尊他为“国学大师”，我认为是可笑的。他至多只能算是一个革新家。

在当今中国的学坛上，自视甚高者，所在皆是；而真正虚怀若谷者，则绝无仅有。我不认为这是一个好现象。有不少年轻的学者，写过几篇论文，出过几册专著，就傲气凌人。这不利于他们的进步，也不利于中国学术前途的发展。

我自己怎样呢？我总觉得自己不行。我常常讲，我是样样通，样样松。我一生勤奋不辍，天天都在读书写文章，但一遇到一个必须深入或更深入钻研的问题，就觉得自己知识不够，有时候不得不临时抱佛脚。人们都承认，自知之明极难；有时候，我却觉得，自己的“自知之明”过了头，不是虚心，而是心虚了。因此，我从来没有觉得自满过。这当然可以说是一个好现象。但是，我又遇到了极大的矛盾：我觉得真正行的人也如凤毛麟角。我总觉得，好多学人不够勤奋，天天虚度光阴。我经常处在这种心理矛盾中。别人对我的赞誉，我非常感激；但是，我并没有被这些赞誉冲昏了头脑，我头脑是清楚的。我只劝大家，不要全信那一些对我赞誉的话，特别是那些顶高得惊人的帽子，我更是受之有愧。

没有新意，不要写文章

在芸芸众生中，有一种人，就是像我这样的教书匠，或者美其名，称之为“学者”。我们这种人难免不时要舞笔弄墨，写点文章的。根据我的分析，文章约而言之可以分为两大类：一是被动写的文章，一是主动写的文章。

所谓“被动写的文章”，在中国历史上流行了一千多年的应试的“八股文”和“试帖诗”，就是最典型的例子。这种文章多半是“代圣人立言”的，或者是“颂圣”的，不许说自己真正想说的话。换句话说，就是必须会说废话。记得鲁迅在什么文章中举了一个废话的例子：“夫天地者乃宇宙之乾坤，吾心者实中怀之在抱。千百年来，已非一日矣。”（后面好像还有，我记不清楚了。）这是典型的废话，念起来却声调铿锵。“试帖诗”中也不乏好作品，唐代钱起咏湘灵鼓瑟的诗，就曾被朱光潜先生赞美过，而朱先生的赞美又被鲁迅先生讽刺过。到了今天，我们被动写文章的例子并不少见。我们写的废话，说的谎话，吹的大话，也是到处可见的。我觉得，有好多文章是大可以不必写的，有好些书是大可以不必印的。如果少印刷这样的文章，出版这样的书，则必然能够少砍伐些森林，少制造一些纸张；对保护环境，保持生态平衡，会有很大的好处的；对人类生存的前途也会减少危害的。

至于主动写的文章，也不能一概而论。仔细分析起来，也是五花八门的，有的人为了提职，需要提交“著作”，于是就赶紧炮制；有的人为了成名成家，也必须有文章，也努力炮制。对于这样的人，无需深责，这是人之常情。炮制的著作不一定都是“次品”，其中也不乏优秀的东西，像吾辈“爬格子族”的人们，非主动写文章以赚点稿费不行，只靠我们的工资，必将断炊。我辈被“尊”为教授的人，也不例外。

在中国学术界里，主动写文章的学者中，有不少的人学术道德是高尚的。他们专心一致，惟学是务，勤奋思考，多方探求，写出来的文章尽管有点参差不齐；但是他们都是值得钦佩、值得赞美的，他们是我们中国学术界的脊梁。

真正的学术著作，约略言之，可以分为两大类：单篇的论文与成本的专著。后者的重要性不言自明。古今中外的许多大部头的专著，像中国汉代司马迁的《史记》、宋代司马光的《资治通鉴》等等，都是名垂千古、辉煌璀璨的巨著，是我们国家的瑰宝。这里不再详论。我要比较详细地谈一谈单篇论文的问题。单篇论文的核心是讲自己的看法、自己异于前人的新意，要发前人未发之覆。有这样的文章，学术才能一步步、一代代向前发展。如果写一部专著，其中可能有自己的新意，也可能没有。因为大多数的专著是综合的、全面的叙述。即使不是自己的新意，也必须写进去，否则就不算全面。论文则没有这种负担，它的目的不是全面，而是深入，而是有新意，它与专著的关系可以说是相辅相成的。

我在上面几次讲到“新意”，“新意”是从哪里来的呢？有的可能是从天上掉下来的，是出于“灵感”的，比如传说中牛顿因见苹果落地而悟出地心吸力。但我们必须注意，这种灵感不是任何人都能有的。牛顿一定是很早就考虑这类的问题，昼思夜想，一旦遇到相应的时机。便豁然顿悟。吾辈平凡的人，天天吃苹果，只觉得它香脆甜美，管它什么捞什子“地心吸力”干吗！在科学技术史上，类似的例子还可以举出不少来，现在先不去谈它了。

在以前极“左”思想肆虐的时候，学术界曾大批“从杂志缝里找文章”的做法，因为这样就不能“代圣人立言”；必须心中先有一件先入为主的教条的东西要宣传，这样的文章才合乎程式。有“学术新意”是触犯“天条”的。这样的文章一时间滔滔者天下皆是也。但是，这样的文章印了出来，再当做垃圾卖给收破烂的（我觉得这也是一种“白色垃圾”），除了浪费纸张以外，丝毫无补于学术的进步。我现在立一新义：在大多数情况下，只有到杂志缝里才能找到新意。在大部头的专著中，在字里行间，也能找到新意的，旧日所谓“读书得间”，指的就是这种情况。因为，一般说来，杂志上发表的文章往往只谈一个问题、一个新问题，里面是有新意的。你读过以后，受到启发，举一反三，自己也产生了新意，然后写成文章，让别的学人也受到启发，再举一反三。如此往复循环，学术的进步就寓于其中了。

可惜——是我觉得可惜——眼前在国内学术界中，读杂志的风气，颇为不振。不但外国的杂志不读，连中国的杂志也不看。闭门造车，焉得出而合辙？别人的文章不读，别人的观点不知，别人已经发表过的意见不闻不问，只是一味地写去写去。这样怎么能推动学术前进呢？更可怕的是，这个问题几乎没有人提出。有人空喊“同国际学术接轨”。不读外国同行的新杂志和新著作，你能知道“轨”究竟在哪里吗？连“轨”在哪里都不知道，空喊“接轨”，不是天大的笑话吗？

对待不同意见的态度

端正对待不同意见（我在这里指的只是学术上不同的意见）的态度，是非常不容易办到的一件事。中国古话说：“良药苦口利于病，忠言逆耳利于行。”可见此事自古已然。

我对于学术上不同的观点，最初也不够冷静。仔细检查自己内心的活动，不冷静的原因决不是什么面子问题，而是觉得别人的思想方法有问题，或者认为别人并不真正全面地实事求是地了解自己的观点，自己心里十分别扭，简直是堵得难受，所以才不能冷静。

最近若干年来，自己在这方面有了进步。首先，我认为，普天之下的芸芸众生，思想方法就是不一样，五花八门，无奇不有，这是正常的现象，正如人与人的面孔也不能完完全全一模一样相同。要求别人的思想方法同自己一样，是一厢情愿、完全不可能的，也是完全不必要的。其次，不管多么离奇的想法，其中也可能有合理之处的。采取其合理之处，扬弃其不合理之处，是惟一正确的办法。至于有人无理攻击，也用不着真正的生气。我有一个怪论：一个人一生不可能没有朋友，也不可能没有非朋友。我在这里不用“敌人”这个词，而用“非朋友”，是因为非朋友不一定就是敌人。最后，我还认为，个人的意见不管一时觉得多么正确，其实这还是一个未知数。时过境迁，也许会发现它并不正确，或者不完全正确。到了此时，必须有勇气公开改正自己的错误意见。梁任公说：“不惜以今日之我，攻昨日之我。”这是光明磊落的真正学者的态度。最近我编《东西文化议论集》时，首先自己亮相，把我对“天人合一”思想的“新解”（请注意“新解”中的“新”字）和盘托出，然后再把反对我的意见的文章，只要能搜集到的，都编人书中，让读者自己去鉴别分析。我对广大的读者是充分相信的，他们能够明辨是非。如果我采用与此相反的方式：打笔墨官司，则对方也必起而应战。最初，双方或者还能克制自己，说话讲礼貌，有分寸。但是笔战越久，理性越少，最后甚至互相谩骂，人身攻击。到了这个地步，谁还能不强词夺理，歪曲事实呢？这样就离开真理越来越远了。中国学术史上这样的例子颇为不少。我前些时候在上海《新民晚报》“夜光杯”副刊上写过一篇短文：《真理越辨越明吗?》。我的结论是：在有些时候，真理越辨（辩）越糊涂。是否真理，要靠实践，靠历史和时间的检验。可能有人认为我是在发怪论，我其实是有感而发的。

必须中西兼通，中外结合，地上文献与地下考古资料相结合

这一节其实都是“多余的话”，可以不必写的。可我为什么又写了呢？因为，经过多年的观察，我发现，在中国学者群中，文

献与考古相结合多数学者是做到了，但是，中外结合这一点则做得很不够。我在这里不用“中西”，而用“中外”，是包括日本在内的，并非笔误。

我个人认为，居今之世而言治学问，决不能坐井观天。今天已经不是乾嘉时代了。许多学术发达的外国，科学、技术，灿然烂然；人文社会科学方面，也已达到了相当高的水平。我们中国学者，包括专治中国国学的在内，对外国的研究动向和研究成果，决不能视若无睹。那样不利于我们自己学问的进步，也不利于国与国之间的学术文化交流。可是，令人十分遗憾的是，国内学术界确有昧于国外学术界情况的现象。年老的不必说，甚至连一些中年或青年学者，也有这种现象。我觉得，这种情况必须尽快改变。否则，有人慨叹中国一些学科在国际上没有声音。这不能怪别人，只能怪自己。说汉语的人虽然数目极大，可惜外国人不懂。我们的汉语还没有达到今天英语的水平。你无论怎样“振大汉之天声”，人家只是瞠目摇头。在许多国际学术的讨论会上，出席的一些中国学者，往往由于不通外语，首先在大会上不能自己用外语宣读论文，其次在会议间歇时或联欢会上，孑然孤立，窘态可掬。因此，我希望我们年轻的学者，不管你是哪一门，哪一科，尽快掌握外语。只有这样，中国的声音才能传向全球。

研究、创作与翻译并举

这完全是对我自己的总结，因为这样干的人极少。

我这样做，完全是环境造成的。研究学问是我毕生兴趣之所在，我的几乎是全部的精力也都用在了这上面。但是，在济南高中读书时期，我受到了胡也频先生和董秋芳（冬芬）先生的影响和鼓励；到了清华大学以后，又受到了叶公超先生、沈从文先生和郑振铎先生的奖励，就写起文章来。我写过一两首诗，现在全已逸失。我不愿意写小说，因为我厌恶虚构的东西。因此，我只写散文，六十多年来没有断过。人都是爱虚荣的，我更不能例外。我写的散文从一开始就受到了上述诸先生的垂青，后来又逐渐得到了广大读者的鼓励。我写散文不间断的原因，说穿了，就在这里。有时候，搞那些枯燥死板的学术研究疲倦了，换一张桌子，写点散文，换一换脑筋。就像是磨刀一样，刀磨过之后，重又锋利起来，回头再搞学术研究，重新抖擞，如虎添翼，奇思妙想，纷至沓来，亦人生一乐也。我自知欠一把火，虽然先后成为中国作家协会的会员、理事、顾问，却从来不敢以作家自居。在我眼中，作家是“神圣”的名称，是我崇拜的对象，我哪里敢鱼目混珠呢？

至于搞翻译工作，那完全是出于无奈。我于1946年从德国回国以后，我在德国已经开了一个好头的研究工作，由于国内资料完全缺乏，被迫改弦更张。当时内心极度痛苦。除了搞行政工作外，我是一个闲不住的人，我必须找点工作干，我指的是写作工作。写散文，我没有那么多真情实感要抒发。我主张散文是不能虚构的，不能讲假话的；硬往外挤，卖弄一些花里胡哨的辞藻，我自谓不是办不到，而是耻于那样做。想来想去，眼前只有一条出路，就是搞翻译。我从德国的安娜·西格斯的短篇小说译起，一直扩大到梵文和巴利文文学作品。最长最重要的一部翻译是印度两大史诗之一的《罗摩衍那》。这一部翻译的产生是在我一生最倒霉、精神最痛苦的时候。当时“文化大革命”还没有结束，我虽然已经被放回家中；北大的“黑帮大院”已经解散，每一个“罪犯”都回到自己的单位，群众专政，监督劳改；但是我头上那一摞莫须有的帽子，似有似无，似真似假，还沉甸甸地压在那里。我被命令掏大粪，浇菜园，看楼门，守电话，过着一个“不可接触者”的日子。我枯坐门房中，除了传电话，分发报纸信件以外，实在闲得无聊。心里琢磨着找一件会拖得很长，但又绝对没有什么结果的工作，以消磨时光，于是就想到了长达两万颂的《罗摩衍那》。从文体上来看，这部大史诗不算太难，但是个别地方还是有问题有困难的。在当时，这部书在印度有不同语言的译本，印度以外还没有听到有全译本，连英文也只有一个编译本。我碰到困难，无法解决，只有参考也并不太认真的印地文译本。当时极“左”之风尚未全息，读书重视业务，被认为是“修正主义”。何况我这样一个半犯人的人，焉敢公然在门房中摊开梵文原本翻译起来，旁若无人。这简直是在太岁头上动土，至少也得挨批斗五次。我哪里有这个勇气！我于是晚上回家，把梵文译为汉文散文，写成小纸条，装在口袋里。白天枯坐门房中，脑袋里不停地思考，把散文改为有韵的诗。我被进一步解放后，又费了一两年的时间，终于把全书的译文整理完。后来时来运转，受到了改革开放之惠，人民文学出版社全文出版，这是我事前绝对没有妄想过的。

我常常想，如果没有“文化大革命”，如果我没有成为“不可接触者”，则必终日送往迎来，忙于行政工作，《罗摩衍那》是绝对翻译不出来的。有人说：坏事能变成好事，信然矣。人事纷纭，因果错综，我真不禁感慨系之了。

“总结”暂时写到这里。有几点需要说明一下：

第一，这本书是以回忆我这一生六七十年来的学术研究的内容为主轴线来写作的，它不是一般的《自述》，连不属于狭义的学术研究范围的文学创作和文学翻译，都不包括在里面。目的无它，不过求其重点突出，线索分明而已。但是，考虑到文学创作与文学翻译与学术研究工作毕竟是紧密相联的，所以在“总结”的最后又加上了一节。

第二，《自述》本来打算而且也应该写到1997年的。但是，正如我在上面说到过的那样，我是越老工作干得越多，文章写得也多，头绪纷繁，一时难以搜集齐全，“自述”写起来也难，而且交稿有期，完成无日。考虑了好久，终于下定决心，1994年以后的“学术自述”以后再写，现在暂时告一段落。

第三，但是，我在这里却遇到了矛盾。按理说，“自述”写到哪一年，“总结”也应该做到哪一年。可是，事实上却难以做到，“自述”可以戛然而止，而“总结”则难以办到。许多工作是有连续性的。“总结”必须总结一个全过程，不能说停就停。因此，同这部《自述》不能同步进行，“总结”一直写到眼前。将来“自述”写到1997年时，“总结”不必改动，还会是适合的、有用的。

第四，“总结”的目的是总结经验和教训的。我这一生活得太长，活干得太多，于是经验和教训就内容复杂，头绪纷纭。我虽然绞尽了脑汁，方方面面，都努力去想。但是，我却一点儿把握也没有，漏掉的东西肯定还会有的。在今后继续写“学术自述”的过程中，只要我想到还有什么遗漏，我在“自述”暂告——只能暂告，我什么时候给生命划句号，只有天知道——结束时，我还会补上的。

研究学问的三个境界

王国维在他著的《人间词话》里说了一段话：

> 古今之成大事业大学问者，必经过三种之境界："昨夜西风凋碧树，独上高楼，望尽天涯路。"此第一境也。"衣带渐宽终不悔，为伊消得人憔悴。"此第二境也。"众里寻他千百度，回头蓦见，那人正在灯火阑珊处。"此第三境也。

尽管王国维同我们在思想上有天渊之别，他之所谓"大学问"、"大事业"，也跟我们了解的不完全一样，但是这一段话的基本精神，我们是可以同意的。

现在我就根据自己一些经验和体会来解释一下王国维的这一段话。

"昨夜西风凋碧树，独上高楼，望尽天涯路。"意思是：在秋天里，夜里吹起了西风，碧绿的树木都凋谢了。树叶子一落，一切都显得特别空阔。一个人登上高楼，看到一条漫长的路，一直引到天边，不知道究竟有多么长。王国维引用这几句词，形象地说明了一个人立志做一件事情时的情景。志虽然已经立定，但是前路漫漫，还看不到什么具体的东西。

说明第二个境界的那几句词引自柳永的《凤栖梧》。王国维只是借用那两句话来说明：在工作进行中，一定要努力奋斗，刻苦钻研，日夜不停，坚持不懈，以致身体瘦削，连衣裳的带子都显得松了。但是，他（她）并不后悔，仍然是勇往直前，不顾自己的憔悴。

在三个境界中，这可以说是关键。根据我自己的体会，立志做一件事情以后，必须有这样的精神，才能成功。无论是在对自然的斗争中，还是在阶级斗争中，要想找出规律，来进一步推动工作，都是十分艰巨的事情。就拿我们从事教育和科学研究工作的人来说吧，搞自然科学的，既要进行细致深入的实验，又要积累资料。搞社会科学的，必须积累极其丰富的资料，并加以细致的分析和研究。在工作中，会遇到层出不穷的意想不到的困难，我们一定要坚忍不拔，百折不回，决不容许有任何侥幸求成的想法，也不容许徘徊犹豫。只有这样，才能得到最后的成功。

工作是艰苦的，工作的动力是什么呢？对王国维来说，工作的动力也许只是个人的名山事业。但是，对我们来说，动力应该是建设社会主义社会和共产主义社会。所以，我们今天的工作动力同王国维时代比起来，真有天渊之别了。

所谓不顾身体的瘦削，只是形象的说法，我们决不能照办。在王国维时代，这样说是可以的。但是到了今天，我们既要刻苦钻研，同时又要锻炼身体。一马万马的关系必须正确处理。

此外，我们既要自己钻研，同时也要兢兢业业地向老师学习。打一个不太确切的比喻，老师和学生一教一学，就好像是接力赛跑，一棒传一棒，跑下去，最后达到目的地。我们之所以要尊师，就是因为老师在一定意义上是跑前一棒的人。一方面，我们要从他手里接棒；另一方面，我们一定会比他跑得远，这就是所谓

“青出于蓝，而胜于蓝”。

说明第三个境界的词引自辛弃疾的《青玉案·元夕》。意思是：到处找他（她），也不知道找了几百遍几千遍，只是找不到。猛一回头，那人原来就在灯火不太亮的地方。中国旧小说常见的“踏破铁鞋无觅处，得来全不费功夫”，表达的也是这个意思。王国维引用这几句词，来说明获得成功的情形。一个人既然立下大志做一件事情，于是就苦干、实干、巧干。但是什么时候才能成功呢？对于这个问题大可以不必过分考虑。只要努力干下去，而方法又对头，干得火候够了，成功自然就会到你身边来。

这三个境界，一般地说起来，是与实际情况相符的。就王国维所处的时代来说，他在科学研究方面所获得的成绩是极其辉煌的。他这一番话，完全出自亲自的体会和经验，因此才这样具体而生动。

到了今天，社会大大地进步了，我们的学习条件大大地改善了，我们的学习动力也完全不一样了；我们都应该立下雄心大志，一定要艰苦奋斗，攀登科学的高峰。

1959 年 7 月

我和书

古今中外都有一些爱书如命的人。我愿意加入这一行列。

书能给人以知识，给人以智慧，给人以快乐，给人以希望。但也能给人带来麻烦，带来灾难。在“大革文化命”的年代里，我就以收藏封资修大洋古书籍的罪名挨过批斗。1976年地震的时候，也有人警告我，我坐拥书城，夜里万一有什么情况，书城将会封锁我的出路。

批斗对我已成过眼云烟，那种万一的情况也没有发生，我“死不改悔”，爱书如故，至今藏书已经发展到填满了几间房子。除自己购买以外，赠送的书籍越来越多。我究竟有多少书，自己也说不清楚。比较起来，大概是相当多的。搞抗震加固的一位工人师傅就曾多次对我说：这样多的书，他过去没有见过。学校领导对我额外加以照顾，我如今已经有了几间真正的书窝，那种卧室、书斋、会客室三位一体的情况，那种“初极狭，才通人”的桃花源的情况，已经成为历史陈迹了。

有的年轻人看到我的书，瞪大了吃惊的眼睛问我：“这些书你都看过吗?”我坦白承认，我只看过极少极少的一点。“那么，你要这么多书干嘛呢?”这确实是难以回答的问题。我没有研究过藏书心理学，三言两语，我说不清楚。我相信，古今中外爱书如命者也不一定都能说清楚，即使说出原因来，恐怕也是五花八门的吧。

真正进行科学研究，我自己的书是远远不够的。也许我搞的这一行有点怪。我还没有发现全国任何图书馆能满足，哪怕是最低限度地满足我的需要。有的题目有时候由于缺书，进行不下去，只好让它搁浅。我抽屉里面就积压着不少这样的搁浅的稿子。我有时候对朋友们开玩笑说："搞我们这一行，要想有一个满意的图书室简直比搞四化还要难。全国国民收入翻两番的时候，我们也未必真能翻身。"这绝非耸人听闻之谈，事实正是这样。同我搞的这一行有类似困难的，全国还有不少。这都怪我们过去底子太薄，解放后虽然做了不少工作，但是一时积重难返。我现在只有寄希望于未来，发呼吁于同行。我们大家共同努力，日积月累，将来总有一天会彻底改变目前情况的。古人说："前人种树，后人乘凉。"让我们大家都来当种树人吧。

1985 年 7 月 8 日晨

我和外国文学

要想谈我和外国文学，简直像“一部十七史，不知从何处谈起”。

我从小学时期起开始学习英文，年龄大概只有十岁吧。当时我还不大懂什么是文学，只朦朦胧胧地觉得外国文学很好玩而已。记得当时学英文是课余的，时间是在晚上。现在留在我的记忆里的只是在夜课后，在黑暗中，走过一片种满了芍药花的花畦，紫色的芍药花同绿色的叶子化成了一个颜色，清香似乎扑人鼻官。从那以后，在几十年的漫长的岁月中，学习英文总同美丽的芍药花联在一起，成为美丽的回忆。

到了初中，英文继续学习。学校环境异常优美，紧靠大明湖，一条清溪流经校舍。到了夏天，杨柳参天，蝉声满园。后面又是百亩苇绿，十里荷香，简直是人间仙境。我们的英文教员水平很高，我们写的作文，他很少改动，而是一笔勾销，自己重写一遍。用力之勤，可以想见。从那以后，我学习英文又同美丽的校园和一位古怪的老师联在一起，也算是美丽的回忆吧。

到了高中，自己已经十五六岁了，仍然继续学英文，又开始学了点德文。到了此时，才开始对外国文学发生兴趣。但是这个启发不是来自英文教员，而是来自国文教员。高中前两年，我上的是山东大学附设高中。国文教员王崑玉先生是桐城派古文作家，自己有文集，后来到山东大学做了讲师。我们学生写作文，当然都用文言文，而且尽量模仿桐城派的调子。不知怎么一来，我的作文竟受到他的垂青。什么“亦简练，亦畅达”之类的评语常常见到，这对于我是极大的鼓励。高中最后一年，我上的是山东济南省立高中。经过了“五卅”惨案，学校地址变了，空气也变了，国文老师换成了董秋芳（冬芬）、夏莱蒂、胡也频等等，都是有名的作家。胡也频先生只教了几个月，就被国民党通缉，逃到上海，不久就壮烈牺牲。以后是董秋芳先生教我们。他是北大英文系毕业，曾翻译过一本短篇小说集《争自由的波浪》，鲁迅写了序言。他同鲁迅通过信，通信全文都收在《鲁迅全集》中。他虽然教国文，却是外国文学出身，在教学中自然会讲到外国文学的。我此时写作文都改用白话，不知怎么一来，我的作文又受到董老师的垂青。他对我大加赞誉，在一次作文的评语中，他写道，我同另一个同级王峻岭（后来入北大数学系）是全班、全校之冠。这对一个十七八岁的青年来说，更是极大的鼓励。从那以后，虽然我思想还有过波动，也只能算是小插曲。我学习文学，其中当然也有外国文学的决心，就算是确定下来了。

在这时期，我曾从日本东京丸善书店订购过几本外国文学的书。其中一本是英国作家吉卜林的短篇小说。我曾着手翻译过其中一篇，似乎没有译完。当时一本洋书值几块大洋，够我一个月的饭钱。我节衣缩食，存几块钱，写信到日本去订书，书到了，又要跋涉十几里路到商埠去“代金引换”。看到新书，有如贾宝玉得到通灵宝玉，心中的愉快，无法形容。总之，我的兴趣已经确定，这也就确定了我以后学习和研究的方向。

考上清华以后，在选择系科的时候，不知是由于什么原因，我曾经一阵心血来潮，想改学数学或者经济。要知道我高中读的是文科，几乎没有学过数学。入学考试数学分数不到十分。这样的成绩想学数学岂非滑天下之大稽！愿望当然落空。一度冲动之后，我的心情立即平静下来：还是老老实实，安分守己，学外国文学吧。

清华大学西洋文学系，实际上是以英国文学为主，教授，不管是哪一国人，都用英语讲授。但是又有一个古怪的规定：学习英、德、法三种语言中任何一种，从一年级学到四年级，就叫什么语的专门化。德文和法文从字母学起，而大一的英文一上来就念J. 奥斯汀的《傲慢与偏见》，可见英文的专门化同法文和德文的专门化，完全是不可同日而语的。四年的课程有文艺复兴文学、中世纪文学、现代长篇小说、莎士比亚、欧洲文学史、中西诗之比较、英国浪漫诗人、中古英文、文学批评等等。教大一英文的是叶公超，后来当了国民党的外交部长。教大二的是毕莲（Miss Bille），教现代长篇小说的是吴可读（英国人），教东西诗之比较的是吴宓，教中世纪文学的是吴可读，教文艺复兴文学的是温特（Winter），教欧洲文学史的是翟孟生（Jameson），教法文的是Holland小姐，教德文的是杨丙辰、艾克（Ecke）、石坦安（von den Steinen）。这些外国教授的水平都不怎么样，看来都不是正途出身，有点野狐谈禅的味道。费了四年的时间，收获甚微。我还选了一些其他的课，像朱光潜的文艺心理学，陈寅恪的佛经翻译文学，朱自清的陶渊明诗等等，也曾旁听过郑振铎和谢冰心的课。这些课程水平都高，至今让我忆念难忘的还是这一些课程，而不是上面提到的那一些“正课”。

从上面的选课中可以看出，我在清华大学四年，兴趣是相当广的，语言、文学、历史、宗教几乎都涉及了。我是德文专门化的学生，从大一德文，一直念到大四德文，最后写论文还是用英文，题目是《The Early Poems of Hölderlin》，指导教师是艾克。内容已经记不清楚，大概水平是不高的。在这期间，除了写作散文以外，我还翻译了德莱塞的《旧世纪还在新的时候》，屠格涅夫的《玫瑰是多么美丽，多么新鲜呵……》，史密斯（Smith）的《蔷薇》，杰克逊（H. Jackson）的《代替一篇春歌》，马奎斯（D. Marquis）的《守财奴自传序》，索洛古勃（Sologub）的一些作品，荷尔德林的一些诗，其中《玫瑰是多么美丽，多么新鲜呵……》、《代替一篇春歌》、《蔷薇》等几篇发表了，其余的大概都没有刊出，连稿子现在都没有了。

此时我的兴趣集中在西方的所谓“纯诗”上。但是也有分歧。纯诗主张废弃韵律，我则主张诗歌必须有韵律，否则叫任何什么名称都行，只是不必叫诗。泰戈尔是主张废除韵律的，他的道理并没有能说服我。我最喜欢的诗人是法国的魏尔兰、马拉梅和比利时的维尔哈伦等。魏尔兰主张：首先是音乐，其次是明朗与朦胧相结合。这符合我的口味。但是我反对现在的所谓“朦胧诗”。我总怀疑这是“英雄欺人”，以艰深文浅陋。文学艺术都必须要人了解，如果只有作者一个人了解（其实他自己也不见得就了解），那何必要文学艺术呢？此外，我还喜欢英国的所谓“形而上学诗”。在中国，我喜欢的是六朝骈文，唐代的李义山、李贺，宋代的姜白石、吴文英，都是唯美的，讲求词藻华丽的。这个嗜好至今仍在。

在这四年期间，我同吴雨僧（宓）先生接触比较多。他主编天津《大公报》的一个副刊，我有时候写点书评之类的文章给他发表。我曾到燕京大学夜访郑振铎先生，同叶公超先生也有接触，他教我们英文，喜欢英国散文，正投我所好。我写散文，也翻译散文。曾有一篇《年》发表在与叶有关的《学文》上，受到他的鼓励，也碰过他的钉子。我常常同几个同班访问雨僧先生的藤影荷声之馆。有名的水木清华之匾就挂在工字厅后面。我也曾在月夜绕过工字厅走到学校西部的荷塘小径上散步，亲自领略朱自清先生《荷塘月色》描绘的那种如梦如幻的仙境。

我在清华时就已开始对梵文发生兴趣。旁听陈寅恪先生的佛经翻译文学更加深了我的兴趣。但由于当时没有人教梵文，所以空有这个愿望而不能实现。1935 年深秋，我到了德国哥廷根，才开始从瓦尔德施米特（Waldschmidt）教授学习梵文和巴利文。后又从西克（E. Sieg）教授学习吠陀和吐火罗文。梵文文学作品只在授课时作为语言教材来学习。二次世界大战爆发，瓦尔德施米特被征从军，西克以耄耋之年出来代他授课。这位年老的老师亲切和蔼，恨不能把自己的一切学问和盘托出来，交给我这个异域的青年。他先后教了我吠陀、《大疏》、吐火罗语。在文学方面，他教了我比较困难的檀丁的《十王子传》。这一部用艺术诗写成的小说实在非常古怪。开头一个复合词长达三行，把一个需要一章来描写的场面细致地描绘出来了。我回国以后之所以翻译《十王子传》，基因就是这样形成的。当时我主要是研究混合梵文，没有余暇来搞梵文文学，好像是也没有兴趣。在德国十年，没有翻译过一篇梵文文学著作，也没有写过一篇论梵文文学的文章。现在回想起来，也似乎从来没有想到要研究梵文文学。我的兴趣完完全全转移到语言方面，转移到吐火罗文方面去了。

1946 年回国，我到北大来工作。我兴趣最大、用力最勤的佛教梵文和吐火罗文的研究，由于缺少起码的资料，已无法进行。我当时有一句口号，叫做：“有多大碗，吃多少饭。”意思是说，国内有什么资料，我就做什么研究工作。巧妇难为无米之炊。不管我多么不甘心，也只能这样了。我就是在这种情况下来翻译文学作品的。解放初期，我翻译了德国女小说家安娜·西格斯的短篇小说。西格斯的小说，我非常喜欢。她以女性特有的异常细致的笔触，描绘反法西斯的斗争，实在是优秀的短篇小说家。以后我又翻译了迦梨陀娑的《沙恭达罗》和《优哩婆湿》，翻译了《五卷书》和一些零零碎碎的《佛本生故事》等。直至此时，我还并没有立志专门研究外国文学。我用力最勤的还是中印文化关系史和印度佛教史。我努力看书，积累资料。五十年代，我曾想写一部《唐代中印关系史》，提纲都已写成，可惜因循未果。十年浩劫中，资料被抄，丢了一些，还留下一些，我已兴趣索然了。在浩劫之后，我自忖已被打倒在地，命运是永世不得翻身。但我又不甘心无所事事，白白浪费人民的小米，想找一件能占住自己的身心而又能旷日持久的翻译工作，从来也没想到出版问题。我选择的结果就是印度大史诗《罗摩衍那》。大概从 1973 年开始，在看门房、守电话之余，着手翻译。我一定要译文押韵。但有时候找一个适当的韵脚又异常困难，我就坐在门房里，看着外面来来往往的人，大半都不认识，只见眼前人影历乱，我脑筋里却想的是韵脚。下班时要走四十分钟才能到家，路上我仍搜索枯肠，寻求韵脚，以此自乐，实不足为外人道也。

上面我谈了六十年来我和外国文学打交道的经过。原来不知从何处谈起，可是一谈，竟然也谈出了不少的东西。记得什么人说过，只要塞给你一支笔，几张纸，出上一个题目，你必然能写出东西来。我现在竟成了佐证。可是要说写得好，那可就不见得了。

究竟怎样评价我这六十年中对外国文学的兴趣和所表现出来的成绩呢？我现在谈一谈别人的评价。1980 年，我访问联邦德国，同分别了将近四十年的老师瓦尔德施米特教授会面，心中的喜悦之情可以想见。那时候，我翻译的《罗摩衍那》才出了一本。我就带了去送给老师。我万没有想到，他板起脸来，很严肃地说："我们是搞佛教研究的，你怎么弄起这个来了!"我了解老师的心情，他是希望我在佛教研究方面能多做出些成绩。但是他哪里能了解我的处境呢？我一无情报，二无资料，我是不得已而为之的。只是到了最近五六年，我两次访问联邦德国，两次访问日本，同外国的渠道逐渐打通，同外国同行通信、互赠著作，才有了一些条件，从事我那有关原始佛教语言的研究，然而人已垂垂老矣。

前几天，我刚从日本回来。在东京时，以东京大学名誉教授中村元博士为首的一些日本学者为我布置了一次演讲会。我讲的题目是《和平与文化》。在致开幕词时，中村元把我送给他的八大本汉译《罗摩衍那》提到会上，向大家展示。他大肆吹嘘了一通，说什么世界名著《罗摩衍那》外文译本完整的，在过去一百多年内只有英文，汉文译本是第二个全译本，有重要意义。日本、美国、苏联等国都有人在翻译，汉译本对日本译本会有极大的鼓励作用和参考作用。

中村元教授同瓦尔德施米特教授的评价完全相反。但是我决不由于瓦尔德施米特的评价而沮丧，也决不由于中村元的评价而发昏。我认识到翻译这本书的价值，也认识到自己工作的不足。由于别的研究工作过多，今后这样大规模的翻译工作大概不会再干了。难道我和外国文学的缘分就从此终结了吗？决不是的。我目前考虑的有两件工作：一件是翻译一点《梨俱吠陀》的抒情诗，这方面的介绍还很不够。二是读一点古代印度文艺理论的书。我深知外国文学在我们国家精神文明建设中的重要性，也深知我们研究的深度和广度都有待于大大地提高。不管我其他工作多么多，我的兴趣多么杂，我决不会离开外国文学这一块阵地的，永远也不会离开。

1986 年 5 月 31 日

治学漫谈

我体会，一些报刊之所以要我写自传的原因，是想让我写点什么治学经验之类的东西。那么，在长达六十年的学习和科研活动中，我究竟有些什么经验可谈呢？粗粗一想，好像很多；仔细考虑，无影无踪。总之是卑之无甚高论。不管好坏，鸳鸯我总算绣了一些。至于金针则确乎没有，至多是铜针、铁针而已。

我记得，鲁迅先生在一篇文章中讲了一个笑话：一个江湖郎中在市集上大声吆喝，叫卖治臭虫的妙方。有人出钱买了一个纸卷，层层用纸严密裹住。打开一看，妙方只有两个字：勤捉。你说它不对吗？不行，它是完全对的。但是说了等于不说。我的经验压缩成两个字是：勤奋。再多说两句就是：争分夺秒，念念不忘。灵感这东西不能说没有，但是，它不是从天上掉下来的，而是勤奋出灵感。

上面讲的是精神方面的东西，现在谈一点具体的东西。我认为，要想从事科学研究工作，应该在四个方面下工夫：一、理论；二、知识面；三、外语；四、汉文。唐代刘知几主张，治史学要有才、学、识。我现在勉强套用一下，理论属识，知识面属学，外语和汉文属才，我在下面分别谈一谈。

一、理论

现在一讲理论，我们往往想到马克思主义。这样想，不能说不正确。但是，必须注意几点：（一）马克思主义随时代而发展，决非僵化不变的教条。（二）不要把马克思主义说得太神妙，令人望而生畏，对它可以批评，也可以反驳。我个人认为，马克思主义的精髓就是唯物主义和辩证法。唯物主义就是实事求是。把黄的说成是黄的，是唯物主义。把黄的说成是黑的，是唯心主义。事情就是如此简单明了。哲学家们有权利去作深奥的阐述，我辈外行，大可不必。至于辩证法，也可以作如是观。看问题不要孤立，不要僵死，要注意多方面的联系，在事物运动中把握规律，如此而已。我这种幼儿园水平的理解，也许更接近事实真相。

除了马克思主义以外，古今中外一些所谓唯心主义哲学家的著作，他们的思维方式和推理方式，也要认真学习。我有一个奇怪的想法：百分之百的唯物主义哲学家和百分之百的唯心主义哲学家，都是没有的。这就是和真空一样，绝对的真空在地球上是没有的。中国古话说："智者千虑，必有一失。"就是这个意思。因此，所谓唯心主义哲学家也有不少东西值得我们学习的。我们千万不要像过去那样把十分复杂的问题简单化和教条化，把唯心主义的标签一贴，就"奥伏赫变"。

二、知识面

要求知识面广，大概没有人反对。因为，不管你探究的范围多么窄狭，多么专门，只有在知识广博的基础上，你的眼光才能放远，你的研究才能深入。这样说已经近于常识，不必再做过多的论证了。我想在这里强调一点，这就是，我们从事人文科学和社会科学研究的人，应该学一点科学技术知识，能够精通一门自然科学，那就更好。今天学术发展的总趋势是，学科界线越来越混同起来，边缘学科和交叉学科越来越多。再像过去那样，死守学科阵地，鸡犬之声相闻，老死不相往来，已经完全不合时宜了。此外，对西方当前流行的各种学术流派，不管你认为多么离奇荒诞，也必须加以研究，至少也应该了解其轮廓，不能简单地盲从或拒绝。

三、外语

外语的重要性，尽人皆知。若再详细论证，恐成蛇足。我在这里只想强调一点：从今天的世界情势来看，外语中最重要的是英语，它已经成为名副其实的世界语。这种语言，我们必须熟练掌握，不但要能读，能译，而且要能听，能说，能写。今天写学术论文，如只用汉语，则不能出国门一步，不能同世界各国的同行交流。如不能听说英语，则无法参加国际学术会议。情况就是如此地咄咄逼人，我们不能不认真严肃地加以考虑。

四、汉语

我在这里提出汉语来，也许有人认为是非常异议可怪之论。“我还不能说汉语吗？”“我还不能写汉文吗？”是的，你能说，也能写。然而仔细一观察，我们就不能不承认，我们今天的汉语水平是非常成问题的。每天出版的报章杂志，只要稍一注意，就能发现别字、病句。我现在越来越感到，真要想写一篇准确、鲜明、生动的文章，决非轻而易举。要能做到这一步，还必须认真下点工夫。我甚至想到，汉语掌握到一定程度，想再前进一步，比学习外语还难。只有承认这一个事实，我们的汉语水平才能提高，别字、病句才能减少。

我在上面讲了四个方面的要求。其实这些话都属于老生常谈，都平淡无奇。然而真理不往往就寓于平淡无奇之中吗？这同我在上面引鲁迅先生讲的笑话中的“勤捉”一样，看似平淡，实则最切实可行，而且立竿见影。我想到这样平凡的真理，不敢自秘，便写了出来，其意不过如野叟献曝而已。

我现在想谈一点关于进行科学研究指导方针的想法。六七十年前胡适先生提出来的“大胆的假设，小心的求证”，我认为是不刊之论，是放之四海而皆准的方针。古今中外，无论是社会科学，还是自然科学，概莫能外。在那一段教条主义猖獗、形而上学飞扬跋扈的时期内，这个方针曾受到多年连续不断的批判。我当时就百思不得其解。试问哪一个学者能离开假设与求证呢？所谓大胆，就是不为过去的先人之见所限，不为权威所囿，能够放开眼光，敞开胸怀，独具只眼，另辟蹊径，提出自己的假设，甚至胡思乱想，想入非非，亦无不可。如果连这一点胆量都不敢有，那只有循规蹈矩，墨守成法，鼠目寸光，拾人牙慧，个人决不会有创造，学术决不会进步。这一点难道还不明白，还要进行烦琐的论证吗？

总之，我要说，一要假设，二要大胆，缺一不可。

但是，在提倡大胆的假设的同时，必须大力提倡小心的求证。一个人的假设，决不会一提出来就完全符合实际情况，有一个随时修改的过程。我们都有这样一个经验：在想到一个假设时，自己往往诧为“神来之笔”，是“天才火花”的闪烁，而狂欢不已。可是这一切都并不是完全可靠的。假设能不能成立，完全依靠求证。求证要小心，要客观，决不允许厌烦，更不允许马虎。要从多层次、多角度上来求证，从而考验自己的假设是否正确，或者正确到什么程度，哪一部分正确，哪一部分又不正确。所有这一切都必须实事求是，容不得丝毫私心杂念，一切以证据为准。证据否定掉的，不管当时显得多么神奇，多么动人，都必须毅然毫不吝惜地加以扬弃。部分不正确的，扬弃部分。全部不正确的，扬弃全部。事关学术良心，决不能含糊。可惜到现在还有某一些人，为了维护自己“奇妙”的假设，不惜歪曲证据，剪裁证据。对自己的假设有用的材料，他就用；没有用的、不利的，他就视而不见，或者见而掩盖。这都是“缺德”（史德也）的行为，我期期以为不可。至于剽窃别人的看法或者资料，而不加以说明，那是小偷行为，斯下矣。

总之，我要说，一要求证，二要小心，缺一不可。

我刚才讲的“史德”，是借用章学诚的说法。他把“史德”解释成“心术”。我在这里讲的也与“心术”有关，但与章学诚的“心术”又略有所不同，有点引申的意味。我的中心想法是不要骗自己，不要骗读者。做到这一步，是有德。否则就是缺德。写什么东西，自己首先要相信。自己不相信而写出来要读者相信，不是缺德又是什么呢？自己不懂而写出来要读者懂，不是缺德又是什么呢？我这些话决非无中生有，无的放矢，我都有事实根据。我以垂暮之年，写了出来，愿与青年学者们共勉之。

现在再谈一谈关于搜集资料的问题。进行科学研究，必须搜集资料，这是不易之理。但是，搜集资料并没有什么一定之规。最常见的办法是使用卡片，把自己认为有用的资料抄在上面，然后分门别类，加以排比。可这也不是唯一的办法。陈寅恪先生把有关资料用眉批的办法，今天写上一点，明天写上一点，积之既久，资料多到能够写成一篇了，就从眉批移到纸上，就是一篇完整的文章。比如，他对《高僧传·鸠摩罗什传》的眉批，竟比原文还要多几倍，是一个典型的例子。我自己既很少写卡片，也从来不用眉批，而是用比较大张的纸，把材料写上。有时候随便看书，忽然发现有用的材料，往往顺手拿一些手边能拿到的东西，比如通知、请柬、信封、小纸片之类，把材料写上，再分类保存。我看到别人也有这个情况，向达先生有时就把材料写在香烟盒上。用比较大张的纸有一个好处，能把有关的材料都写在上面，约略等于陈先生的眉批。卡片面积太小，这样做是办不到的。材料抄好以后，要十分认真细心地加以保存，最好分门别类装入纸夹或纸袋。否则，如果一时粗心大意丢上张把小纸片，上面记的可能是至关重要的材料，这样会影响你整篇文章的质量，不得不黾勉从事。至于搜集资料要巨细无遗，要有竭泽而渔的精神，这是不言自喻的。但是，要达到百分之百的完整的程度，那也是做不到的。不过我们千万要警惕，不能随便搜集到一点资料，就动手写长篇论文。这样写成的文章，其结论之不可靠是显而易见的。与此有联系的就是要注意文献目录。只要与你要写的文章有关的论文和专著的目录，你必须清楚。否则，人家已经有了结论，而你还在卖劲地论证，必然贻笑方家，不可不慎。

我想顺便谈一谈材料有用无用的问题。严格讲起来，天下没有无用的材料，问题是对谁来说，在什么时候说。就是对同一个人，也有个时机问题。大概我们都有这样的经验：只要你脑海里有某一个问题，一切资料，书本上的、考古发掘的、社会调查的等等，都能对你有用。搜集这样的资料也并不困难，有时候资料简直是自己跃入你的眼中。反之，如果你脑海里没有这个问题，则所有这样的资料对你都是无用的。但是，一个人脑海里思考什么问题，什么时候思考什么问题，有时候自己也掌握不了。一个人一生中不知要思考多少问题。当你思考甲问题时，乙问题的资料对你没有用。可是说不定什么时候你会思考起乙问题来。你可能回忆起以前看书时曾碰到过这方面的资料，现在再想去查找，可就“云深不知处”了。这样的经验我一生不知碰到多少次了，想别人也必然相同。

那么怎么办呢？最好脑海里思考问题，不要单打一，同时要思考几个，而且要念念不忘，永远不让自己的脑子停摆，永远在思考着什么。这样一来，你搜集面就会大得多，漏网之鱼也就少得多，材料当然也就积累得多。“养兵千日，用兵一时”，一旦用起来，你就左右逢源了。

最后还要谈一谈时间的利用问题。时间就是生命，这是大家都知道的道理。而且时间是一个常数，对谁都一样，谁每天也不会多出一秒半秒。对我们研究学问的人来说，时间尤其珍贵，更要争分夺秒。但是各人的处境不同，对某一些人来说就有一个怎样利用时间的“边角废料”的问题。这个怪名词是我杜撰出来的。时间摸不着看不见，但确实是一个整体，哪里会有什么“边角废料”呢？这只是一个形象的说法。平常我们做工作，如果一整天没有人和事来干扰，你可以从容濡笔，悠然怡然，再佐以龙井一杯，云烟三支，神情宛如神仙，整个时间都是你的，那就根本不存在什么“边角废料”问题。但是有多少人能有这种神仙福气呢？鲁钝如不佞者几十年来就做不到。建国以来，我搞了不知多少社会活动，参加了不知多少会，每天不知有多少人来找，心烦意乱，啼笑皆非。回想十年浩劫期间，我成了“不可接触者”，除了蹲牛棚外，在家里也是门可罗雀。《罗摩衍那》译文八巨册就是那时候的产物。难道为了读书写文章就非变成“不可接触者”或者右派不行吗？浩劫一过，我又是门庭若市，而且参加各种各样的会，终日马不停蹄。我从前读过马雅可夫斯基的《开会迷》和张天翼的《华威先生》，觉得异常可笑，岂意自己现在就成了那一类人物，岂不大可哀哉！但是，人在无可奈何的情况下是能够想出办法来的。现在我既然没有完整的时间，就挖空心思利用时间的“边角废料”。在会前、会后，甚至在会中，构思或动笔写文章。有不少会，讲话空话废话居多，传递的信息量却不大，态度欠端，话风不正，哼哼哈哈，不知所云，又佐之以“这个”、“那个”，间之以“唵”、“啊”，白白浪费精力，效果却是很少。在这时候，我往往只用一个耳朵或半个耳朵去听，就能兜住发言的全部信息量，而把剩下的一个耳朵或一个半耳朵全部关闭，把精力集中到脑海里，构思，写文章。当然，在飞机上、火车上、汽车上，甚至自行车上，特别是在步行的时候，我脑海里更是思考不停。这就是我所说的利用时间的“边角废料”。积之既久，养成“恶”习，只要在会场一坐，一闻会味，心花怒放，奇思妙想，联翩飞来，“天才火花”，闪烁不停。此时文思如万斛泉涌，在鼓掌声中，一篇短文即可写成，还耽误不了鼓掌。倘多日不开会，则脑海活动，似将停止，“江郎”仿佛“才尽”。此时我反而期望开会了。这真叫做没有法子。

1988 年 10 月 26 日

藏书与读书

有一个平凡的真理，直到耄耋之年，我才顿悟：中国是世界上最喜藏书和读书的国家。

什么叫书？我没有能力，也不愿意去下定义。我们姑且从孔老夫子谈起吧。他老人家读《周易》，至于韦编三绝，可见用力之勤。当时还没有纸，文章是用漆写在竹简上面的，竹简用皮条拴起来，就成了书。翻起来很不方便，读起来也有困难。我国古时有一句话，叫做“学富五车”，说一个人肚子里有五车书，可见学问之大。这指的是用纸作成的书，如果是竹简，则五车也装不了多少部书。

后来发明了纸。这一来写书方便多了；但是还没有发明印刷术，藏书和读书都要用手抄，这当然也不容易。如果一个人抄的话，一辈子也抄不了多少书。可是这丝毫也阻挡不住藏书和读书者的热情。我们古籍中不知有多少藏书和读书的故事，也可以叫做佳话。我们浩如烟海的古籍，以及古籍中寄托的文化之所以能够流传下来，历千年而不衰，我们不能不感谢这些爱藏书和读书的先民。

后来我们又发明了印刷术。有了纸，又能印刷，书籍流传方便多了。从这时起，古籍中关于藏书和读书的佳话，更多了起来。宋版、元版、明版的书籍被视为珍品。历代都有一些藏书家，什么绛云楼、天一阁、铁琴铜剑楼、海源阁等等，说也说不完。有的已经消失，有的至今仍在，为我们新社会的建设服务。我们不能不感激这些藏书的祖先。

至于专门读书的人，历代记载更多。也还有一些关于读书的佳话，什么囊萤映雪之类。有人做过试验，无论萤和雪都不能亮到让人能读书的程度，然而在这一则佳话中所蕴含的鼓励人读书的热情则是大家都能感觉到的。还有一些鼓励人读书的话和描绘读书乐趣的诗句。“书中自有颜如玉”之类的话，是大家都熟悉的，说这种话的人的“活思想”是非常不高明的，不会得到大多数人的赞赏。关于“四时读书乐”一类的诗，也是大家所熟悉的。可惜我童而习之，至今老朽昏聩，只记住了一句“绿满窗前草不除”，这样的读书情趣也是颇能令人向往的。此外如“红袖添香夜读书”之类的读书情趣，代表另一种趣味。据鲁迅先生说，连大学问家刘半农也向往，可见确有动人之处了。“雪夜闭门读禁书”代表的情趣又自不同，又是“雪夜”，又是“禁书”，不是也颇有人向往吗?

这样藏书和读书的风气，其他国家不能说一点没有；但是据浅见所及，实在是远远不能同我国相比。因此我才悟出了“中国是世界上最爱藏书和读书的国家”这一条简明而意义深远的真理。中国古代光辉灿烂的文化有极大一部分是通过书籍传流下来的。到了今天，我们全体炎黄子孙如何对待这个问题，实际上是每个人都回避不掉的。我们必须认真继承这个世界上比较突出的优秀传统，要读书，读好书。只有这样，我们才能上无愧于先民，下造福于子孙万代。

1991 年 7 月 5 日

我和北大图书馆

我对北大图书馆有一种特殊的感情，这种感情潜伏在我的内心深处，从来没有明确地意识到过。最近图书馆的领导同志要我写一篇讲图书馆的文章，我连考虑都没有，立即一口答应。但我立刻感到有点吃惊。我现在事情还是非常多的，抽点时间，并非易事。为什么竟立即答应下来了呢？如果不是心中早就蕴藏着这样一种感情的话，能出现这种情况吗？

山有根，水有源，我这种感情的根源由来已久了。

1946 年，我从欧洲回国。出国将近十一年，在落叶满长安（长安街也）的深秋季节，又回到了北平。在北大工作，内心感情的波动是难以形容的：既兴奋，又寂寞；既愉快，又惆怅。然而我立刻就到了一个可以安身立命的地方，这就是北大图书馆。当时我单身住在红楼，我的办公室（东语系办公室）是在灰楼。图书馆就介乎其中。承当时图书馆的领导特别垂青，在图书馆里给了我一间研究室，在楼下左侧。窗外是到灰楼去的必由之路，经常有人走过，不能说是很清静。但是在图书馆这一面，却是清静异常。我的研究室左右，也都是教授研究室，当然室各有主，但是颇少见人来，所以走廊里静如古寺，真是念书写作的好地方。我能在奔波数万里、扰攘十几年，有时梦想得到一张一尺见方的书桌而渺不可得的情况下，居然有了一间窗明几净的研究室，简直如坐天堂，如享天福了。当时我真想咬一下自己的手，看一看自己是否是做梦。

研究室的真正要害还不在窗明几净——当然，这也是必要的——而在有没有足够的书。在这一点上，我也得到了意外的满足。图书馆的领导允许我从书库里提一部分必要的书，放在我的研究室里，供随时查用。我当时是东语系的主任，虽然系非常小，没有多少学生，但是，麻雀虽小，五脏俱全，仍然有一些会要开，一些公要办，所以也并不太闲。可是我一有机会，就遁入我的研究室去，“躲进小楼成一统”，这地方是我的天下。我一进屋，就能进入角色，潜心默读，坐拥书城，其乐实在是不足为外人道也。我回国以后，由于资料缺乏，在国外时的研究工作，无法进行，只能有多大碗，吃多少饭，找一些可以发挥自己的长处而又有利于国计民生的题目，来进行研究。北大图书馆藏书甲全国大学，我需要的资料基本上能找得到，因此还能够写出一些东西来。如果换一个地方，我必如车辙中的鲋鱼那样，什么书也看不到，什么文章也写不出，不但学业上不能进步，长此以往，必将索我于枯鱼之肆了。

作为全国最高学府的北京大学，我们有悠久的爱国主义的革命历史传统，有实事求是的学术传统，这些都是难能可贵的；但是，我认为，一个第一流的大学，必须有第一流的设备、第一流的图书、第一流的教师、第一流的学者和第一流的管理。五个第一流，缺一不可。我们北大可以说具备这五个第一流的。因此，我们有充分的基础，可以来弘扬祖国的优秀文化，为我国四化建设培养德才兼备的人才，对外为祖国争光，对内为人民立功，仰不愧于天，俯不怍于地，充满信心地走向光辉的未来。在这五个第一流中，第一流的图书更显得特别突出。北大图书馆是全国大学图书馆的翘楚。这是世人之公言，非我一个之私言。我们为此应该感到骄傲，感到幸福。

但是，我们全校师生员工却不能躺在这个骄傲上、这个幸福上睡大觉。我们必须努力学习，努力工作，像爱护自己的眼球一样，爱护北大，爱护北大的一草一木、一山一石，爱护我们的图书馆。我们图书馆的藏书盈架充栋，然而我们应该知道，一部一册来之不易，一页一张得之维艰。我们全体北大人必须十分珍惜爱护。这样，我们的图书馆才能有长久的生命，我们的骄傲与幸福才有坚实的基础。愿与全校同仁共勉之。

1991 年 11 月 6 日

我的书斋

最近身体不太好。内外夹攻，头绪纷繁，我这已届耄耋之年的神经有点吃不消了。于是下定决心，暂且封笔。乔福山同志打来电话，约我写点什么。我遵照自己的决心，婉转拒绝。但一听这题目是“我的书斋”，于我心有戚戚焉，立即精神振奋，暂停决心，拿起笔来。

我确实有个书斋，我十分喜爱我的书斋。这个书斋是相当大的，大小房间，加上过厅、厨房，还有封了顶的阳台，大大小小，共有八个单元。藏书册数从来没有统计过，总有几万册吧。在北大教授中，“藏书状元”我恐怕是当之无愧的。而且在梵文和西文书籍中，有一些堪称海内孤本。我从来不以藏书家自命，然而坐拥如此大的书城，心里能不沾沾自喜吗？

我的藏书都像是我的朋友，而且是密友。我虽然对它们并不是每一本都认识，它们中的每一本却都认识我。我每走进我的书斋，书籍们立即活跃起来，我仿佛能听到它们向我问好的声音，我仿佛看到它们向我招手的情景。倘若有人问我，书籍的嘴在什么地方？而手又在什么地方呢？我只能说：“你的根器太浅，努力修持吧。有朝一日，你会明白的。”

我兀坐在书城中，忘记了尘世的一切不愉快的事情，怡然自得。以世界之广，宇宙之大，此时却仿佛只有我和我的书友存在。窗外粼粼碧水，丝丝垂柳，阳光照在玉兰花的肥大的绿叶子上，这都是我平常最喜爱的东西，现在也都视而不见了。连平常我喜欢听的鸟鸣声“光棍儿好过”，也听而不闻了。

我的书友每一本都蕴涵着无量的智慧。我只读过其中的一小部分。这智慧我是能深深体会到的。没有读过的那一些，好像也不甘落后，它们不知道是施展一种什么神秘的力量，把自己的智慧放了出来，像波浪似的涌向我来。可惜我还没有修炼到能有“天眼通”和“天耳通”的水平，我还无法接受这些智慧之流。如果能接受的话，我将成为世界上古往今来最聪明的人。我自己也去努力修持吧。

我的书友有时候也让我窘态毕露。我并不是一个不爱清洁和秩序的人，但是，因为事情头绪太多，脑袋里考虑的学术问题和写作问题也不少，而且每天都收到大量寄来的书籍和报纸杂志以及信件，转瞬之间就摞成一摞。在这样的情况下，如果我需要一本书，往往是遍寻不得。“只在此屋中，书深不知处”，急得满头大汗，也是枉然。只好到图书馆去借，等我把文章写好，把书送还图书馆后，无意之间，在一摞书中，竟找到了我原来要找的书，“得来全不费功夫”，然而晚了，功夫早已费过了。我啼笑皆非，无可奈何。等到用另一本书时，再重演一次这出喜剧。我知道，我要寻找的书友，看到我急得那般模样，会大声给我打招呼的，但是喊破了嗓子，也无济于事。我还没有修持到能听懂书的语言的水平。我还要加倍努力去修持。我有信心，将来一定能获得真正的“天眼通”和“天耳通”，只要我想要哪一本书，那一本书就会自己报出所在之处，我一伸手，便可拿到，如探囊取物。这样一来，文思就会像泉水般地喷涌，我的笔变成了生花妙笔，写出来的文章会成为天下之至文。到了那时，我的书斋里会充满了没有声音的声音，布满了没有形象的形象。我同我的书友们能够自由地互通思想，交流感情。我的书斋会成为宇宙间第一神奇的书斋。岂不猗欤休哉！

我盼望有这样一个书斋。

1993年6月22日

开卷有益

这是一句老生常谈。如果要追溯起源的话，那就要追到一位皇帝身上。宋王辟之《渑水燕谈录》卷六：

> （宋）太宗日阅《（太平）御览》三卷，因事有阙，暇日追补之。尝曰："开卷有益，朕不以为劳也。"

这一段话说不定也是"颂圣"之辞，不尽可信。然而我宁愿信其有，因为它真说到点子上了。

鲁迅先生有时候说"随便翻翻"，我看意思也一样。他之所以能博闻强记，博古通今，与"随便翻翻"是有密切联系的。

"卷"指的是书，"随便翻翻"也指的是书。书为什么能有这样大的威力呢？自从人类创造了语言，发明了文字，抄成或印成了书，书就成了传承文化的重要载体。人类要生存下去，文化就必须传承下去，因而书也就必须读下去。特别是在当今信息爆炸的时代中，我们必须及时得到信息。只有这样，人才能潇洒地生活下去，否则将适得其反。信息怎样得到呢？看能得到信息，听也能得到信息，而读书仍然是重要的信息源，所以非读书不可。

什么人需要读书呢？在将来人类共同进入大同之域时，人人都一定要而且肯读书的，以此为乐，而不以此为苦。在眼前，我们还做不到这一步。"四人帮"说：读书越多越反动。此"四人帮”之所以为“四人帮”也。我们可以置之不理。如今有个别的“大款”，也同刘邦和项羽一样，是不读书的。不读书照样能够发大财。然而，我认为，这只是暂时的现象，相信不久就会改变。传承文化不能寄希望于这些人身上，而只能寄托在已毕业或尚未毕业的大学生身上。他们是我们的希望，他们代表着我们的未来。大学生们肩上的担子重啊！他们是任重而道远。为了人类的继续生存，为了前对得起祖先，后对得起子孙，大学生们（当然还有其他一些人）必须读书。这已是天经地义，无须争辩。

根据我同北京大学学生的接触和我对他们的观察，绝大多数的学生还是肯读书的。他们有的说，自己感到迷惘，不知所从。他们成立了一些社团，共同探讨问题，研究人生，对人生的意义与价值感兴趣。他们甚至想探究宇宙的奥秘。他们是肯思索的一代人，是可以信赖的极为可爱的一代年轻人。同他们在一起，我这个望九之年的老人也仿佛返老还童，心里溢满了青春活力。说这些青年不肯读书，是不符合实际情况的。

读什么样的书呢？自己专业的书当然要读，这不在话下。自己专业以外的书也应该“随便翻翻”。知识面越广越好，得到的信息越多越好，否则很容易变成鼠目寸光的人。鼠目寸光不但不利于自己专业的探讨，也不利于生存竞争，不利于自己的发展，最终为大时代所抛弃。

因此，我奉献给今天的大学生们一句话：开卷有益。

1994 年 4 月 5 日

学外语

一

现在全国正弥漫着学外语的风气。学习的主要是英语，而这个选择是完全正确的。因为英语实际上已经成了一种世界语。学会了英语，几乎可以走遍天下，碰不到语言不通的困难。水平差的，有时要辅之以一点手势。那也无伤大雅。语言的作用就在于沟通思想。在一般生活中，思想决不会太复杂的。懂一点外语，即使有点洋泾浜，也无大碍，只要“老内”和“老外”的思想能够沟通，也就行了。

学外语难不难呢？有什么捷径呢？俗话说：“天下无难事，只怕有心人。”所谓“有心人”，我理解，就是有志向去学习又肯动脑筋的人。高卧不起，等天上落下馅儿饼来的人是绝对学不好外语的，别的东西也不会学好的。

至于“捷径”问题，我想先引欧洲古代大几何学家欧几里德（也许是另一个人。年老昏聩，没有把握）对国王说：“几何学里面没有御道！”“御道”，就是皇帝走的道路。学外语也没有捷径，人人平等，都要付出劳动。市场卖的这种学习法、那种学习法，多不可信。什么方法也离不开个人的努力和勤奋。这些话都是老生常谈，但是，说一说决不会有坏处。

根据我个人经验，学外语学到百分之五六十，甚至七八十，也并不十分难。但是，我们不学则已，要学就要学到百分之九十以上，越高越好。不到这个水平你的外语是没有用的，甚至会出娄子的。我这样说，同上面讲的并不矛盾。上面讲的只是沟通简单的思想，这里讲的却是治学、译书、做重要口译工作。现在市面上出售为数不太少的译本，错误百出，译文离奇。这些都是一些急功近利，水平极低而又懒得连字典都不肯查的译者所为。说句不好听的话，这些都是假冒伪劣的产品，应该归入严打之列的。

我常有一个比喻：我们这些学习外语的人，好像是一群鲤鱼，在外语的龙门下洑游。有天资肯努力的鲤鱼，经过艰苦的努力，认真钻研，锲而不舍，一不耍花招，二不找捷径，有朝一日风雷动，一跳跳过了龙门，从此变成了一条外语的龙，他就成了外语的主人，外语就为他所用。如果不这样做的话，则在龙门下游来游去，不肯努力，不肯钻研，就是游上一百年，他仍然是一条鲤鱼。如果是一条安分守己的鲤鱼，则还不至于害人。如果不安分守己，则必然堕入假冒伪劣之列，害人又害己。

做人要老实，学外语也要老实。学外语没有什么万能的窍门。俗语说："书山有路勤为径，学海无涯苦作舟。"这就是窍门。

二

前不久，我写过一篇《学外语》，限于篇幅，意犹未尽，现在再补充几点。

学外语与教外语有关，也就是与教学法有关，而据我所知，外语教学法国与国之间是不相同的，仅以中国与德国对比，其悬殊立见。中国是慢吞吞地循序渐进，学了好久，还不让学生自己动手查字典，读原著。而在德国，则正相反。据说十九世纪一位大语言学家说过："学外语有如学游泳，把学生带到游泳池旁，一一推下水去，只要淹不死，游泳就学会了，而淹死的事是绝无仅有的。"我学俄文时，教师只教我念了念字母，教了点名词变化和动词变化，立即让我们读果戈理的《鼻子》，天天拼命查字典，苦不堪言。然而学生的主动性完全调动起来了。一个学期，就念完了《鼻子》和一本教科书。实践是检验真理的唯一标准。德国的实践证明，这样做是有成效的。在那场空前的灾难中，当我被戴上种种莫须有的帽子时，有的"革命小将"批判我提倡的这种教学法是法西斯式的方法，使我欲哭无泪，欲笑不能。

我还想根据我的经验和观察在这里提个醒：那些已经跳过了外语龙门的学者们是否就可以一劳永逸地吃自己的老本呢？我认为，这吃老本的思想是非常危险的。一个简单的事实往往为人们所忽略：世界上万事万物无不在随时变化，语言何独不然！一个外语学者，即使已经十分纯熟地掌握了一门外语，倘若不随时追踪这一门外语的变化，有朝一日，他必然会发现自己已经落伍了。连自己的母语也不例外。一个人在外国待久了，一旦回到故乡，即使自己"乡音未改"，然而故乡的语言，特别是词汇却有了变化，有时你会听不懂了。

我讲点个人的经验。当我在欧洲待了将近十一年回国时，途经西贡和香港，从华侨和华人口中听到了"搞"这个字和"伤脑筋"这个词儿，就极使我"伤脑筋"。我出国之前没有听说过。"搞"字是一个极有用的字，有点像英文的 do。现在"搞"字已满天飞了。当我在八十年代重访德国时，走进了饭馆，按照四五十年前的老习惯，呼服务员为 Hever ofer，他瞠目以对。原来这种称呼早已被废掉了。

因此，我就想到，不管你今天外语多么好，不管你是一条多么精明的龙，你必须随时注意语言的变化，否则就会出笑话。中国古人说："学如逆水行舟，不进则退。"要时刻记住这句话。我还想建议：今天在大学或中学教外语的老师，最好是每隔五年就出国进修半年，这样才不至为时代抛在后面。

三

前不久，我在《夜光杯》上发表了两篇谈学习外语的千字文，谈了点个人的体会，卑之无甚高论，不意竟得了一些反响。有的读者直接写信给我，有的写信给《夜光杯》的编辑。看来非再写一篇不行了。我不可能在一篇短文中答复所有的问题。我现在先对上海胡英琼同志提出的问题说一点个人的意见，这意见带有点普遍意义，所以仍占《夜光杯》的篇幅。

我在上述两篇千字文中提出的意见，归纳起来，不出以下诸端：第一，要尽快接触原文，不要让语法缠住手脚，语法在接触原文过程中逐步深化。第二，天资与勤奋都需要，而后者占绝大的比重。第三，不要妄想捷径，外语中没有"御道"。

学习了英语再学第二外语德语，应该说是比较容易的。英语和德语同一语言系属，语法前者表面上简单，熟练掌握颇难；后者变化复杂，特别是名词的阴、阳、中三性，记得极为麻烦，连本国人都头痛。背单词时，要连同词性 der、die、das 一起背，不能像英文那样只背单词。发音则英文极难，英文字典必须使用国际音标。德文则一字一音，用不着国际音标。

学习方法仍然是我讲的那一套：尽快接触原文，不惮勤查字典，懒人是学不好任何外语的，连本国语也不会学好。胡英琼同志的具体情况和具体要求，我完全不清楚。信中只谈到德文科技资料，大概胡同志目前是想集中精力攻克这个难关。

我想斗胆提出一个“无师自通”的办法，供胡同志和其他读者参考。你只需要找一位通德语的人，用上二三个小时，把字母读音学好。从此你就可以丢掉老师这个拐棍，自己行走了。你找一本有可靠的汉文译文的德文科技图书，伴之以一本浅易的德文语法。先把语法了解个大概的情况，不必太深入，就立即读德文原文，字典反正不能离手，语法也放在手边。一开始必然如堕入五里雾中。读不懂，再读，也许不止一遍两遍。等到你认为对原文已经有了一个大概的了解，为了验证自己了解的正确程度，只是到了此时，才把那一本可靠的译本拿过来，看看自己了解得究竟如何。就这样一页页读下去，一本原文读完了，再加以努力，你慢慢就能够读没有汉译本的德文原文了。

科技名词，英德颇有相似之处，记起来并不难，而且一般说来，科技书的语法都极严格而规范，不像文学作品那样不可捉摸。我为什么再三说“可靠的”译本呢？原因极简单：现在不可靠的译本太多太多了。

1997年3月27日

对我影响最大的几本书

我是一个最枯燥乏味的人，枯燥到什么嗜好都没有。我自比是一棵只有枝干并无绿叶更无花朵的树。

如果读书也能算是一个嗜好的话，我的唯一嗜好就是读书。

我读的书可谓多而杂，经、史、子、集都涉猎过一点，但极肤浅，小学中学阶段，最爱读的是“闲书”（没有用的书），比如《彭公案》、《施公案》、《洪公传》、《三侠五义》、《小五义》、《东周列国志》、《说岳》、《说唐》等等，读得如醉似痴。《红楼梦》等古典小说是以后才读的。读这样的书是好是坏呢？从我叔父眼中来看，是坏。但是，我却认为是好，至少在写作方面是有帮助的。

至于哪几部书对我影响最大，几十年来我一贯认为是两位大师的著作：在德国是亨利希·吕德斯（Heinrich Lüders），我老师的老师；在中国是陈寅恪先生。两个人都是考据大师，方法缜密到神奇的程度。从中也可以看出我个人兴趣之所在。我禀性板滞，不喜欢玄之又玄的哲学。我喜欢能摸得着看得见的东西，而考据正合吾意。

吕德斯是世界公认的梵学大师。研究范围颇广，对印度的古代碑铭有独到深入的研究。印度每有新碑铭发现而又无法读通时，大家就说：“到德国去找吕德斯去！”可见吕德斯权威之高。印度两大史诗之一的《摩诃婆罗多》从核心部分起，滚雪球似的一直滚到后来成型的大书，其间共经历了七八百年。谁都知道其中有不少层次，但没有一个人说得清楚。弄清层次问题的又是吕德斯。在佛教研究方面，他主张有一个“原始佛典”（Mrkanm），是用古代半摩揭陀语写成的，我个人认为这是千真万确的事；欧美一些学者不同意，却又拿不出半点可信的证据。吕德斯著作极多。中短篇论文集为一书《古代印度语文论丛》，这是我一生受影响最大的著作之一。这书对别人来说，可能是极为枯燥的，但是，对我来说却是一本极为有味、极有灵感的书，读之如饮醍醐。

在中国，影响我最大的书是陈寅恪先生的著作，特别是《寒柳堂集》、《金明馆丛稿》。寅恪先生的考据方法同吕德斯先生基本上是一致的，不说空话，无证不信。二人有异曲同工之妙。我常想，寅恪先生从一个不大的切入口切入，如剥春笋，每剥一层，都是信而有征，让你非跟着他走不行，剥到最后，露出核心，也就是得到结论，让你恍然大悟：原来如此，你没有法子不信服。寅恪先生考证不避琐细，但绝不是为考证而考证，小中见大，其中往往含着极大的问题。比如，他考证杨玉环是否以处女入宫。这个问题确极猥琐，不登大雅之堂。无怪一个学者说：这太 Trivial（微不足道）了。焉知寅恪先生是想研究李唐皇族的家风。在这个问题上，汉族与少数民族看法是不一样的。寅恪先生是从看似细微的问题入手探讨民族问题和文化问题，由小及大，使自己的立论坚实可靠。看来这位说那样话的学者是根本不懂历史的。

在一次闲谈时，寅恪先生问我：《梁高僧传》卷二《佛图澄传》中载有铃铛的声音：“秀支替戾周，仆谷劬秃当”是哪一种语言？原文说是羯语，不知何所指？我到今天也回答不出来。由此可见寅恪先生读书之细心，注意之广泛。他学风谨严，在他的著作中到处可以给人以启发。读他的文章，简直是一种最高的享受。读到兴会淋漓时，真想“浮一大白”（指饮一大杯酒）。

中德这两位大师有师徒关系，寅恪先生曾受学于吕德斯先生。这两位大师又同受战争之害，吕德斯生平致力于 Molānavarga 之研究，几十年来批注不断。二战时手稿被毁。寅恪师生平致力于读《世说新语》，几十年来眉注累累。日寇入侵，逃往云南，此书丢失于越南。假如这两部书能流传下来，对梵学国学将是无比重要之贡献。然而先后毁失，为之奈何！

1999 年 7 月 30 日

我最喜爱的书

我在下面介绍的只限于中国文学作品。外国文学作品不在其中。我的专业书籍也不包括在里面，因为太冷僻。

一、司马迁的《史记》

《史记》这一部书，很多人都认为它既是一部伟大的史籍，又是一部伟大的文学作品。我个人同意这个看法。平常所称的“二十四史”中，尽管水平参差不齐，但是其他哪一部也不能望《史记》之项背。

《史记》之所以能达到这个水平，司马迁的天才当然是重要原因；但是他的遭遇起的作用似乎更大。他无端受了宫刑，以致郁闷激愤之情溢满胸中，发而为文，句句皆带悲愤。他在《报任少卿书》中已有充分的表露。

二、《世说新语》

这不是一部史书，也不是某一个文学家和诗人的总集，而只是一部由许多颇短的小故事编纂而成的奇书。有些篇只有短短几句话，连小故事也算不上。每一篇几乎都有几句或一句隽语，表面简单淳朴，内容却深奥异常，令人回味无穷。六朝和稍前的一个时期内，社会动乱，出了许多看来脾气相当古怪的人物，外似放诞，内实怀忧。他们的举动与常人不同。此书记录了他们的言行，短短几句话，而栩栩如生，令人难忘。

三、陶渊明的诗

有人称陶渊明为“田园诗人”。笼统言之，这个称号是恰当的。他的诗确实与田园有关。“采菊东篱下，悠然见南山”，这样的名句几乎是家喻户晓的。从思想内容上来看，陶渊明颇近道家，中心是纯任自然。从文体上来看，他的诗简易淳朴，毫无雕饰，与当时流行的镂金错彩的骈文迥异其趣。因此，在当时以及以后的一段时间内，对他的诗的评价并不高，在《诗品》中，仅列为中品。但是，时间越后，评价越高，最终成为中国伟大诗人之一。

四、李白的诗

李白是中国文学史上最伟大的天才之一，这一点是谁都承认的。杜甫对他的诗给予了最高的评价：“白也诗无敌，飘然思不群。清新庾开府，俊逸鲍参军。”李白的诗风飘逸豪放。根据我个人的感受，读他的诗，只要一开始，你就很难停住，必须读下去。原因我认为是，李白的诗一气流转，这一股“气”不可抗御，让你非把诗读完不行。这在别的诗人作品中，是很难遇到的现象。在唐代，以及以后的一千多年中，对李白的诗几乎只有赞誉，而无批评。

五、杜甫的诗

杜甫也是一个伟大的诗人，千余年来，李杜并称。但是二人的创作风格却迥乎不同：李是飘逸豪放，而杜则是沉郁顿挫。从使用的格律上，也可以看出二人的不同。七律在李白集中比较少见，而在杜甫集中则颇多。摆脱七律的束缚，李白是没有枷锁跳舞；杜甫善于使用七律，则是戴着枷锁跳舞，二人的舞都达到了极高的水平。在文学批评史上，杜甫颇受到一些人的指摘，而对李白则绝无仅有。

六、南唐后主李煜的词

南唐后主李煜的词传留下来的仅有三十多首，可分为前后两期：前期仍在江南当小皇帝，后期则已降宋。后期词不多，但是篇篇都是杰作，纯用白描，不作雕饰，一个典故也不用，话几乎都是平常的白话，老妪能解；然而意境却哀婉凄凉，千百年来打动了千百万人的心。在词史上巍然成一大家，受到了文艺批评家的赞赏。但是，对王国维在《人间词话》中赞美后主有佛祖的胸怀，我却至今尚不能解。

七、苏轼的诗文词

中国古代赞誉文人有三绝之说。三绝者，诗、书、画三个方面皆能达到极高水平之谓也，苏轼至少可以说已达到了五绝：诗、书、画、文、词。因此，我们可以说，苏轼是中国文学史和艺术史上最全面的伟大天才。论诗，他为宋代一大家。论文，他是唐宋八大家之一。笔墨凝重，大气磅礴。论书，他是宋代苏、黄、米、蔡四大家之首。论词，他摆脱了婉约派的传统，创豪放派，与辛弃疾并称。

八、纳兰性德的词

宋代以后，中国词的创作到了清代又掀起了一个新的高潮。名家辈出，风格不同，又都能各极其妙，实属难能可贵。在这群灿若列星的词家中，我独独喜爱纳兰性德。他是大学士明珠的儿子，生长于荣华富贵中，然而却胸怀愁思，流溢于楮墨之间。这一点我至今还难以得到满意的解释。从艺术性方面来看，他的词可以说是已经达到了完美的境界。

九、吴敬梓的《儒林外史》

胡适之先生给予《儒林外史》极高的评价。诗人冯至也酷爱此书。我自己也是极为喜爱《儒林外史》的。

此书的思想内容是反科举制度，昭然可见，用不着细说，它的特点在艺术性上。吴敬梓惜墨如金，从不作冗长的描述。书中人物众多，各有特性，作者只讲一个小故事，或用短短几句话，活脱脱一个人就仿佛站在我们眼前，栩栩如生。这种特技极为罕见。

十、曹雪芹的《红楼梦》

在古今中外众多的长篇小说中，《红楼梦》是一颗璀璨的明珠，是状元。中国其他长篇小说都没能成为“学”，而“红学”则是显学。《红楼梦》描述的是一个大家族的衰微的过程。本书特异之处也在它的艺术性上。书中人物众多，男女老幼，主子奴才，五行八作，应有尽有。作者有时只用寥寥数语而人物就活灵活现，让读者永远难忘。读这样一部书，主要是欣赏它的高超的艺术手法。那些把它政治化的无稽之谈，都是不可取的。

2001 年 3 月 21 日